DISFUNCIONAL

GALDER VARAS
DISFUNCIONAL

UN CÓMIC ILUSTRADO POR
PABLO VIGO

Primera edición: octubre de 2023

© 2023, Galder Varas, por el texto
© 2023, Pablo Vigo, por las ilustraciones
© 2023, Penguin Random House Grupo Editorial, S. A. U.
Travessera de Gràcia, 47-49. 08021 Barcelona
Rotulación: Pablo Vigo
Color: Litos
Lettering de la cubierta: Sergi Puyol

Penguin Random House Grupo Editorial apoya la protección del *copyright*.
El *copyright* estimula la creatividad, defiende la diversidad en el ámbito de las ideas y el conocimiento, promueve la libre expresión y favorece una cultura viva. Gracias por comprar una edición autorizada de este libro y por respetar las leyes del *copyright* al no reproducir, escanear ni distribuir ninguna parte de esta obra por ningún medio sin permiso. Al hacerlo está respaldando a los autores y permitiendo que PRHGE continúe publicando libros para todos los lectores. Diríjase a CEDRO (Centro Español de Derechos Reprográficos, http://www.cedro.org) si necesita fotocopiar o escanear algún fragmento de esta obra.

Printed in Spain – Impreso en España

ISBN: 978-84-18040-92-4
Depósito legal: B-14.777-2023

Compuesto en Comptex & Ass., S. L
Impreso en Gómez Aparicio, S. L.
Casarrubuelos (Madrid)

CM 40924

A MI MADRE,
QUE PARA ESO ME HA PARIDO

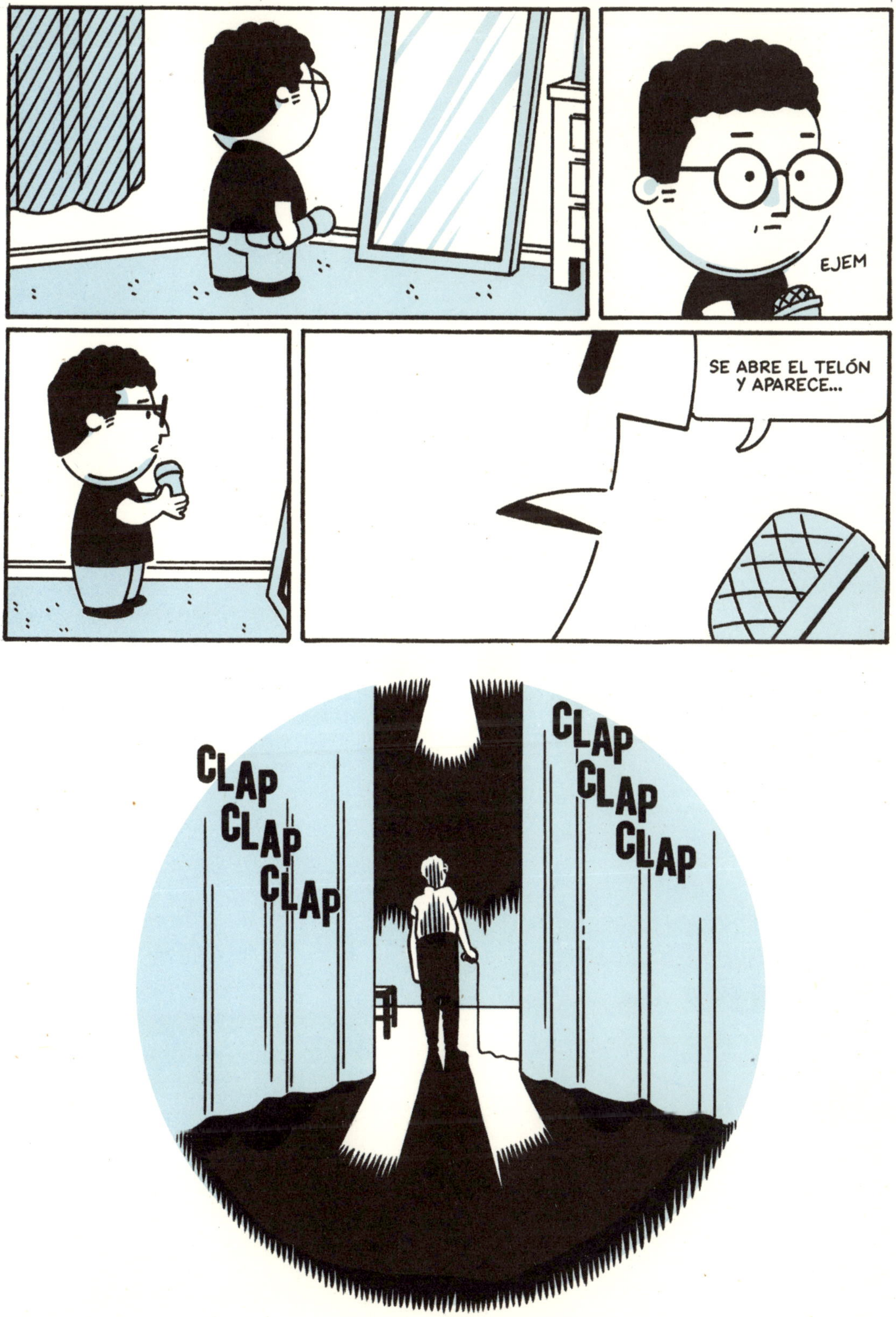
EJEM
SE ABRE EL TELÓN
Y APARECE...
CLAP
CLAP
CLAP
CLAP
CLAP
CLAP

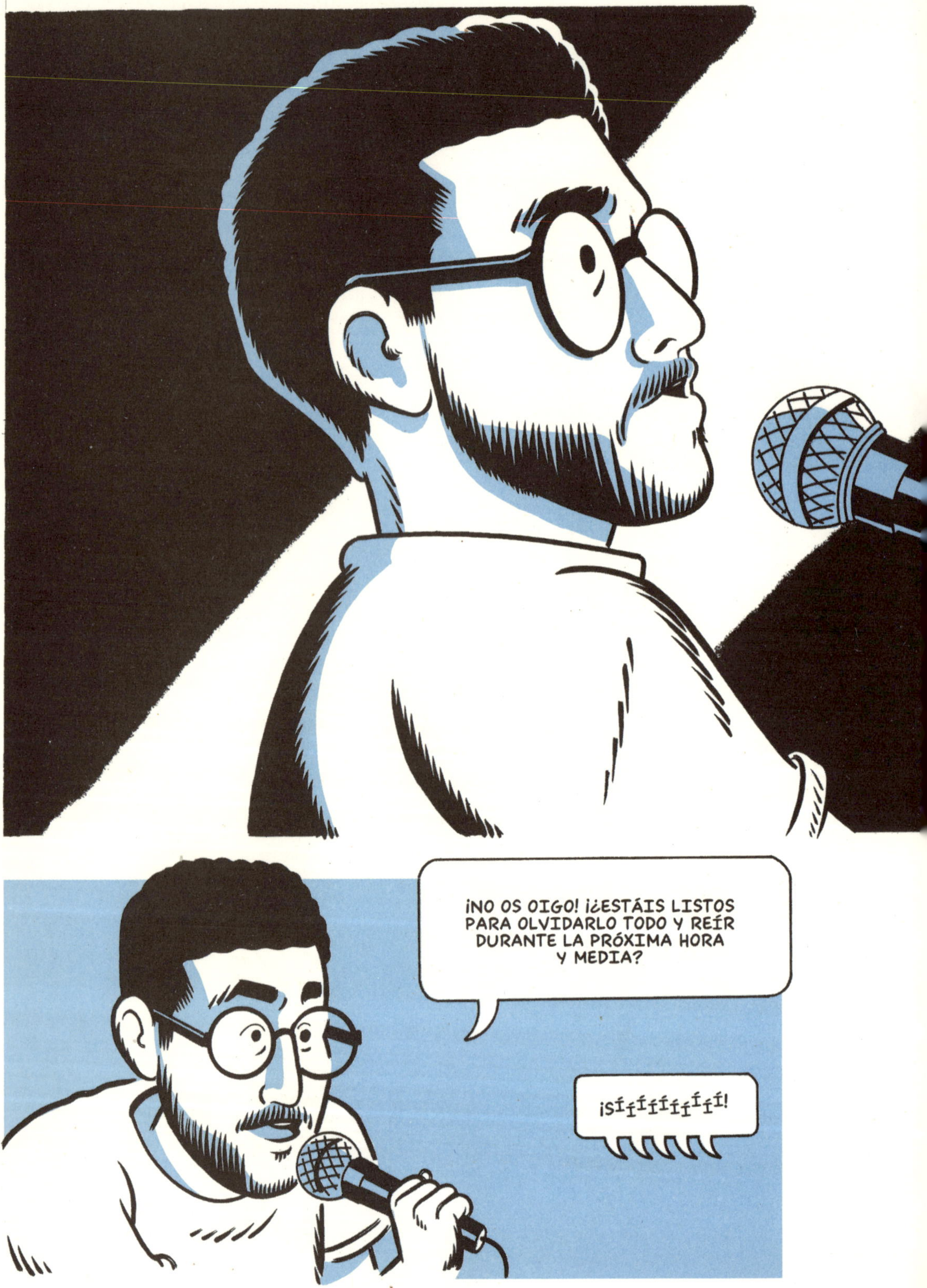
¡NO OS OIGO! ¡¿ESTÁIS LISTOS PARA OLVIDARLO TODO Y REÍR DURANTE LA PRÓXIMA HORA Y MEDIA?
¡SÍÍÍÍÍÍÍÍÍÍ!

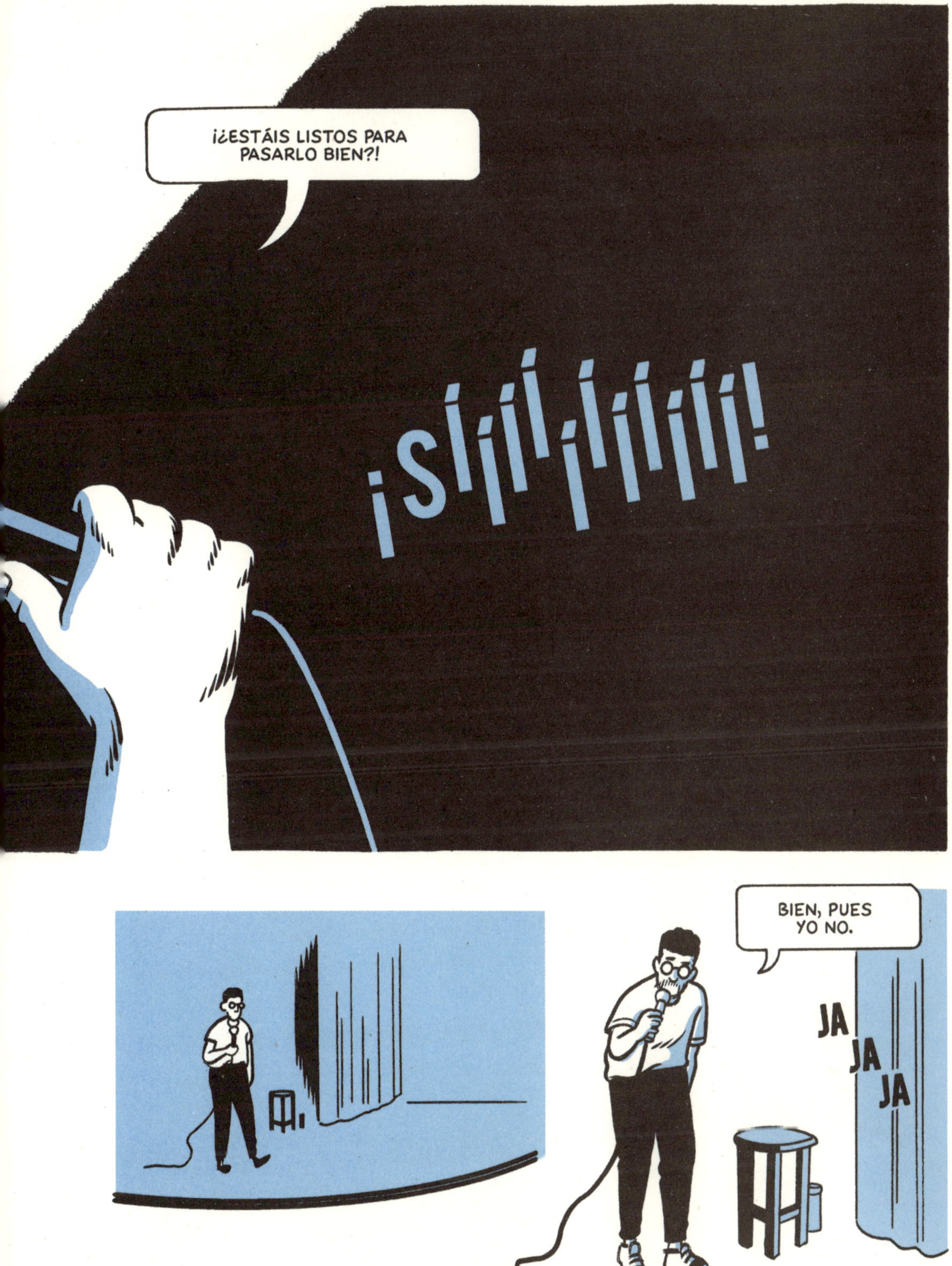
¡¿ESTÁIS LISTOS PARA PASARLO BIEN?!
¡SÍÍÍÍÍÍÍÍÍ!
BIEN, PUES YO NO.
JA JA JA

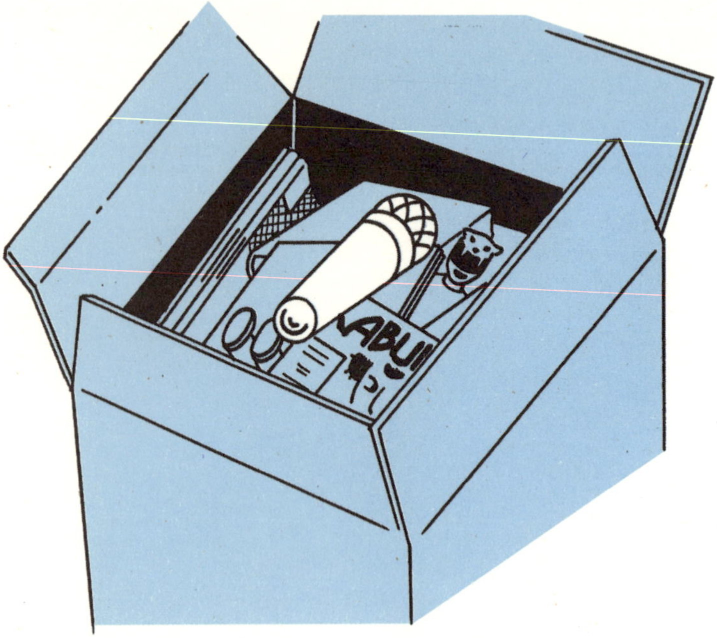

MIS AMIGOS A MENUDO ME PREGUNTAN
POR QUÉ ME DEDICO A LA COMEDIA.
Y CREO QUE LA RESPUESTA MÁS SENCILLA
QUE PUEDO DAR ES PORQUE HE FRACASADO
EN TODO LO DEMÁS.

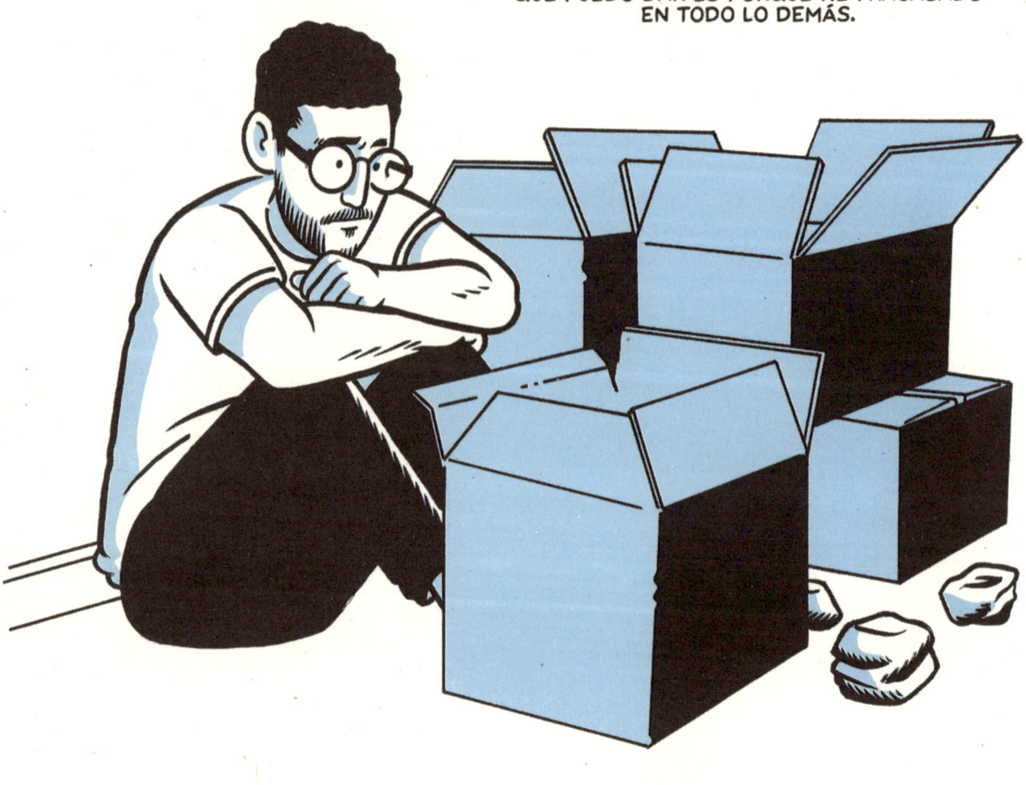

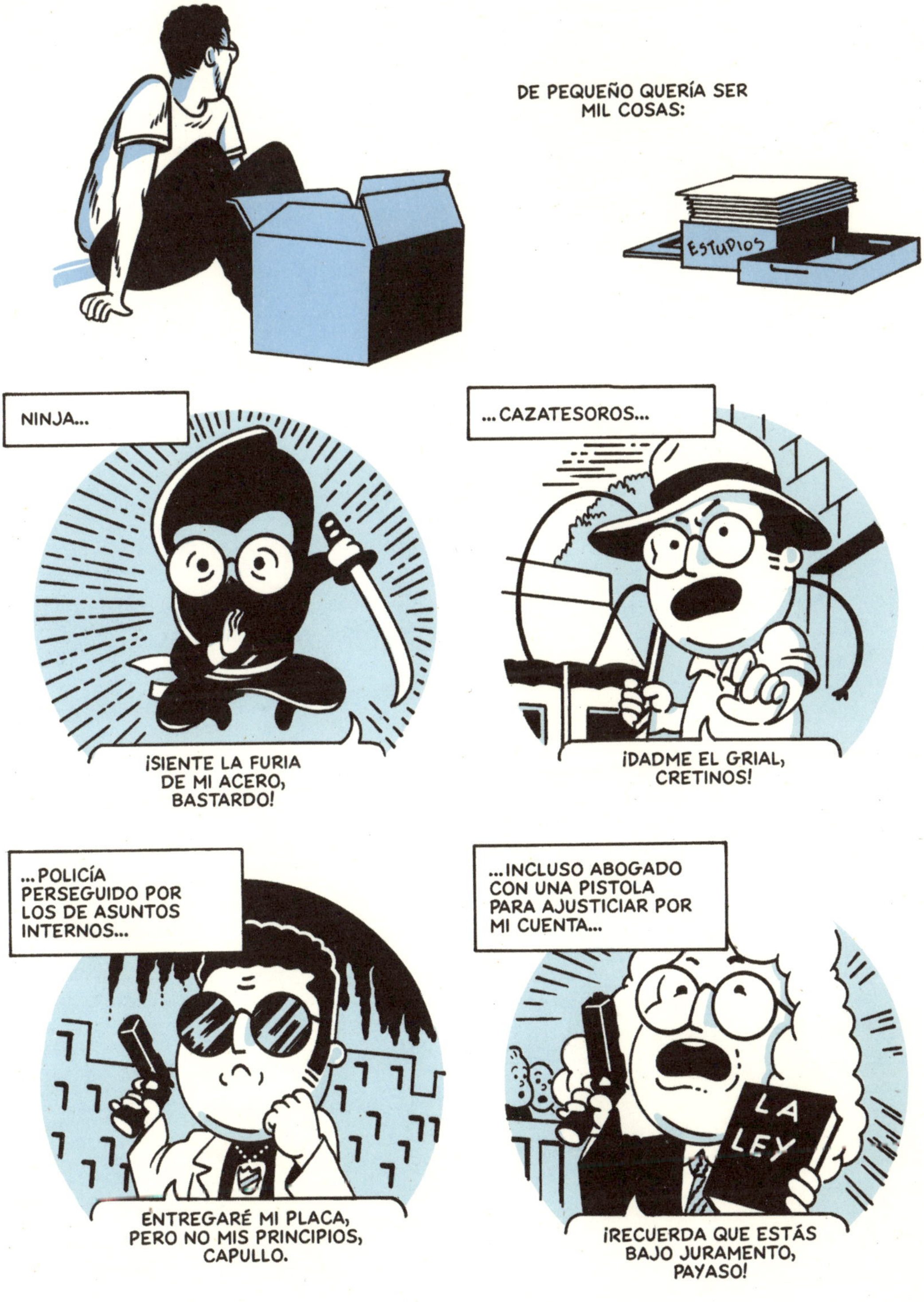
DE PEQUEÑO QUERÍA SER MIL COSAS:
ESTUDIOS
NINJA...
¡SIENTE LA FURIA DE MI ACERO, BASTARDO!
...CAZATESOROS...
¡DADME EL GRIAL, CRETINOS!
...POLICÍA PERSEGUIDO POR LOS DE ASUNTOS INTERNOS...
ENTREGARÉ MI PLACA, PERO NO MIS PRINCIPIOS, CAPULLO.
...INCLUSO ABOGADO CON UNA PISTOLA PARA AJUSTICIAR POR MI CUENTA...
LA LEY
¡RECUERDA QUE ESTÁS BAJO JURAMENTO, PAYASO!

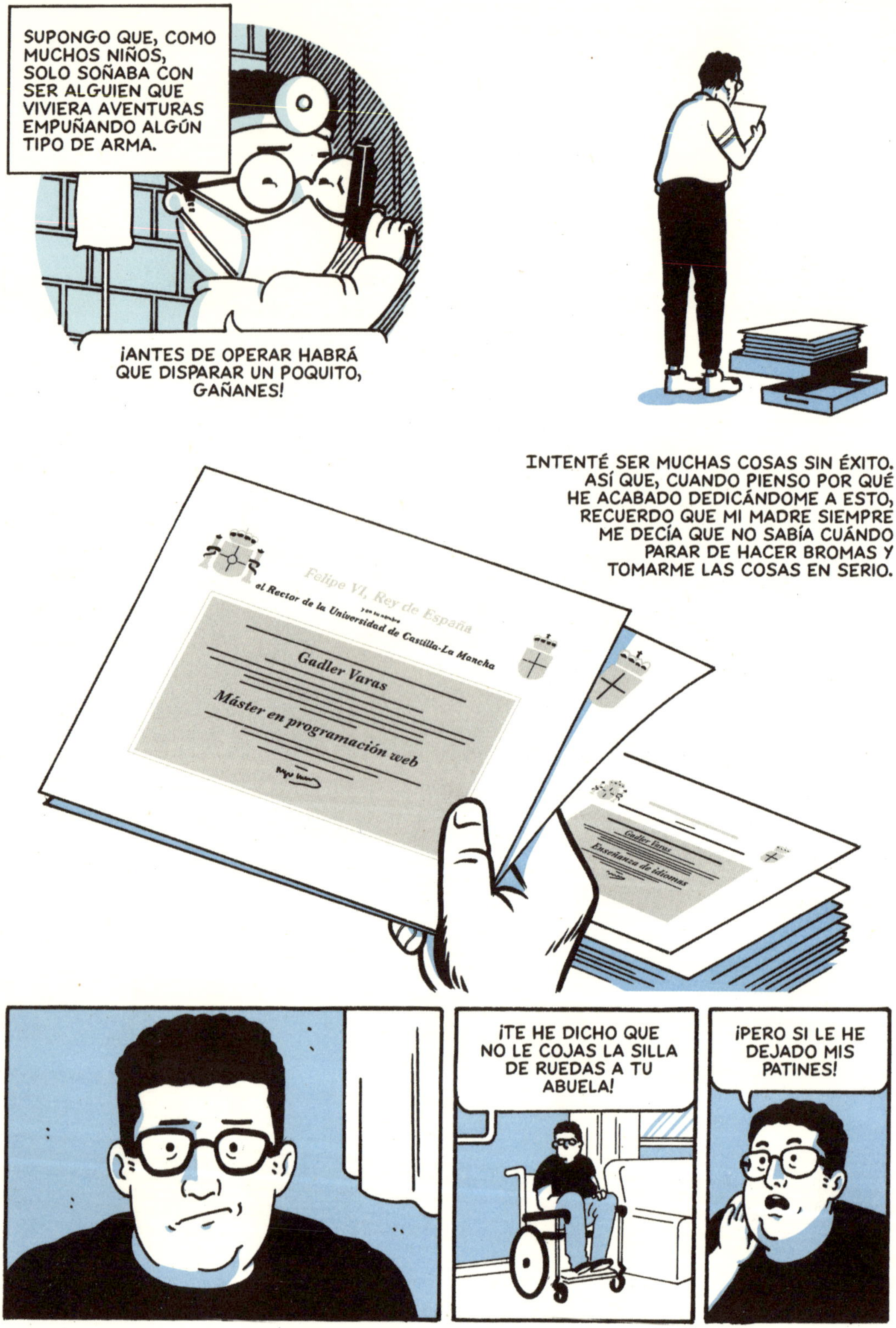

SUPONGO QUE, COMO MUCHOS NIÑOS, SOLO SOÑABA CON SER ALGUIEN QUE VIVIERA AVENTURAS EMPUÑANDO ALGÚN TIPO DE ARMA.
¡ANTES DE OPERAR HABRÁ QUE DISPARAR UN POQUITO, GAÑANES!
INTENTÉ SER MUCHAS COSAS SIN ÉXITO. ASÍ QUE, CUANDO PIENSO POR QUÉ HE ACABADO DEDICÁNDOME A ESTO, RECUERDO QUE MI MADRE SIEMPRE ME DECÍA QUE NO SABÍA CUÁNDO PARAR DE HACER BROMAS Y TOMARME LAS COSAS EN SERIO.
Felipe VI, Rey de España
y en su nombre
el Rector de la Universidad de Castilla-La Mancha
Gadler Varas
Máster en programación web
Gadler Varas
Enseñanza de idiomas
¡TE HE DICHO QUE NO LE COJAS LA SILLA DE RUEDAS A TU ABUELA!
¡PERO SI LE HE DEJADO MIS PATINES!

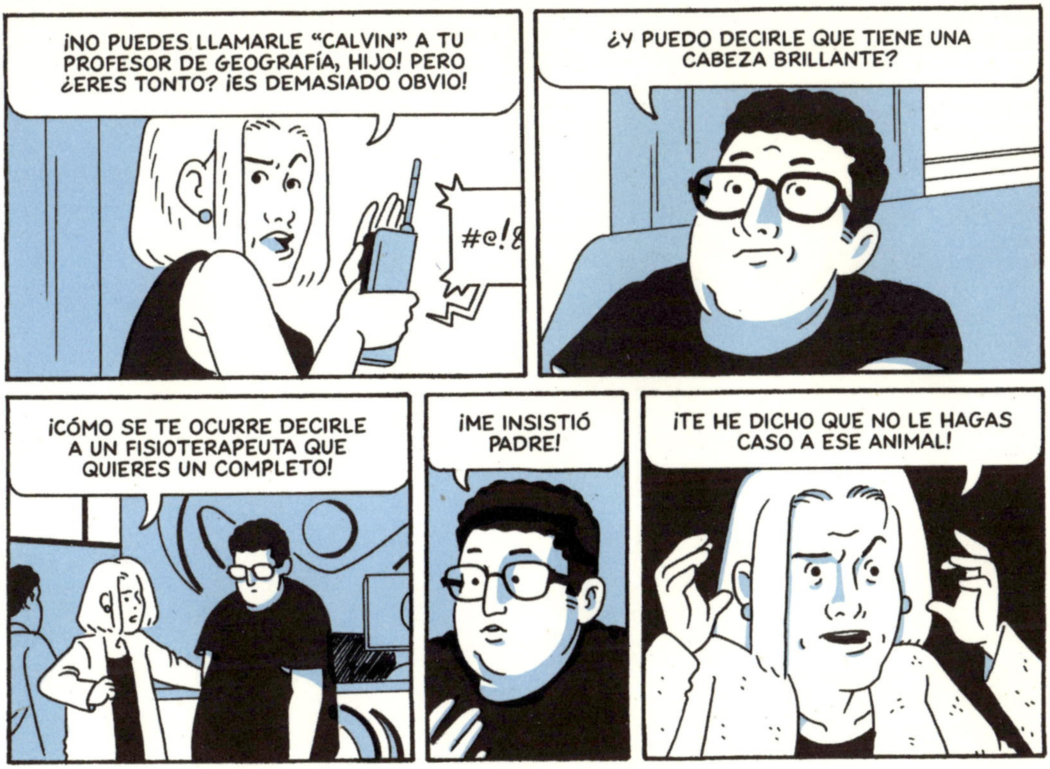
¡NO PUEDES LLAMARLE "CALVIN" A TU PROFESOR DE GEOGRAFÍA, HIJO! PERO ¿ERES TONTO? ¡ES DEMASIADO OBVIO!
¿Y PUEDO DECIRLE QUE TIENE UNA CABEZA BRILLANTE?
¡CÓMO SE TE OCURRE DECIRLE A UN FISIOTERAPEUTA QUE QUIERES UN COMPLETO!
¡ME INSISTIÓ PADRE!
¡TE HE DICHO QUE NO LE HAGAS CASO A ESE ANIMAL!

SUPONGO QUE AL FINAL HA SIDO ESO.
HAGO LO QUE HAGO PORQUE NO HA
HABIDO MÁS REMEDIO.

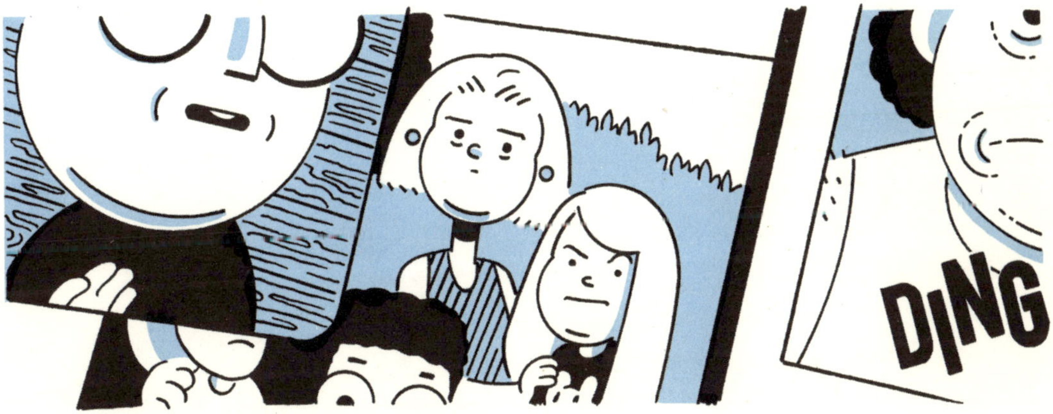
DING

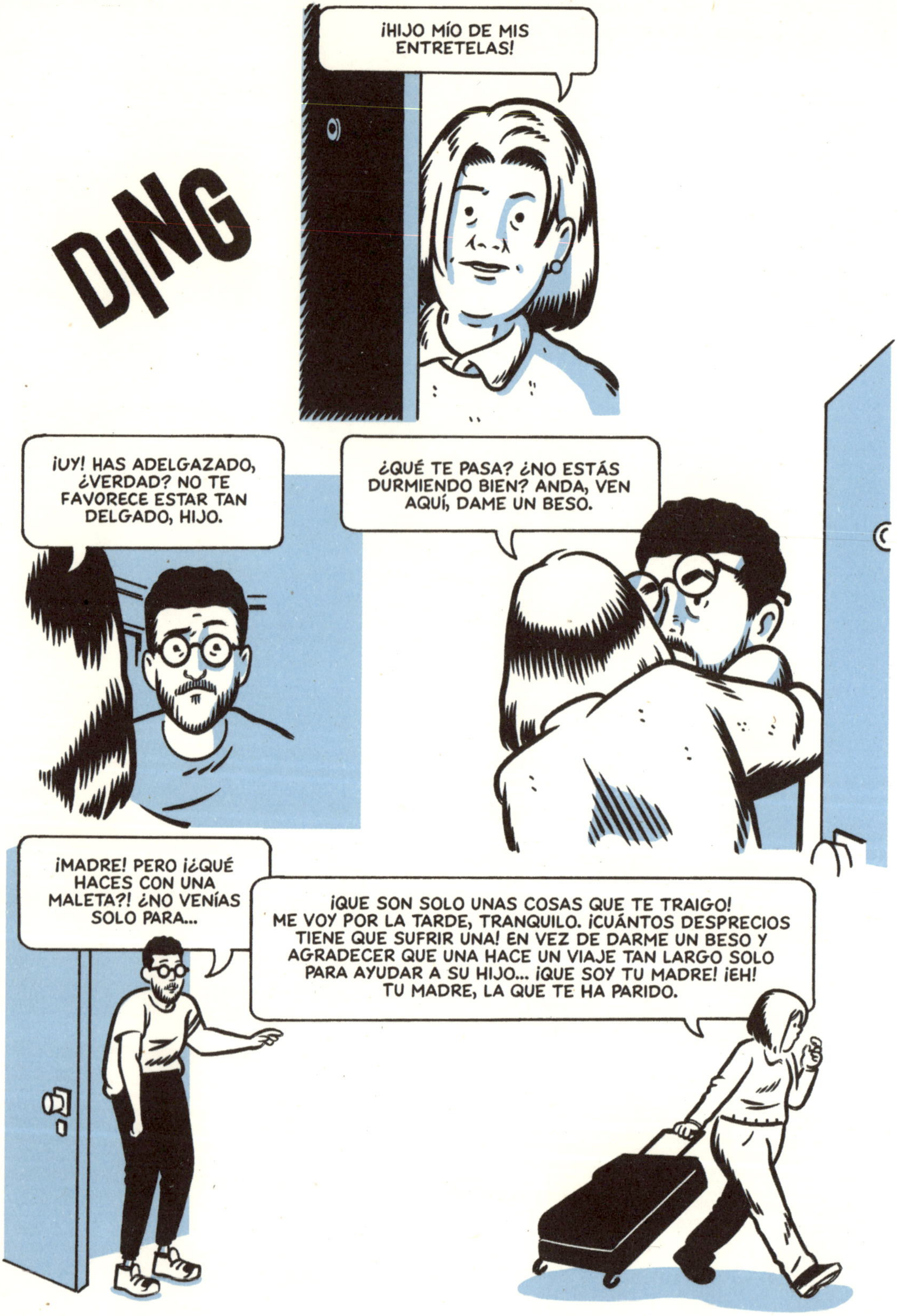
DING
¡HIJO MÍO DE MIS ENTRETELAS!
¡UY! HAS ADELGAZADO, ¿VERDAD? NO TE FAVORECE ESTAR TAN DELGADO, HIJO.
¿QUÉ TE PASA? ¿NO ESTÁS DURMIENDO BIEN? ANDA, VEN AQUÍ, DAME UN BESO.
¡MADRE! PERO ¡¿QUÉ HACES CON UNA MALETA?! ¿NO VENÍAS SOLO PARA...
¡QUE SON SOLO UNAS COSAS QUE TE TRAIGO! ME VOY POR LA TARDE, TRANQUILO. ¡CUÁNTOS DESPRECIOS TIENE QUE SUFRIR UNA! EN VEZ DE DARME UN BESO Y AGRADECER QUE UNA HACE UN VIAJE TAN LARGO SOLO PARA AYUDAR A SU HIJO... ¡QUE SOY TU MADRE! ¡EH! TU MADRE, LA QUE TE HA PARIDO.

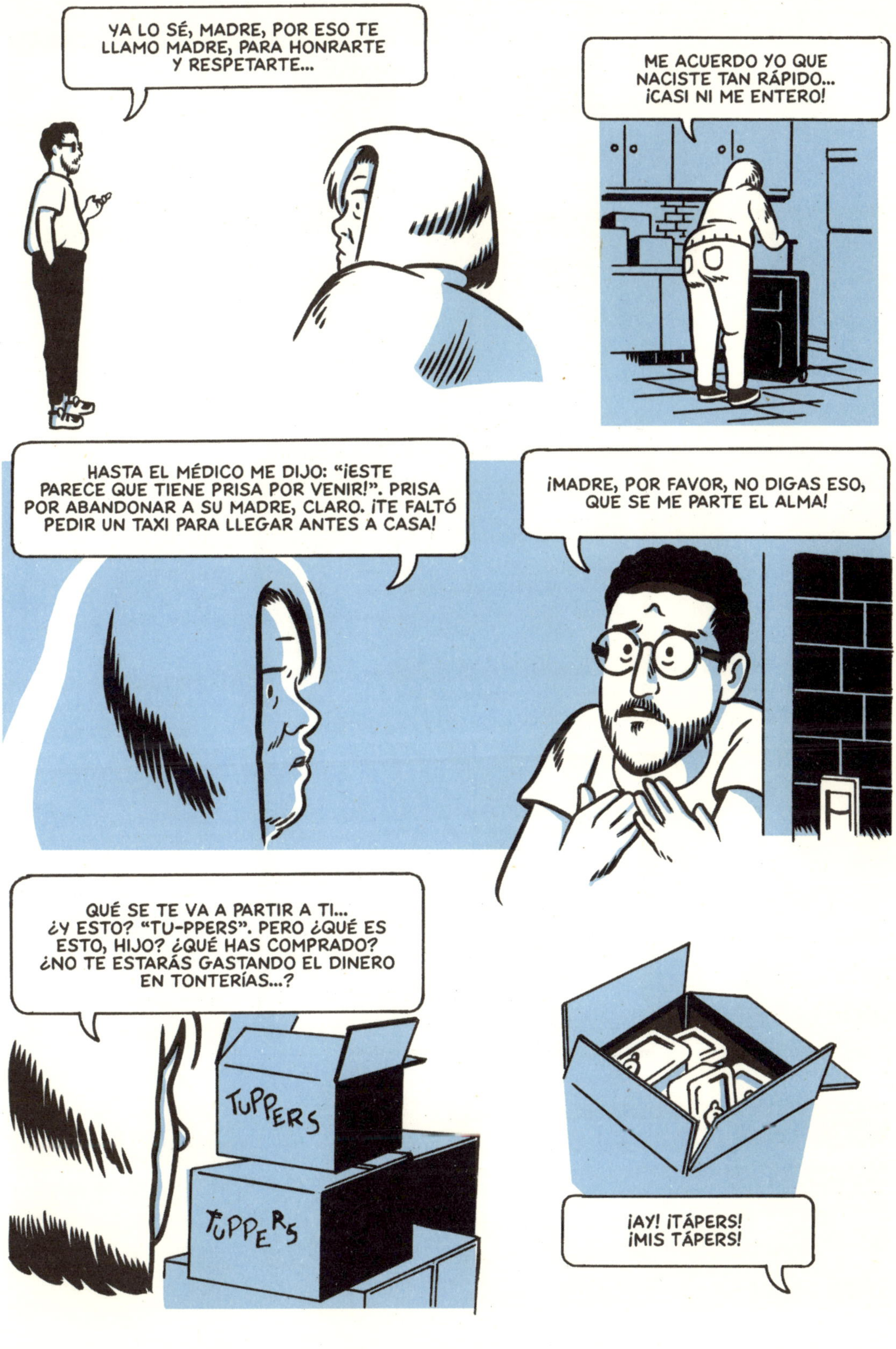
YA LO SÉ, MADRE, POR ESO TE LLAMO MADRE, PARA HONRARTE Y RESPETARTE...
ME ACUERDO YO QUE NACISTE TAN RÁPIDO... ¡CASI NI ME ENTERO!
HASTA EL MÉDICO ME DIJO: "¡ESTE PARECE QUE TIENE PRISA POR VENIR!". PRISA POR ABANDONAR A SU MADRE, CLARO. ¡TE FALTÓ PEDIR UN TAXI PARA LLEGAR ANTES A CASA!
¡MADRE, POR FAVOR, NO DIGAS ESO, QUE SE ME PARTE EL ALMA!
QUÉ SE TE VA A PARTIR A TI... ¿Y ESTO? "TU-PPERS". PERO ¿QUÉ ES ESTO, HIJO? ¿QUÉ HAS COMPRADO? ¿NO TE ESTARÁS GASTANDO EL DINERO EN TONTERÍAS...?
TUPPERS
TUPPERS
¡AY! ¡TÁPERS! ¡MIS TÁPERS!

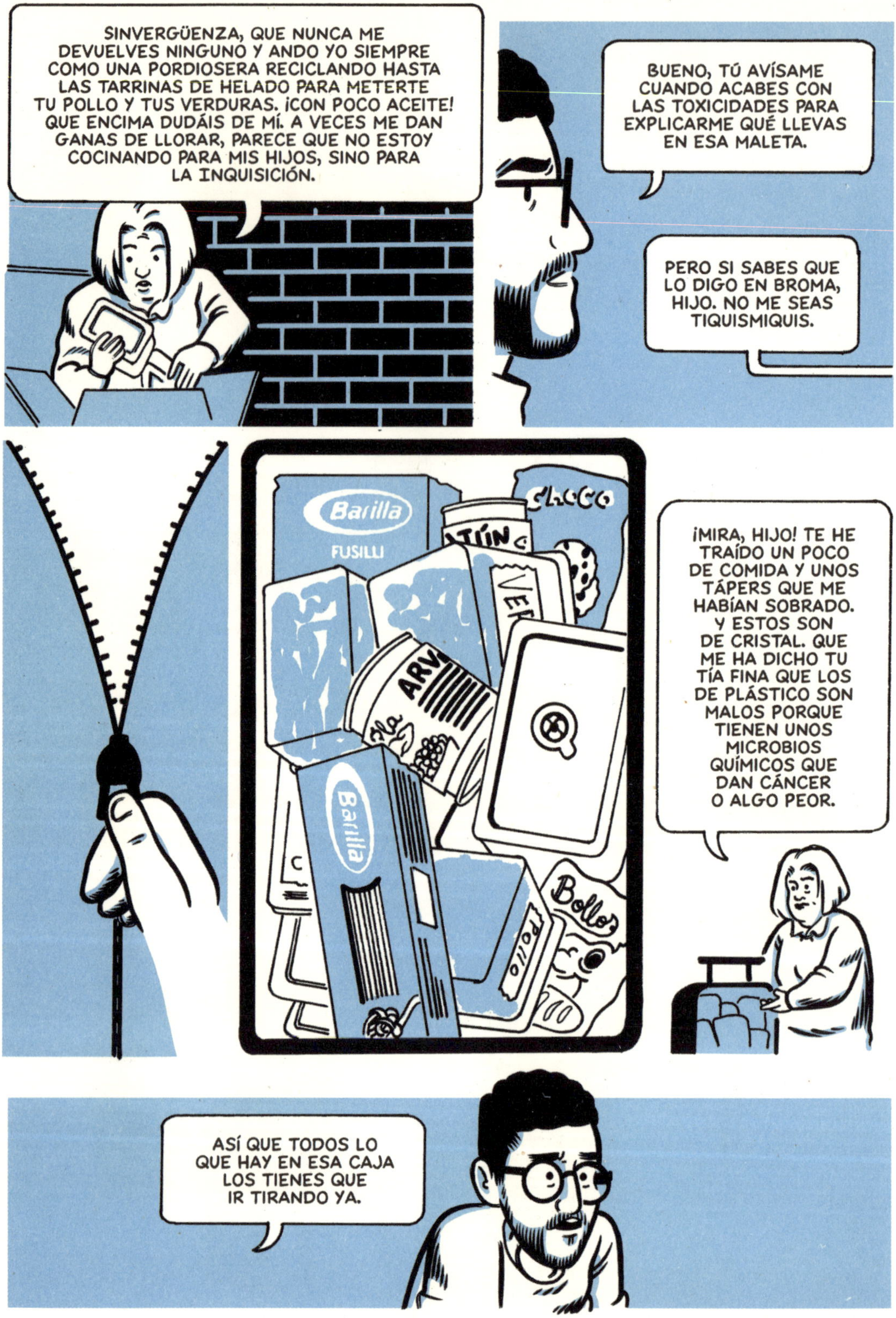
SINVERGÜENZA, QUE NUNCA ME DEVUELVES NINGUNO Y ANDO YO SIEMPRE COMO UNA PORDIOSERA RECICLANDO HASTA LAS TARRINAS DE HELADO PARA METERTE TU POLLO Y TUS VERDURAS. ¡CON POCO ACEITE! QUE ENCIMA DUDÁIS DE MÍ. A VECES ME DAN GANAS DE LLORAR, PARECE QUE NO ESTOY COCINANDO PARA MIS HIJOS, SINO PARA LA INQUISICIÓN.
BUENO, TÚ AVÍSAME CUANDO ACABES CON LAS TOXICIDADES PARA EXPLICARME QUÉ LLEVAS EN ESA MALETA.
PERO SI SABES QUE LO DIGO EN BROMA, HIJO. NO ME SEAS TIQUISMIQUIS.
Barilla
FUSILLI
CHOCO
Barilla
Bollos
POLLO
¡MIRA, HIJO! TE HE TRAÍDO UN POCO DE COMIDA Y UNOS TÁPERS QUE ME HABÍAN SOBRADO. Y ESTOS SON DE CRISTAL. QUE ME HA DICHO TU TÍA FINA QUE LOS DE PLÁSTICO SON MALOS PORQUE TIENEN UNOS MICROBIOS QUÍMICOS QUE DAN CÁNCER O ALGO PEOR.
ASÍ QUE TODOS LO QUE HAY EN ESA CAJA LOS TIENES QUE IR TIRANDO YA.

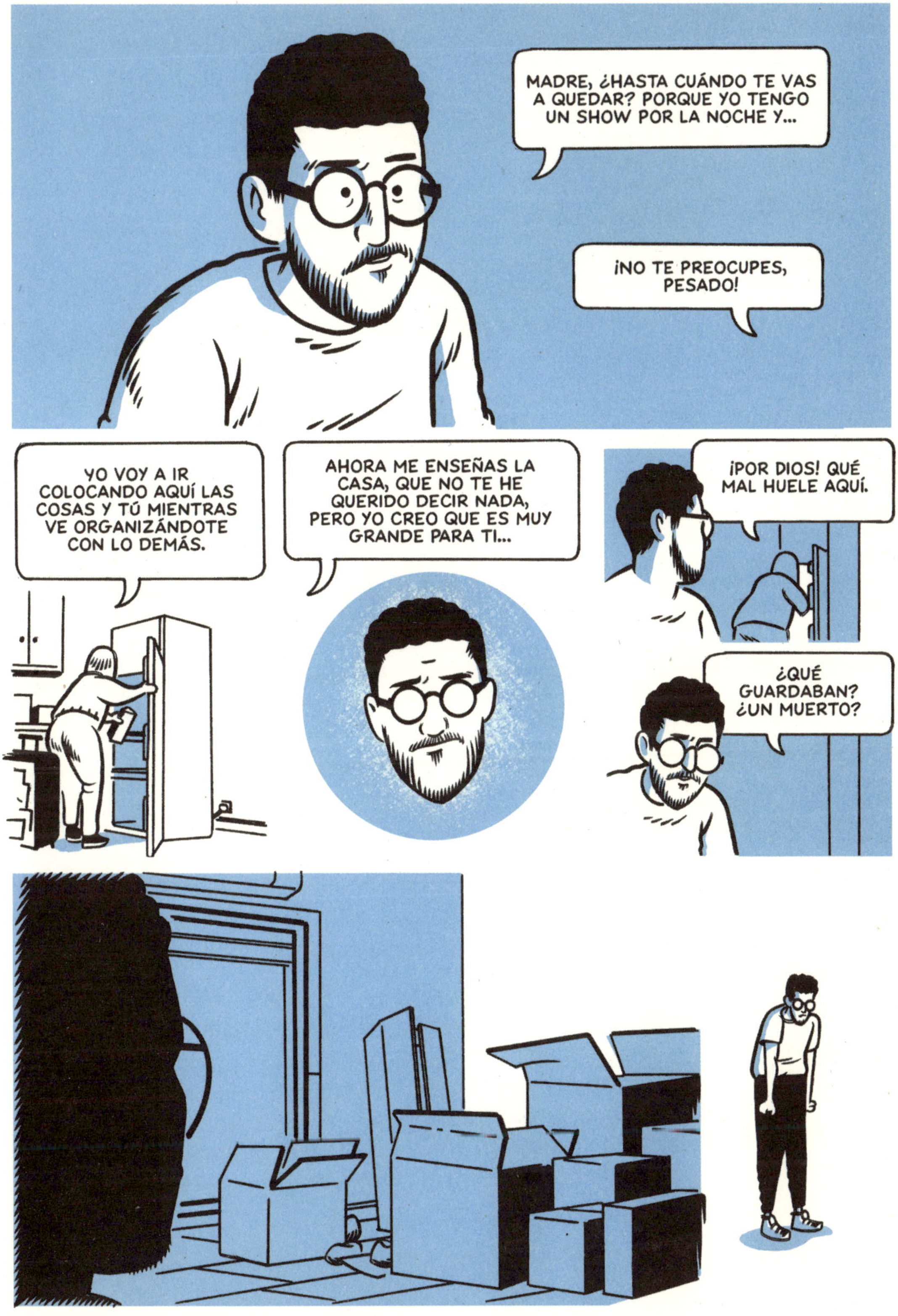
MADRE, ¿HASTA CUÁNDO TE VAS A QUEDAR? PORQUE YO TENGO UN SHOW POR LA NOCHE Y...
¡NO TE PREOCUPES, PESADO!
YO VOY A IR COLOCANDO AQUÍ LAS COSAS Y TÚ MIENTRAS VE ORGANIZÁNDOTE CON LO DEMÁS.
AHORA ME ENSEÑAS LA CASA, QUE NO TE HE QUERIDO DECIR NADA, PERO YO CREO QUE ES MUY GRANDE PARA TI...
¡POR DIOS! QUÉ MAL HUELE AQUÍ.
¿QUÉ GUARDABAN? ¿UN MUERTO?

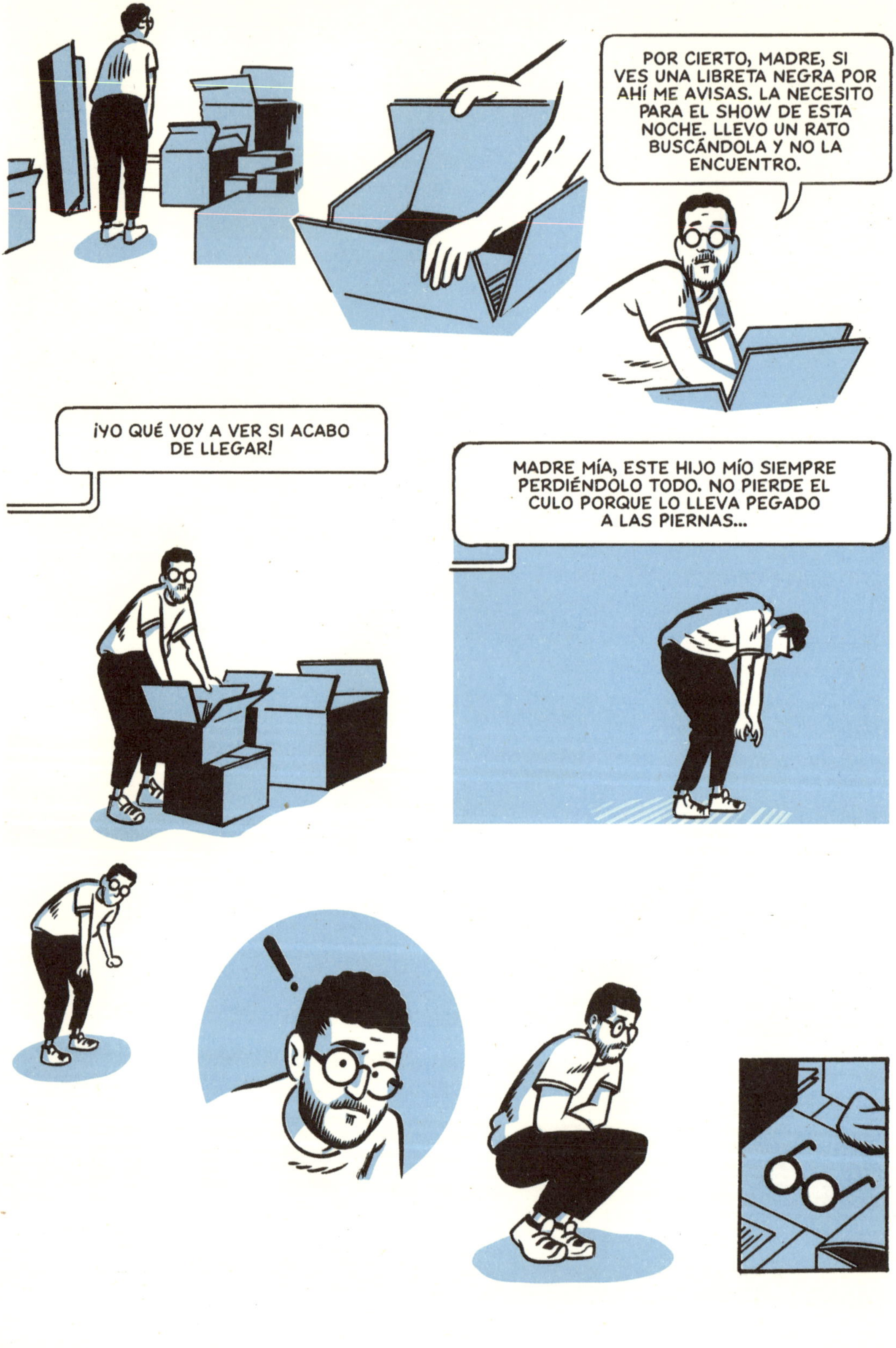
POR CIERTO, MADRE, SI VES UNA LIBRETA NEGRA POR AHÍ ME AVISAS. LA NECESITO PARA EL SHOW DE ESTA NOCHE. LLEVO UN RATO BUSCÁNDOLA Y NO LA ENCUENTRO.
¡YO QUÉ VOY A VER SI ACABO DE LLEGAR!
MADRE MÍA, ESTE HIJO MÍO SIEMPRE PERDIÉNDOLO TODO. NO PIERDE EL CULO PORQUE LO LLEVA PEGADO A LAS PIERNAS...

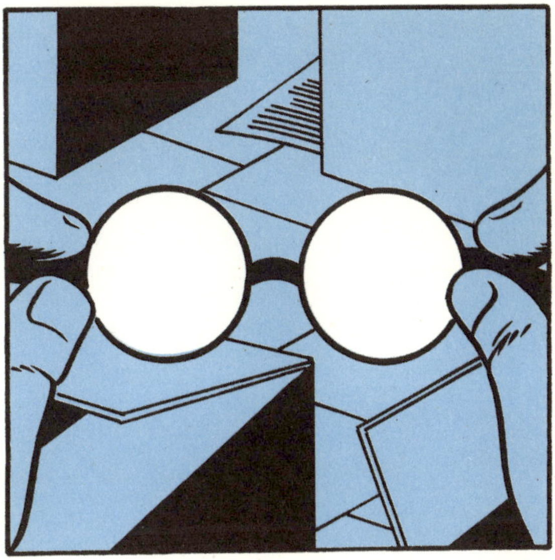

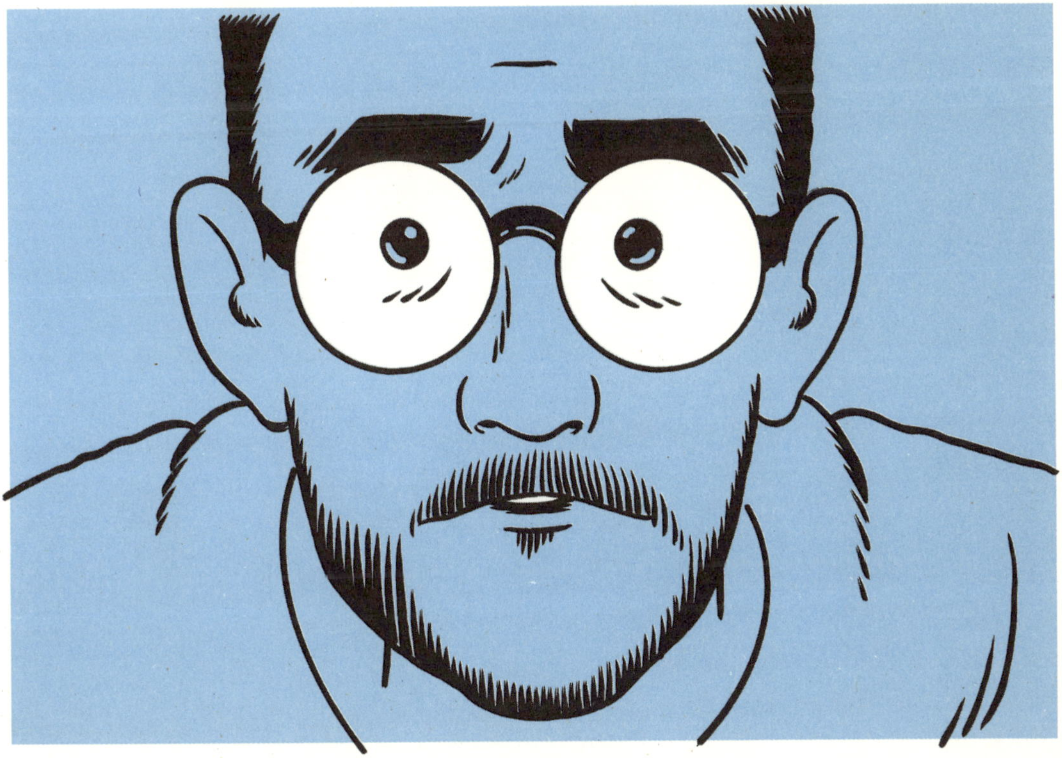

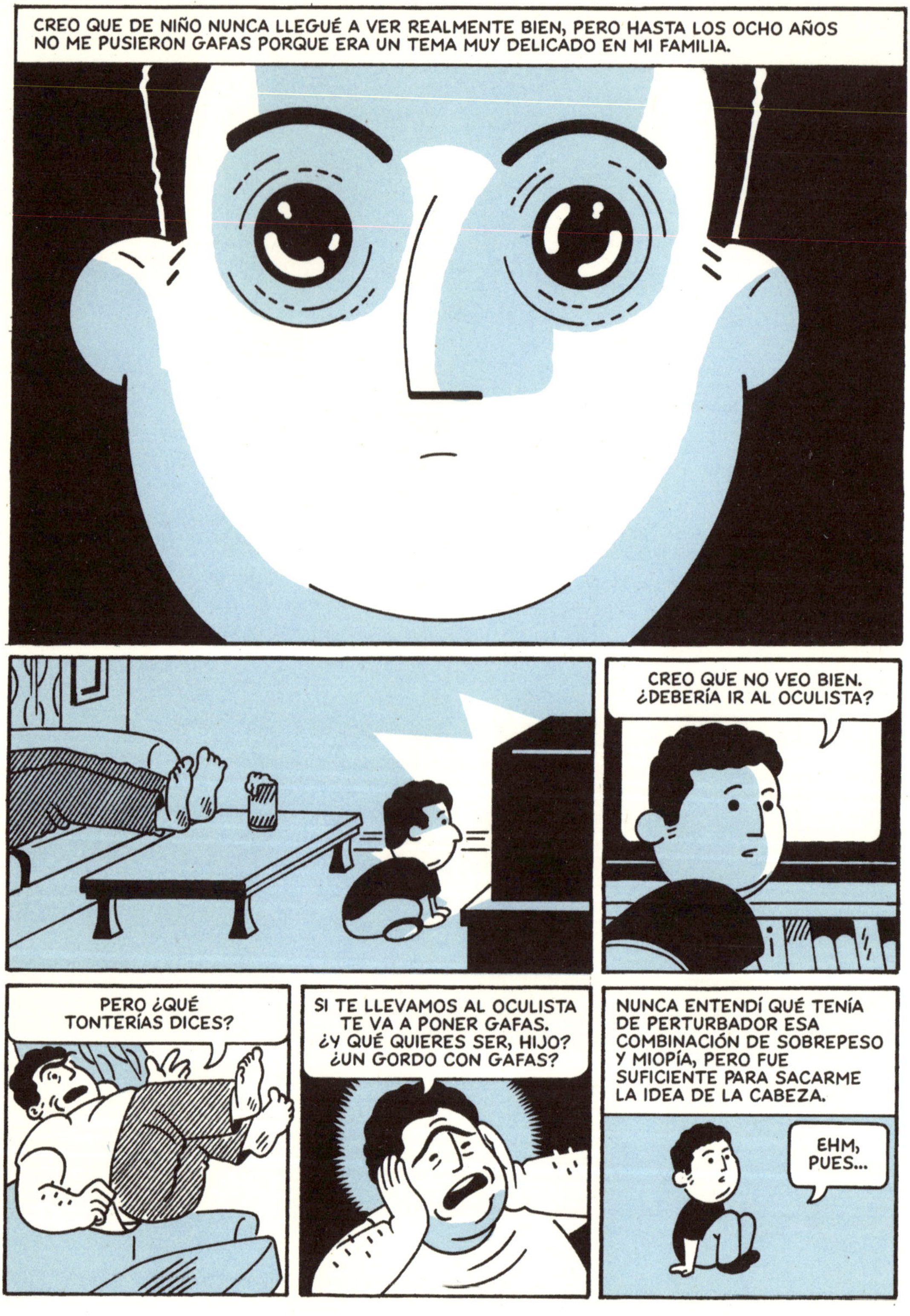
CREO QUE DE NIÑO NUNCA LLEGUÉ A VER REALMENTE BIEN, PERO HASTA LOS OCHO AÑOS NO ME PUSIERON GAFAS PORQUE ERA UN TEMA MUY DELICADO EN MI FAMILIA.
CREO QUE NO VEO BIEN. ¿DEBERÍA IR AL OCULISTA?
PERO ¿QUÉ TONTERÍAS DICES?
SI TE LLEVAMOS AL OCULISTA TE VA A PONER GAFAS. ¿Y QUÉ QUIERES SER, HIJO? ¿UN GORDO CON GAFAS?
NUNCA ENTENDÍ QUÉ TENÍA DE PERTURBADOR ESA COMBINACIÓN DE SOBREPESO Y MIOPÍA, PERO FUE SUFICIENTE PARA SACARME LA IDEA DE LA CABEZA.
EHM, PUES...

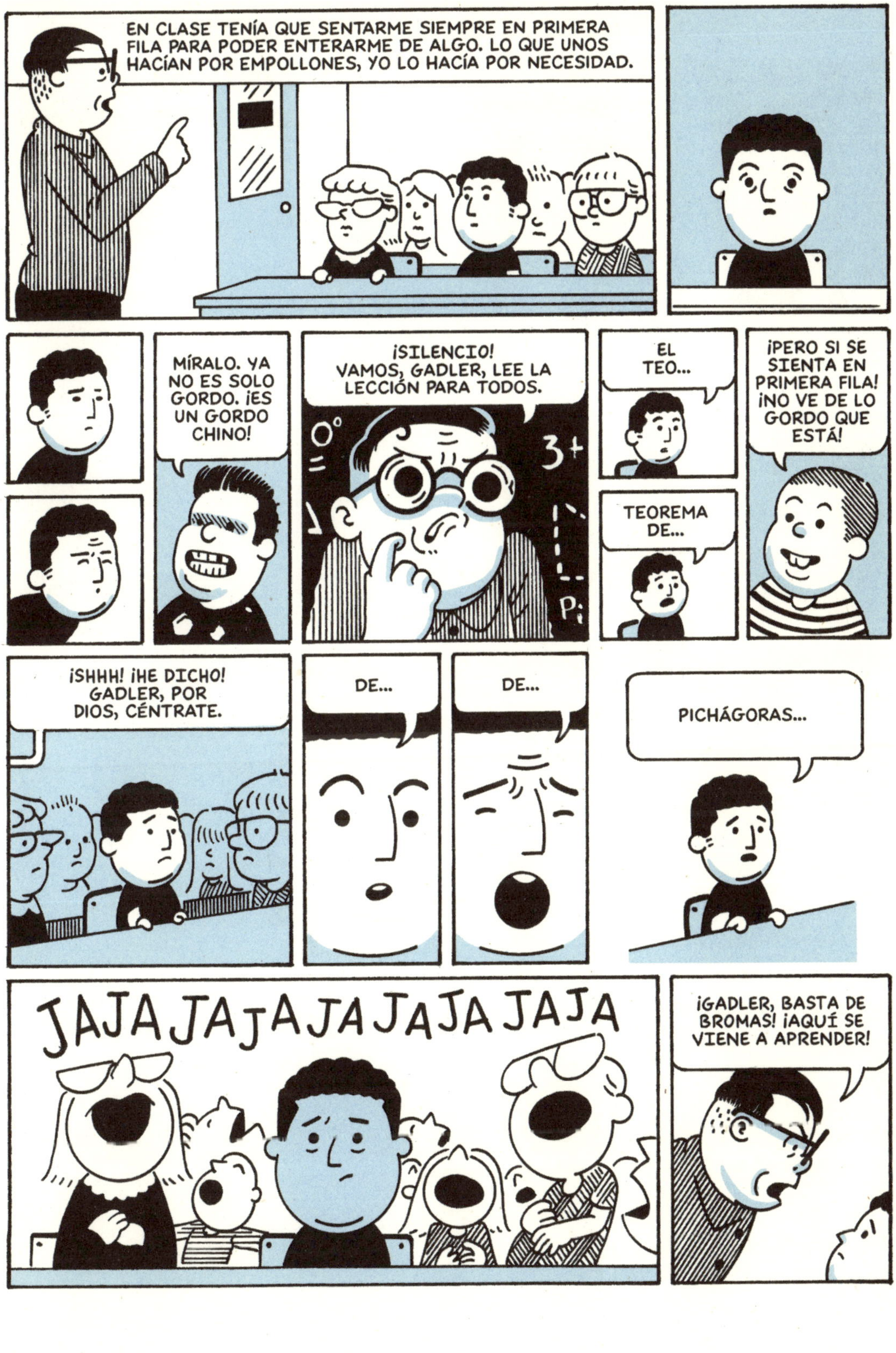
EN CLASE TENÍA QUE SENTARME SIEMPRE EN PRIMERA FILA PARA PODER ENTERARME DE ALGO. LO QUE UNOS HACÍAN POR EMPOLLONES, YO LO HACÍA POR NECESIDAD.
MÍRALO. YA NO ES SOLO GORDO. ¡ES UN GORDO CHINO!
¡SILENCIO! VAMOS, GADLER, LEE LA LECCIÓN PARA TODOS.
EL TEO...
TEOREMA DE...
¡PERO SI SE SIENTA EN PRIMERA FILA! ¡NO VE DE LO GORDO QUE ESTÁ!
¡SHHH! ¡HE DICHO! GADLER, POR DIOS, CÉNTRATE.
DE...
DE...
PICHÁGORAS...
JAJAJAJAJAJAJAJAJA
¡GADLER, BASTA DE BROMAS! ¡AQUÍ SE VIENE A APRENDER!

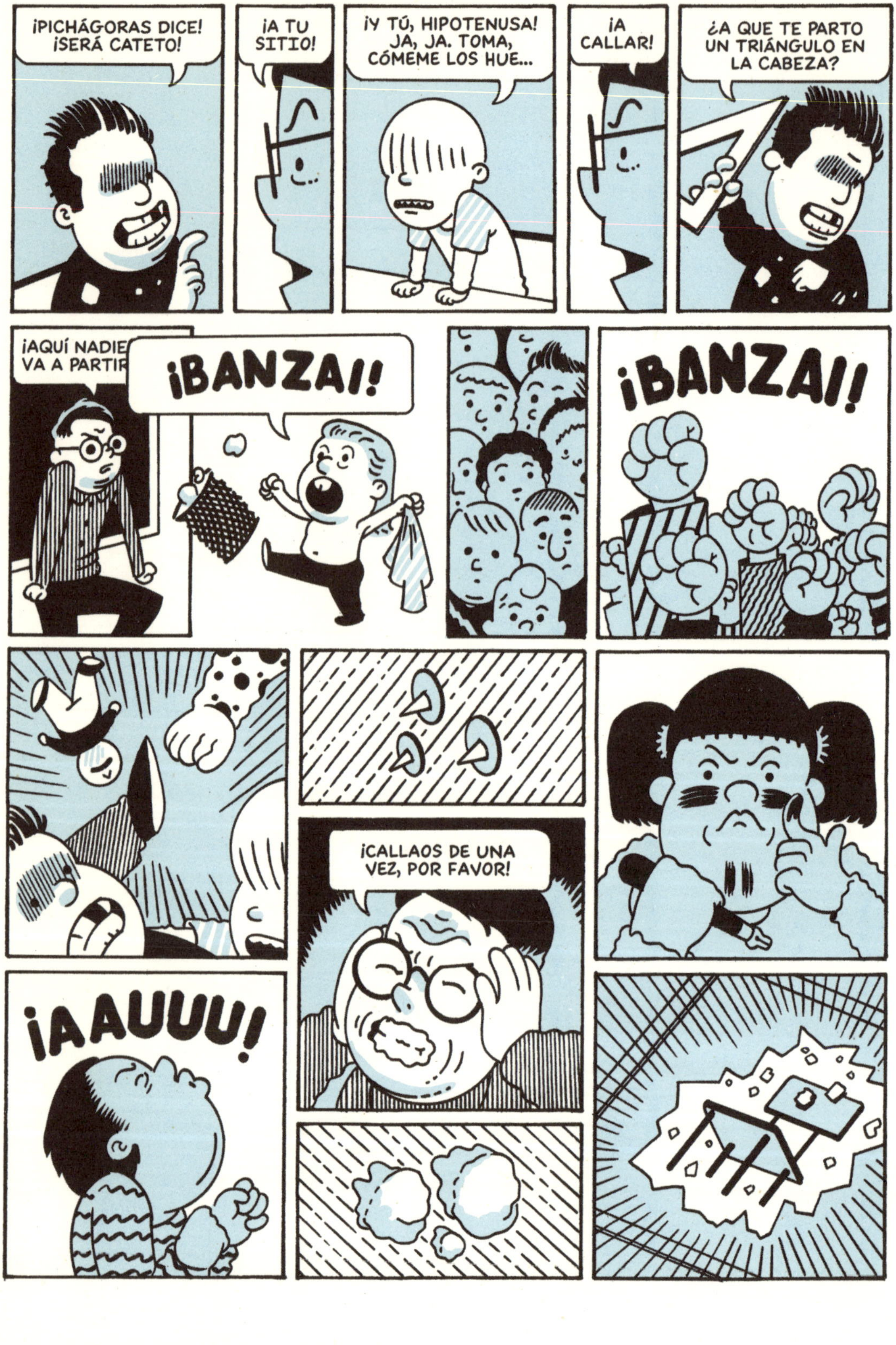
¡PICHÁGORAS DICE! ¡SERÁ CATETO!
¡A TU SITIO!
¡Y TÚ, HIPOTENUSA! JA, JA. TOMA, CÓMEME LOS HUE...
¡A CALLAR!
¿A QUE TE PARTO UN TRIÁNGULO EN LA CABEZA?
¡AQUÍ NADIE
VA A PARTIR
¡BANZAI!
¡BANZAI!
¡CALLAOS DE UNA VEZ, POR FAVOR!
¡AAUUU!

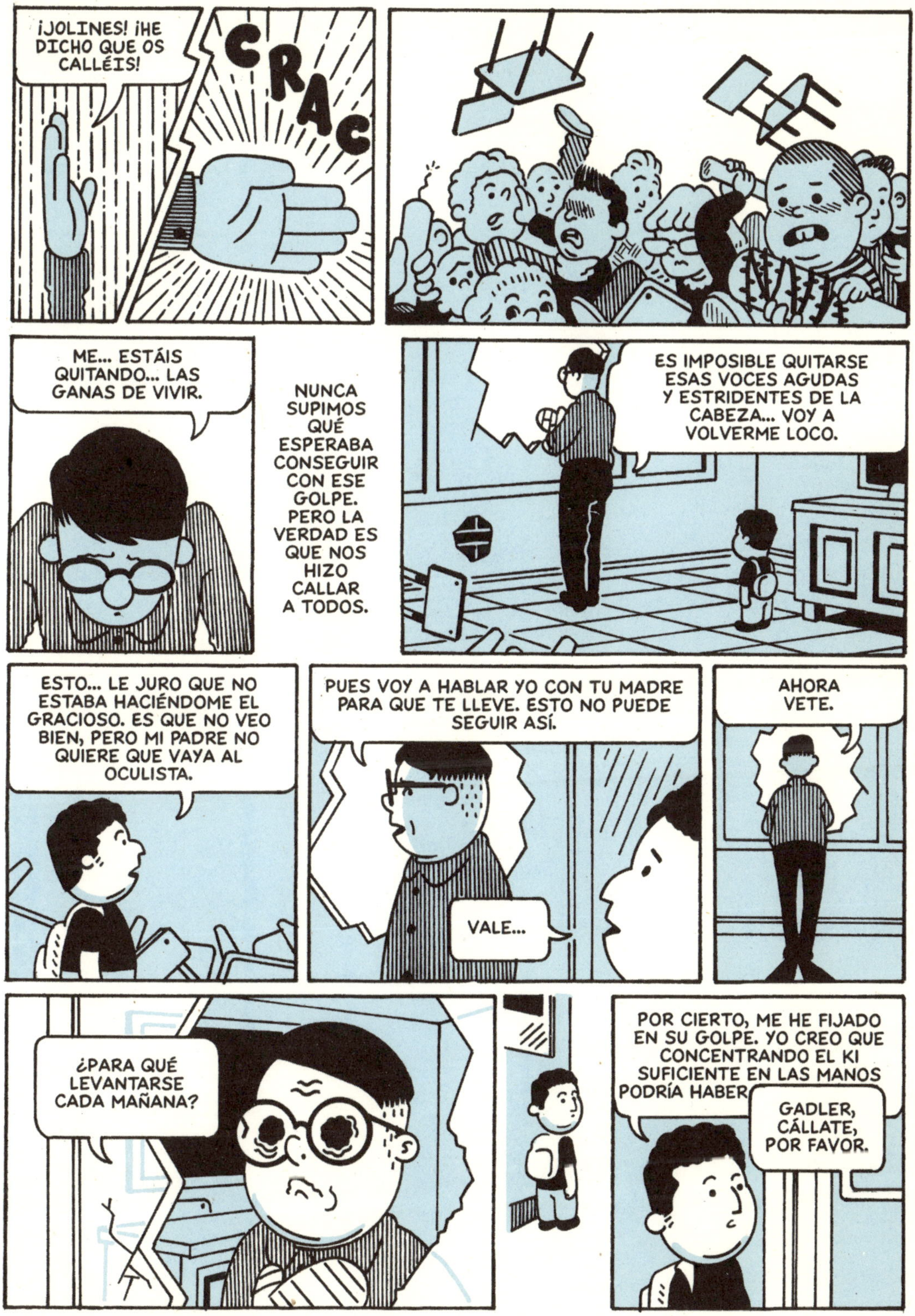
¡JOLINES! ¡HE DICHO QUE OS CALLÉIS!
CRAC
ME... ESTÁIS QUITANDO... LAS GANAS DE VIVIR.
NUNCA SUPIMOS QUÉ ESPERABA CONSEGUIR CON ESE GOLPE. PERO LA VERDAD ES QUE NOS HIZO CALLAR A TODOS.
ES IMPOSIBLE QUITARSE ESAS VOCES AGUDAS Y ESTRIDENTES DE LA CABEZA... VOY A VOLVERME LOCO.
ESTO... LE JURO QUE NO ESTABA HACIÉNDOME EL GRACIOSO. ES QUE NO VEO BIEN, PERO MI PADRE NO QUIERE QUE VAYA AL OCULISTA.
PUES VOY A HABLAR YO CON TU MADRE PARA QUE TE LLEVE. ESTO NO PUEDE SEGUIR ASÍ.
VALE...
AHORA VETE.
¿PARA QUÉ LEVANTARSE CADA MAÑANA?
POR CIERTO, ME HE FIJADO EN SU GOLPE. YO CREO QUE CONCENTRANDO EL KI SUFICIENTE EN LAS MANOS PODRÍA HABER
GADLER, CÁLLATE, POR FAVOR.

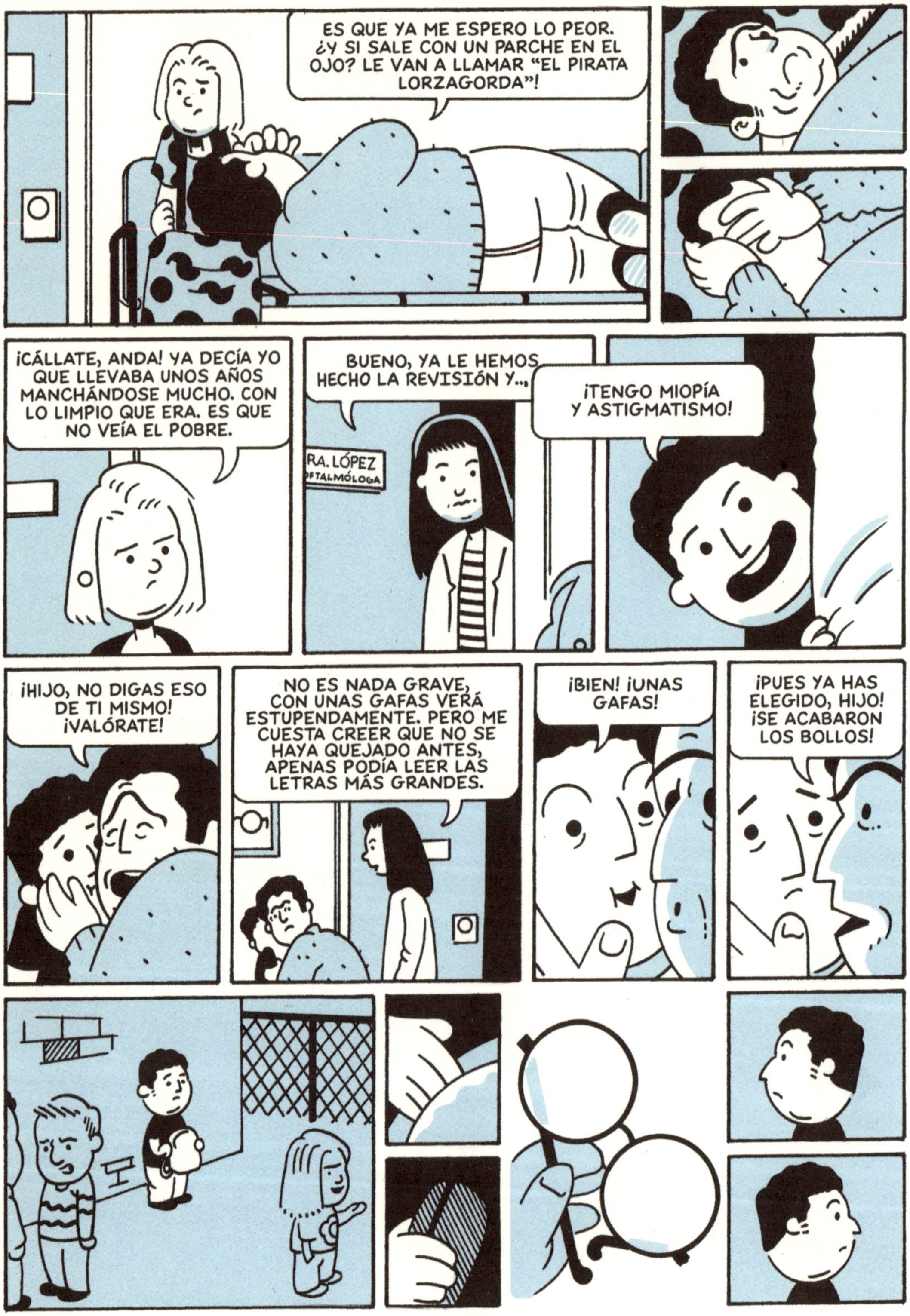
ES QUE YA ME ESPERO LO PEOR. ¿Y SI SALE CON UN PARCHE EN EL OJO? LE VAN A LLAMAR "EL PIRATA LORZAGORDA"!
¡CÁLLATE, ANDA! YA DECÍA YO QUE LLEVABA UNOS AÑOS MANCHÁNDOSE MUCHO. CON LO LIMPIO QUE ERA. ES QUE NO VEÍA EL POBRE.
BUENO, YA LE HEMOS HECHO LA REVISIÓN Y...,
RA. LÓPEZ
OFTALMÓLOGA
¡TENGO MIOPÍA Y ASTIGMATISMO!
¡HIJO, NO DIGAS ESO DE TI MISMO! ¡VALÓRATE!
NO ES NADA GRAVE, CON UNAS GAFAS VERÁ ESTUPENDAMENTE. PERO ME CUESTA CREER QUE NO SE HAYA QUEJADO ANTES, APENAS PODÍA LEER LAS LETRAS MÁS GRANDES.
¡BIEN! ¡UNAS GAFAS!
¡PUES YA HAS ELEGIDO, HIJO! ¡SE ACABARON LOS BOLLOS!

COMO LAS GAFAS ERAN ASUNTO DE DISCUSIÓN EN MI FAMILIA Y YO QUERÍA EVITAR CONFLICTOS, TARDÉ MUCHO TIEMPO EN ENTENDER CUÁNDO DEBÍA LLEVARLAS.

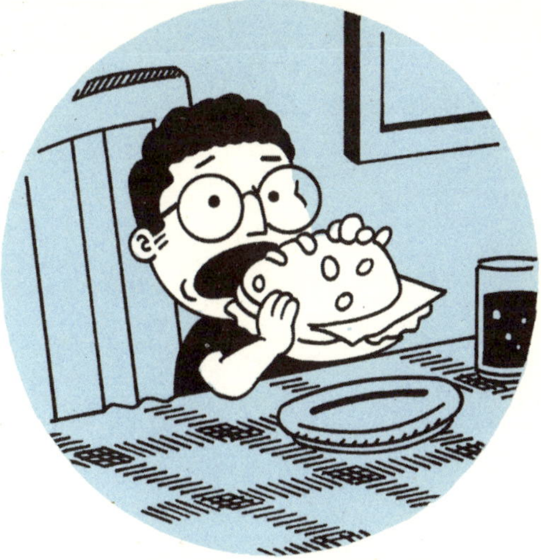

PERO ¿TAMBIÉN VAS A COMER CON GAFAS?

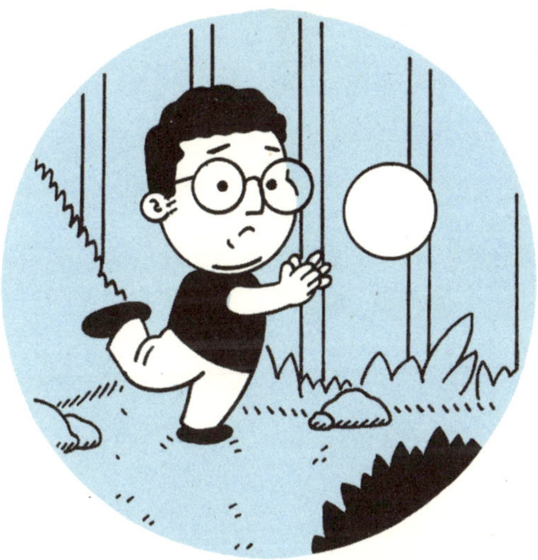

¡O JUEGAS O LLEVAS LAS GAFAS PUESTAS, PERO NO HAGAS LOCURAS!

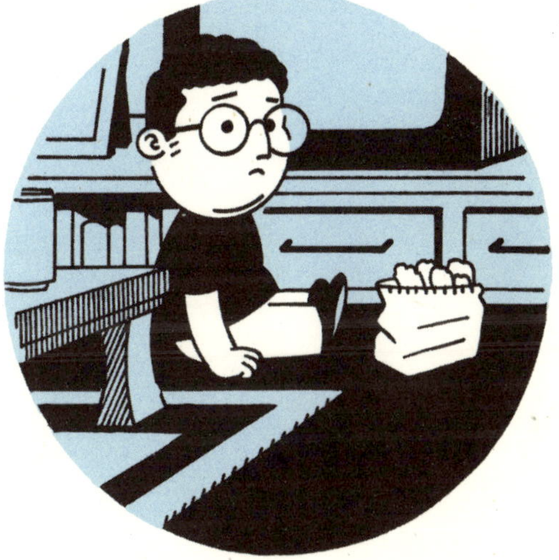

RÁPIDO, HIJO, QUÍTATE LAS GAFAS, QUE VIENEN LOS VECINOS.

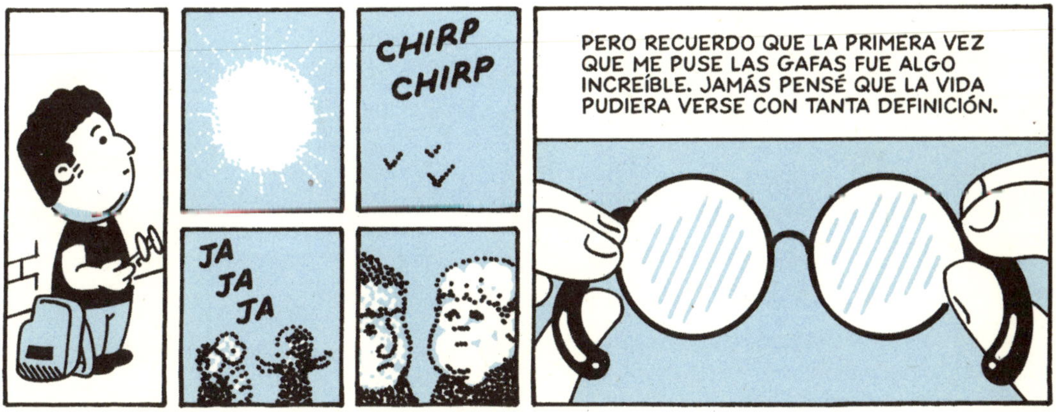
CHIRP
CHIRP
JA
JA
JA
PERO RECUERDO QUE LA PRIMERA VEZ QUE ME PUSE LAS GAFAS FUE ALGO INCREÍBLE. JAMÁS PENSÉ QUE LA VIDA PUDIERA VERSE CON TANTA DEFINICIÓN.

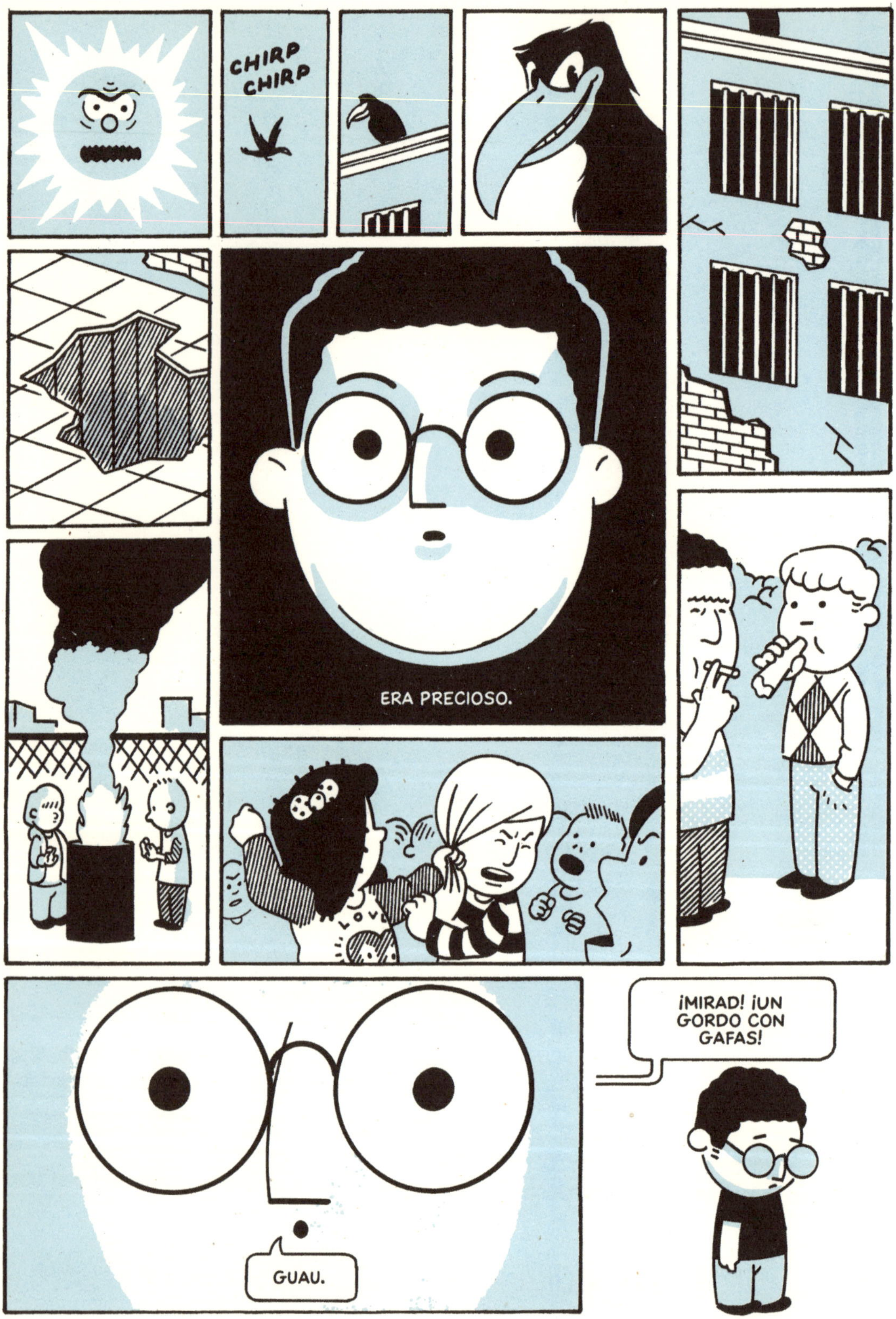
CHIRP
CHIRP
ERA PRECIOSO.
¡MIRAD! ¡UN GORDO CON GAFAS!
GUAU.

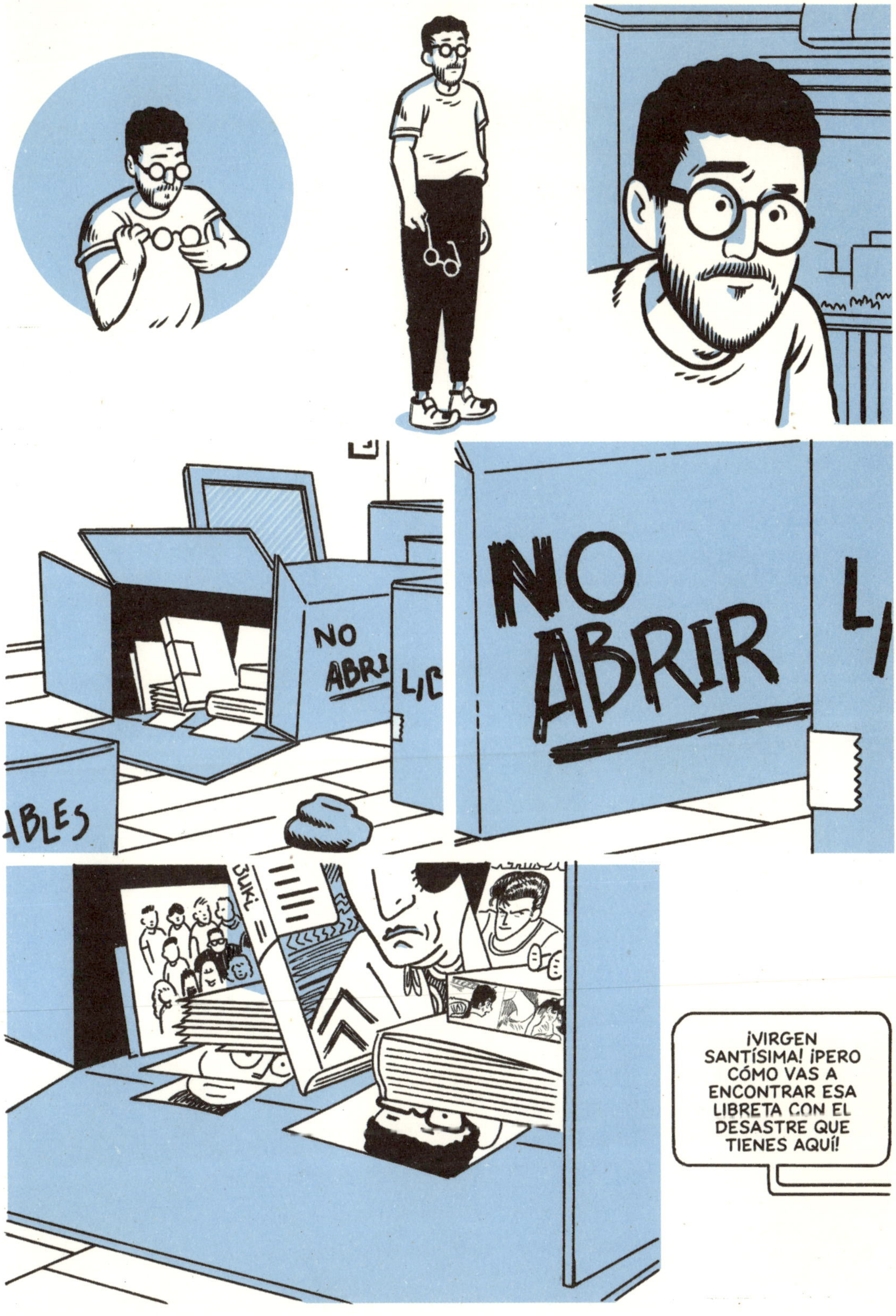
NO ABRI
LIC
ABLES
NO ABRIR
L
¡VIRGEN SANTÍSIMA! ¡PERO CÓMO VAS A ENCONTRAR ESA LIBRETA CON EL DESASTRE QUE TIENES AQUÍ!

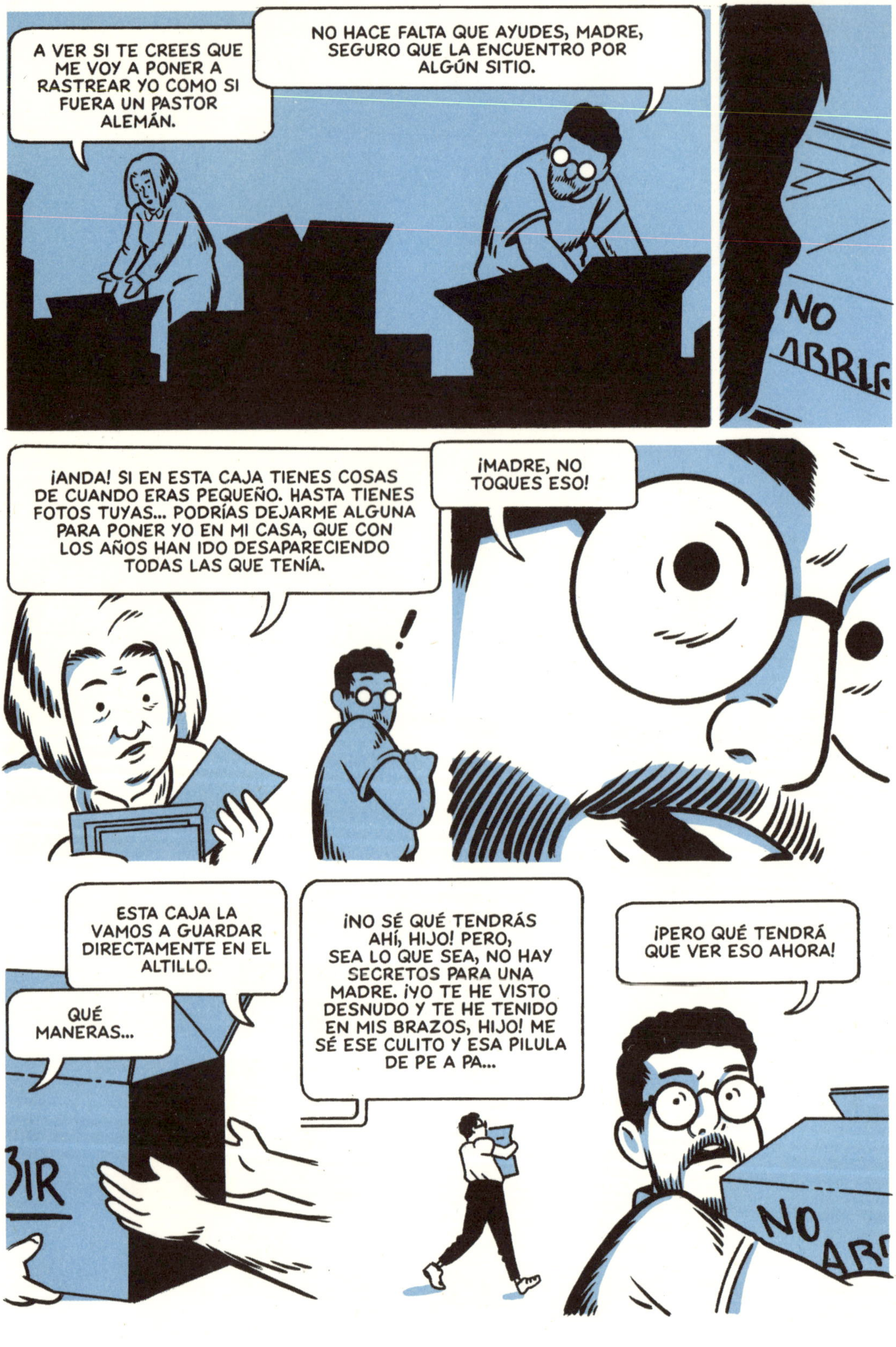
A VER SI TE CREES QUE ME VOY A PONER A RASTREAR YO COMO SI FUERA UN PASTOR ALEMÁN.
NO HACE FALTA QUE AYUDES, MADRE, SEGURO QUE LA ENCUENTRO POR ALGÚN SITIO.
NO ABRIR
¡ANDA! SI EN ESTA CAJA TIENES COSAS DE CUANDO ERAS PEQUEÑO. HASTA TIENES FOTOS TUYAS... PODRÍAS DEJARME ALGUNA PARA PONER YO EN MI CASA, QUE CON LOS AÑOS HAN IDO DESAPARECIENDO TODAS LAS QUE TENÍA.
!
¡MADRE, NO TOQUES ESO!
ESTA CAJA LA VAMOS A GUARDAR DIRECTAMENTE EN EL ALTILLO.
QUÉ MANERAS...
¡NO SÉ QUÉ TENDRÁS AHÍ, HIJO! PERO, SEA LO QUE SEA, NO HAY SECRETOS PARA UNA MADRE. ¡YO TE HE VISTO DESNUDO Y TE HE TENIDO EN MIS BRAZOS, HIJO! ME SÉ ESE CULITO Y ESA PILULA DE PE A PA...
¡PERO QUÉ TENDRÁ QUE VER ESO AHORA!

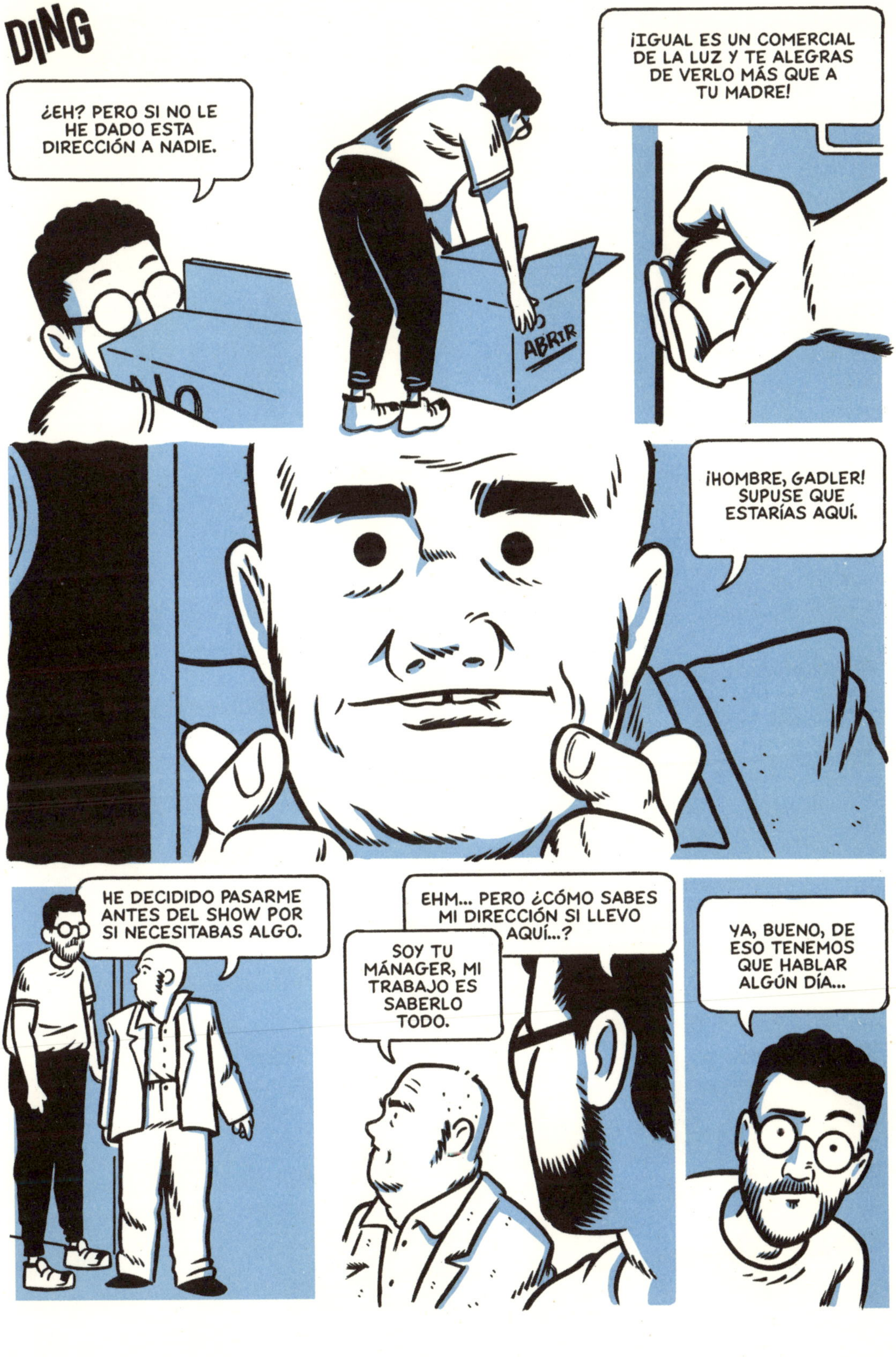
DING
¿EH? PERO SI NO LE HE DADO ESTA DIRECCIÓN A NADIE.
ABRIR
¡IGUAL ES UN COMERCIAL DE LA LUZ Y TE ALEGRAS DE VERLO MÁS QUE A TU MADRE!
¡HOMBRE, GADLER! SUPUSE QUE ESTARÍAS AQUÍ.
HE DECIDIDO PASARME ANTES DEL SHOW POR SI NECESITABAS ALGO.
EHM... PERO ¿CÓMO SABES MI DIRECCIÓN SI LLEVO AQUÍ...?
SOY TU MÁNAGER, MI TRABAJO ES SABERLO TODO.
YA, BUENO, DE ESO TENEMOS QUE HABLAR ALGÚN DÍA...

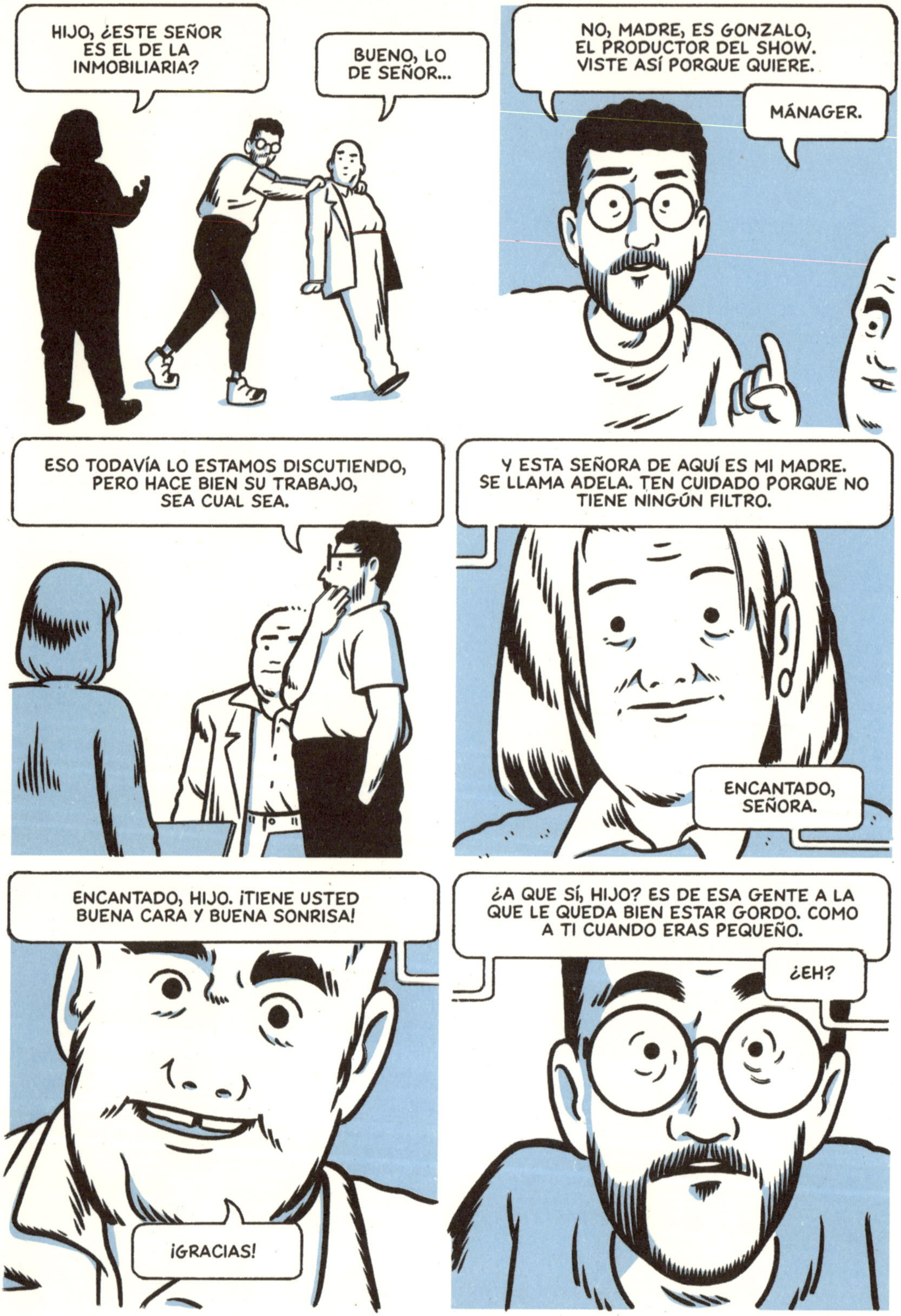
HIJO, ¿ESTE SEÑOR ES EL DE LA INMOBILIARIA?
BUENO, LO DE SEÑOR...
NO, MADRE, ES GONZALO, EL PRODUCTOR DEL SHOW. VISTE ASÍ PORQUE QUIERE.
MÁNAGER.
ESO TODAVÍA LO ESTAMOS DISCUTIENDO, PERO HACE BIEN SU TRABAJO, SEA CUAL SEA.
Y ESTA SEÑORA DE AQUÍ ES MI MADRE. SE LLAMA ADELA. TEN CUIDADO PORQUE NO TIENE NINGÚN FILTRO.
ENCANTADO, SEÑORA.
ENCANTADO, HIJO. ¡TIENE USTED BUENA CARA Y BUENA SONRISA!
¡GRACIAS!
¿A QUE SÍ, HIJO? ES DE ESA GENTE A LA QUE LE QUEDA BIEN ESTAR GORDO. COMO A TI CUANDO ERAS PEQUEÑO.
¿EH?

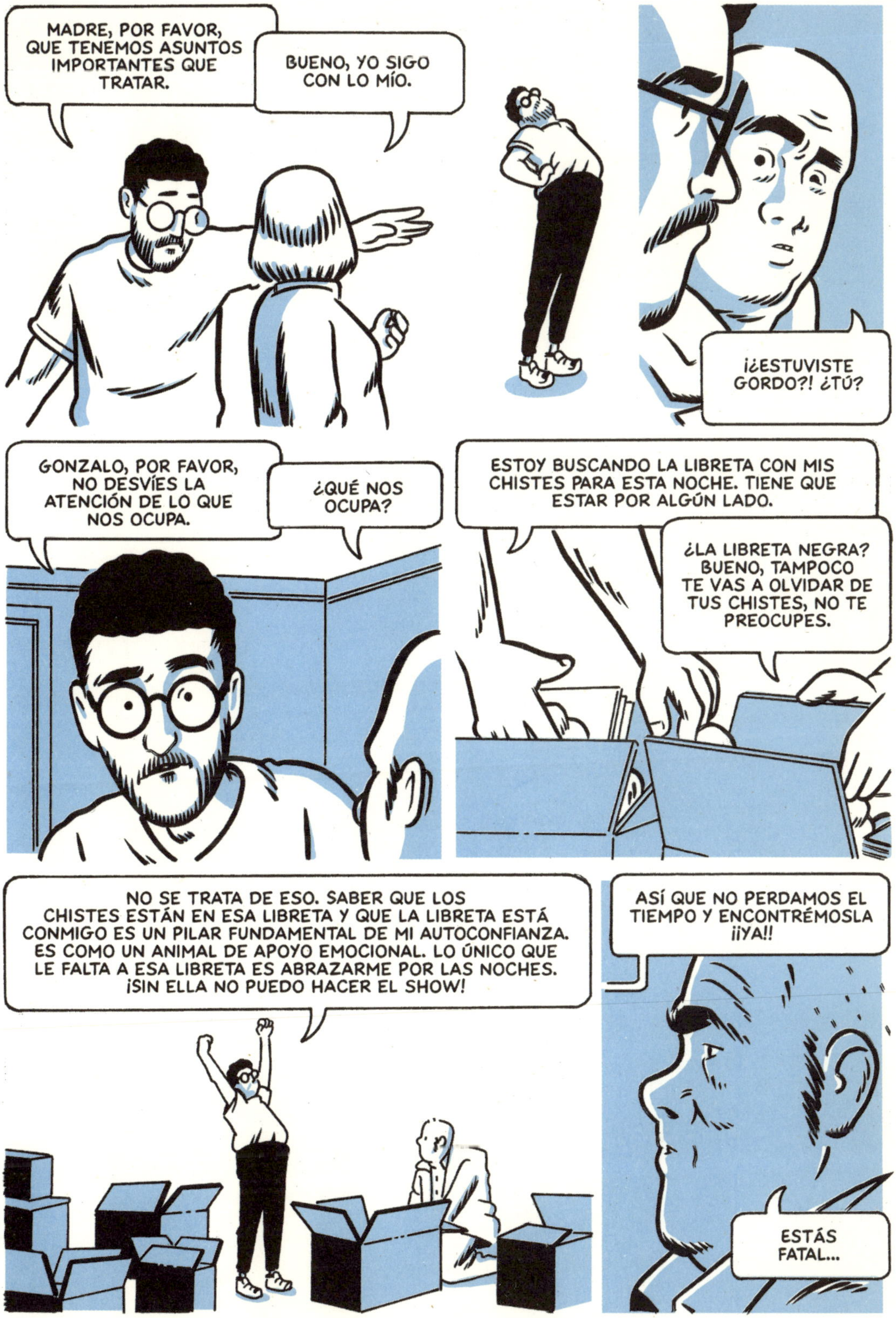

MADRE, POR FAVOR, QUE TENEMOS ASUNTOS IMPORTANTES QUE TRATAR.
BUENO, YO SIGO CON LO MÍO.
¡¿ESTUVISTE GORDO?! ¿TÚ?
GONZALO, POR FAVOR, NO DESVÍES LA ATENCIÓN DE LO QUE NOS OCUPA.
¿QUÉ NOS OCUPA?
ESTOY BUSCANDO LA LIBRETA CON MIS CHISTES PARA ESTA NOCHE. TIENE QUE ESTAR POR ALGÚN LADO.
¿LA LIBRETA NEGRA? BUENO, TAMPOCO TE VAS A OLVIDAR DE TUS CHISTES, NO TE PREOCUPES.
NO SE TRATA DE ESO. SABER QUE LOS CHISTES ESTÁN EN ESA LIBRETA Y QUE LA LIBRETA ESTÁ CONMIGO ES UN PILAR FUNDAMENTAL DE MI AUTOCONFIANZA. ES COMO UN ANIMAL DE APOYO EMOCIONAL. LO ÚNICO QUE LE FALTA A ESA LIBRETA ES ABRAZARME POR LAS NOCHES. ¡SIN ELLA NO PUEDO HACER EL SHOW!
ASÍ QUE NO PERDAMOS EL TIEMPO Y ENCONTRÉMOSLA ¡¡YA!!
ESTÁS FATAL...

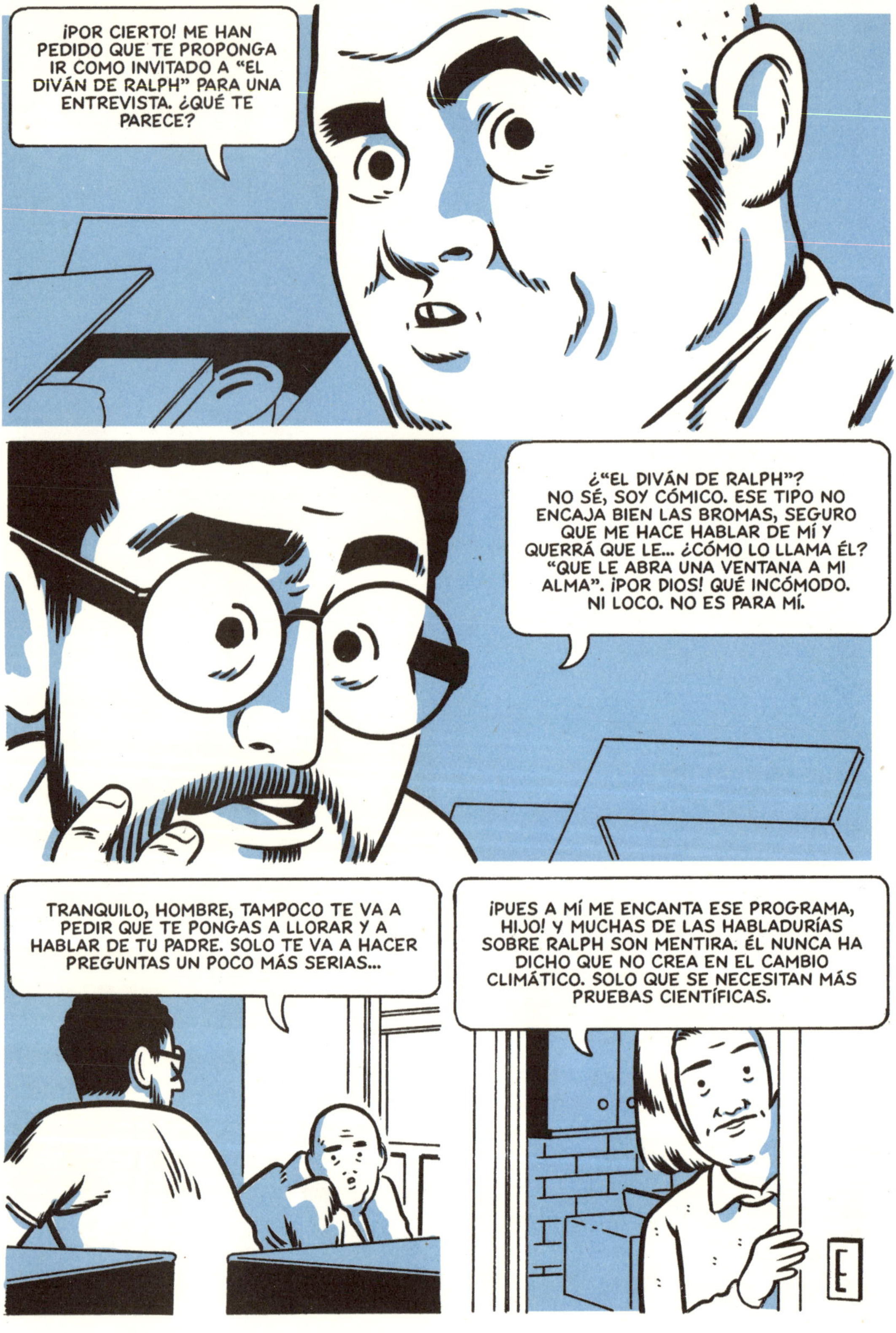
¡POR CIERTO! ME HAN PEDIDO QUE TE PROPONGA IR COMO INVITADO A "EL DIVÁN DE RALPH" PARA UNA ENTREVISTA. ¿QUÉ TE PARECE?
¿"EL DIVÁN DE RALPH"? NO SÉ, SOY CÓMICO. ESE TIPO NO ENCAJA BIEN LAS BROMAS, SEGURO QUE ME HACE HABLAR DE MÍ Y QUERRÁ QUE LE... ¿CÓMO LO LLAMA ÉL? "QUE LE ABRA UNA VENTANA A MI ALMA". ¡POR DIOS! QUÉ INCÓMODO. NI LOCO. NO ES PARA MÍ.
TRANQUILO, HOMBRE, TAMPOCO TE VA A PEDIR QUE TE PONGAS A LLORAR Y A HABLAR DE TU PADRE. SOLO TE VA A HACER PREGUNTAS UN POCO MÁS SERIAS...
¡PUES A MÍ ME ENCANTA ESE PROGRAMA, HIJO! Y MUCHAS DE LAS HABLADURÍAS SOBRE RALPH SON MENTIRA. ÉL NUNCA HA DICHO QUE NO CREA EN EL CAMBIO CLIMÁTICO. SOLO QUE SE NECESITAN MÁS PRUEBAS CIENTÍFICAS.
E

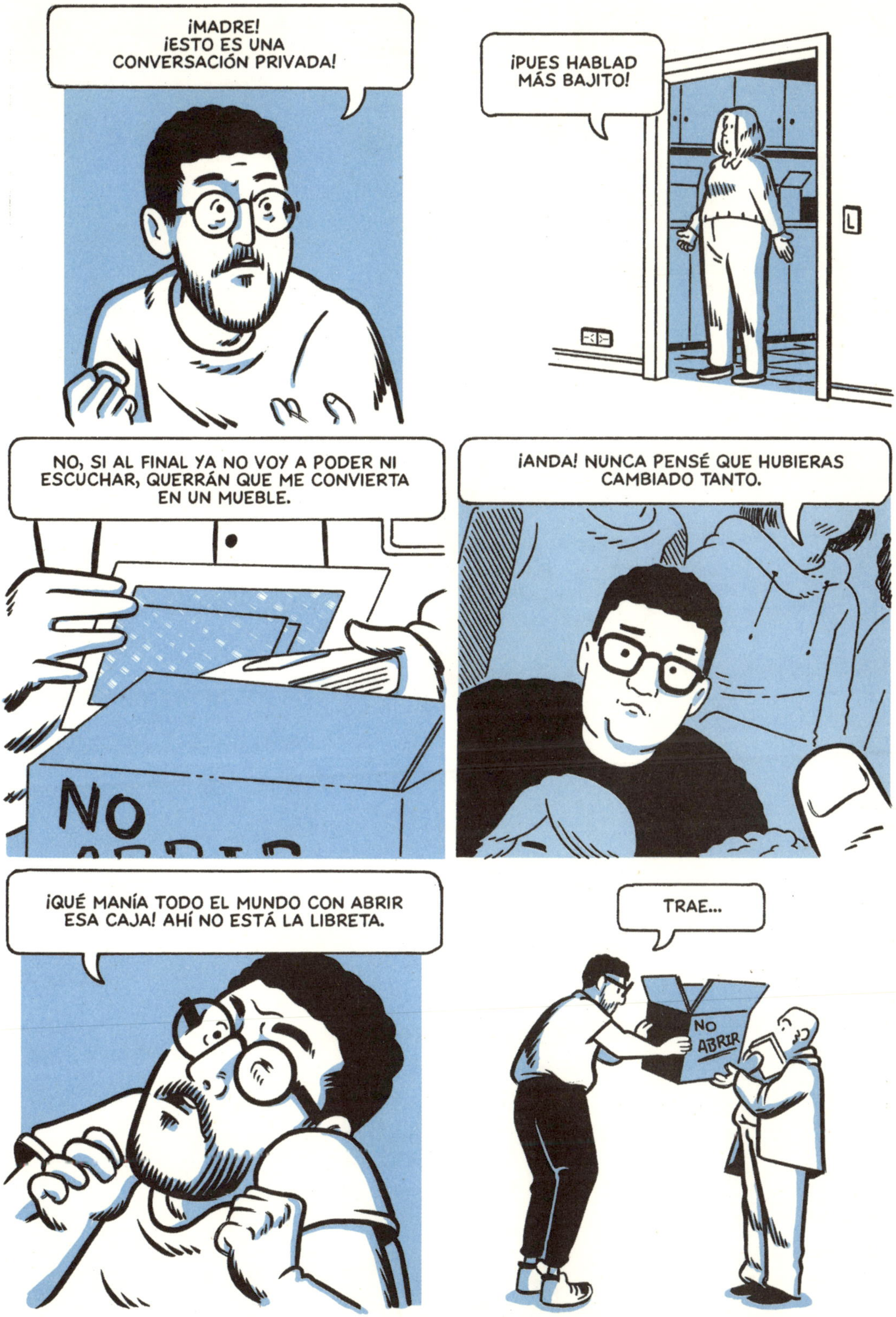
¡MADRE!
¡ESTO ES UNA
CONVERSACIÓN PRIVADA!
¡PUES HABLAD
MÁS BAJITO!
NO, SI AL FINAL YA NO VOY A PODER NI
ESCUCHAR, QUERRÁN QUE ME CONVIERTA
EN UN MUEBLE.
NO
¡ANDA! NUNCA PENSÉ QUE HUBIERAS
CAMBIADO TANTO.
¡QUÉ MANÍA TODO EL MUNDO CON ABRIR
ESA CAJA! AHÍ NO ESTÁ LA LIBRETA.
TRAE...
NO
ABRIR

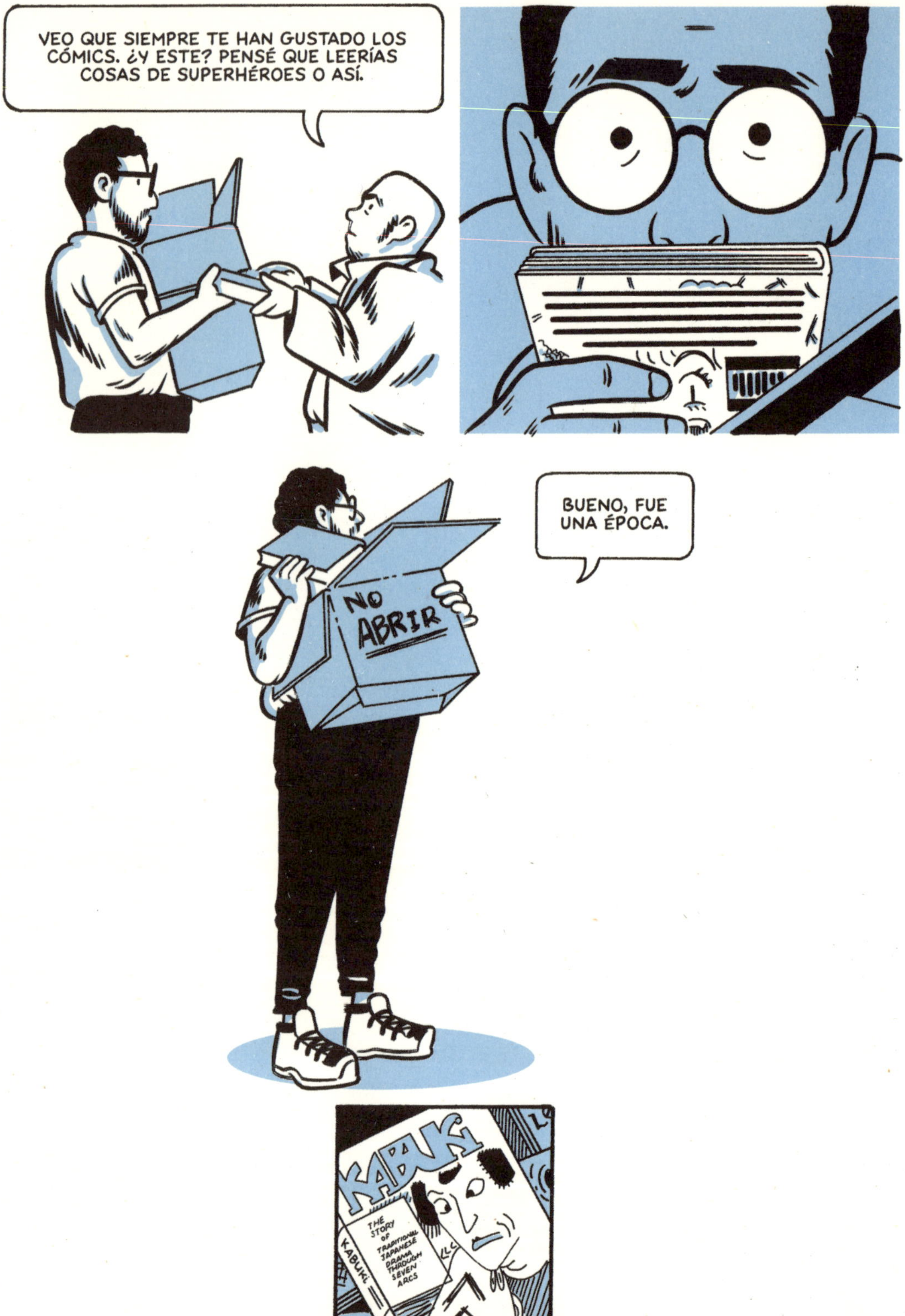
VEO QUE SIEMPRE TE HAN GUSTADO LOS CÓMICS. ¿Y ESTE? PENSÉ QUE LEERÍAS COSAS DE SUPERHÉROES O ASÍ.
BUENO, FUE UNA ÉPOCA.
NO ABRIR
KABUKI
THE STORY OF TRADITIONAL JAPANESE DRAMA THROUGH SEVEN ARCS
KABUKI

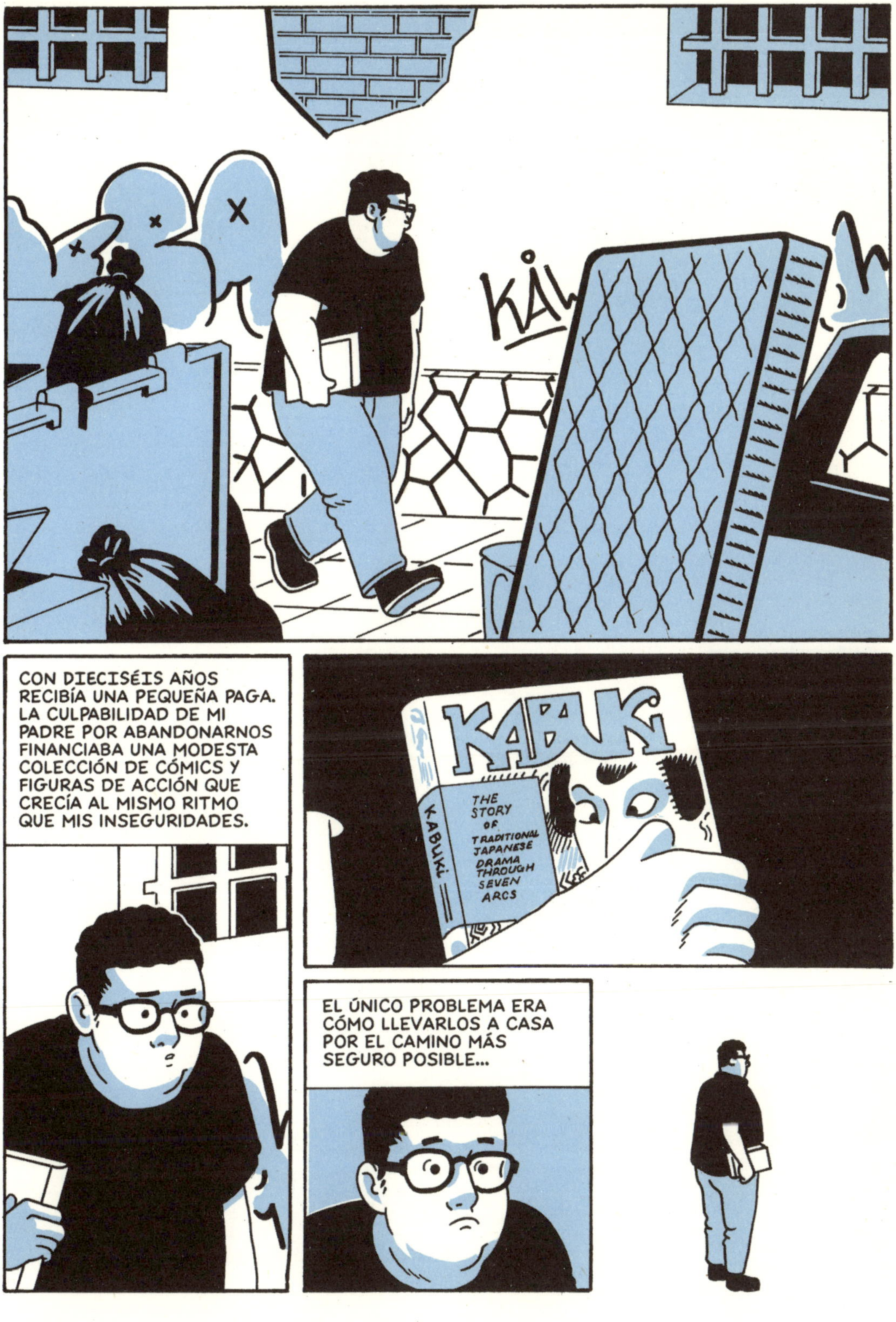
KAI
CON DIECISÉIS AÑOS RECIBÍA UNA PEQUEÑA PAGA. LA CULPABILIDAD DE MI PADRE POR ABANDONARNOS FINANCIABA UNA MODESTA COLECCIÓN DE CÓMICS Y FIGURAS DE ACCIÓN QUE CRECÍA AL MISMO RITMO QUE MIS INSEGURIDADES.
KABUKI
KABUKI
THE STORY OF TRADITIONAL JAPANESE DRAMA THROUGH SEVEN ARCS
EL ÚNICO PROBLEMA ERA CÓMO LLEVARLOS A CASA POR EL CAMINO MÁS SEGURO POSIBLE...

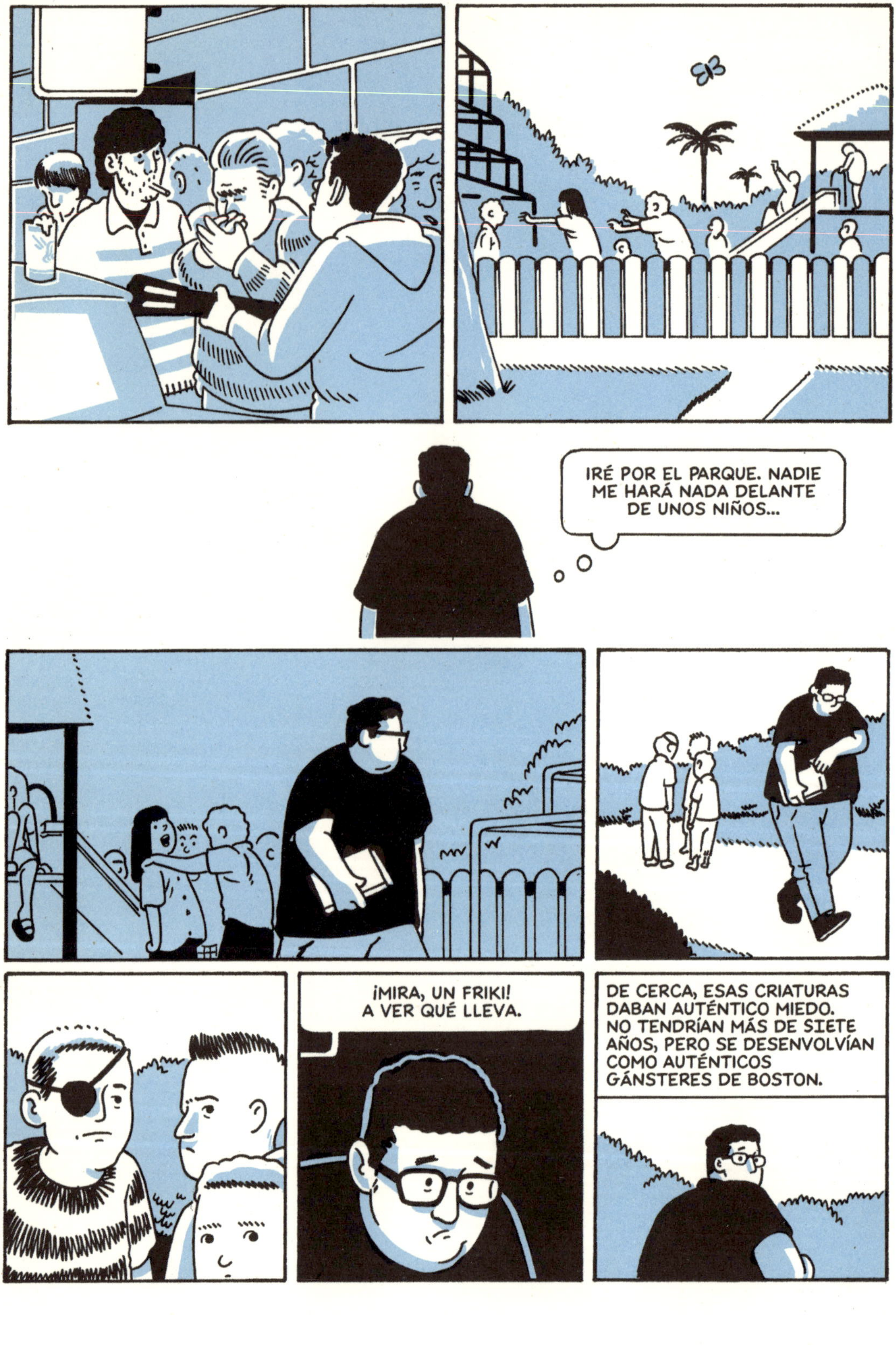
IRÉ POR EL PARQUE. NADIE ME HARÁ NADA DELANTE DE UNOS NIÑOS...
¡MIRA, UN FRIKI! A VER QUÉ LLEVA.
DE CERCA, ESAS CRIATURAS DABAN AUTÉNTICO MIEDO. NO TENDRÍAN MÁS DE SIETE AÑOS, PERO SE DESENVOLVÍAN COMO AUTÉNTICOS GÁNSTERES DE BOSTON.

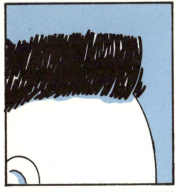

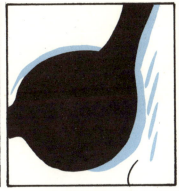

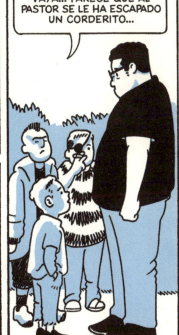

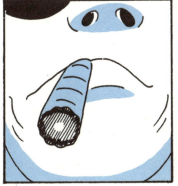

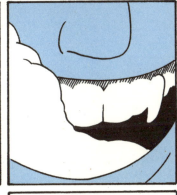

VAYA... PARECE QUE AL PASTOR SE LE HA ESCAPADO UN CORDERITO...
BUENO, SEGURAMENTE NO HABLABA COMO UN VILLANO DE TELEFILM Y QUIZÁ TAMPOCO TENÍA ESA CICATRIZ NI ESOS COLMILLOS DE LICÁNTROPO, PERO MI AUTOESTIMA TIENDE A EMBELLECER CIERTOS RECUERDOS.
SO-SOLO LLEVO UN CÓMIC... NO CREO QUE OS GUSTE...
¿QUÉ ES ESO, PRIMO? DÉJANOS VERLO, POR FAVOR, HERMANO.
BUENO, A VER, ES QUE ES EL FINAL DE UN ARCO DE SIETE EPISODIOS. SIN ENTENDER EL DESARROLLO DE LA HISTORIA VA A SER MUY COMPLICADO QUE LLEGUÉIS A ALGÚN TIPO DE EXPLICACIÓN EMOCIONAL.
¡LO QUE TE HA DICHO!

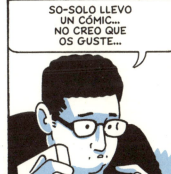

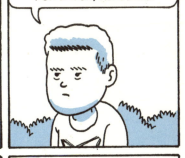

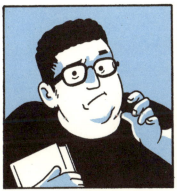

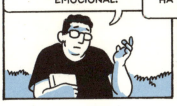

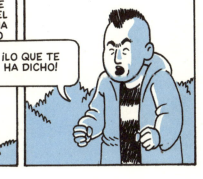

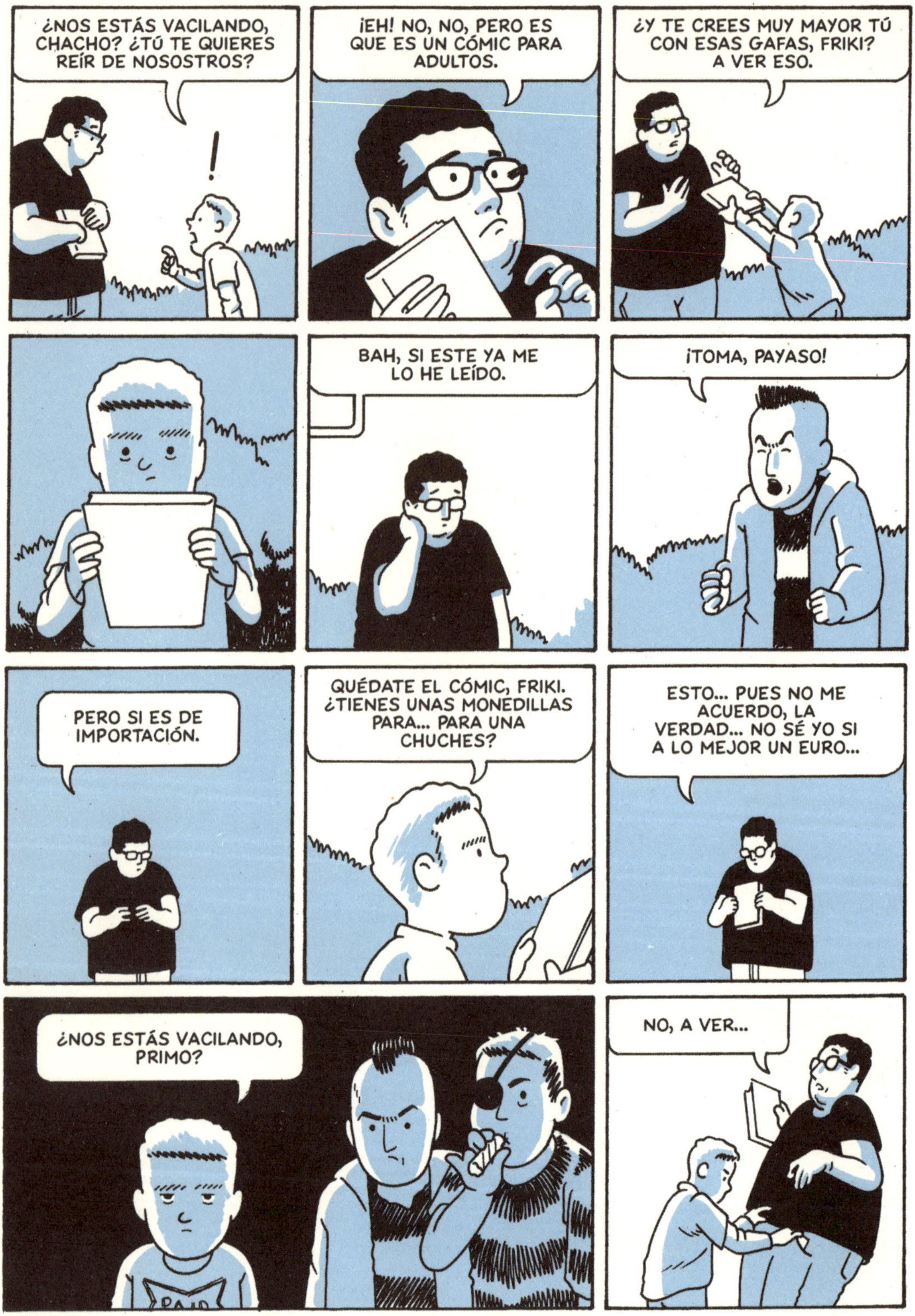
¿NOS ESTÁS VACILANDO, CHACHO? ¿TÚ TE QUIERES REÍR DE NOSOSTROS?
!
¡EH! NO, NO, PERO ES QUE ES UN CÓMIC PARA ADULTOS.
¿Y TE CREES MUY MAYOR TÚ CON ESAS GAFAS, FRIKI? A VER ESO.
BAH, SI ESTE YA ME LO HE LEÍDO.
¡TOMA, PAYASO!
PERO SI ES DE IMPORTACIÓN.
QUÉDATE EL CÓMIC, FRIKI. ¿TIENES UNAS MONEDILLAS PARA... PARA UNA CHUCHES?
ESTO... PUES NO ME ACUERDO, LA VERDAD... NO SÉ YO SI A LO MEJOR UN EURO...
¿NOS ESTÁS VACILANDO, PRIMO?
NO, A VER...

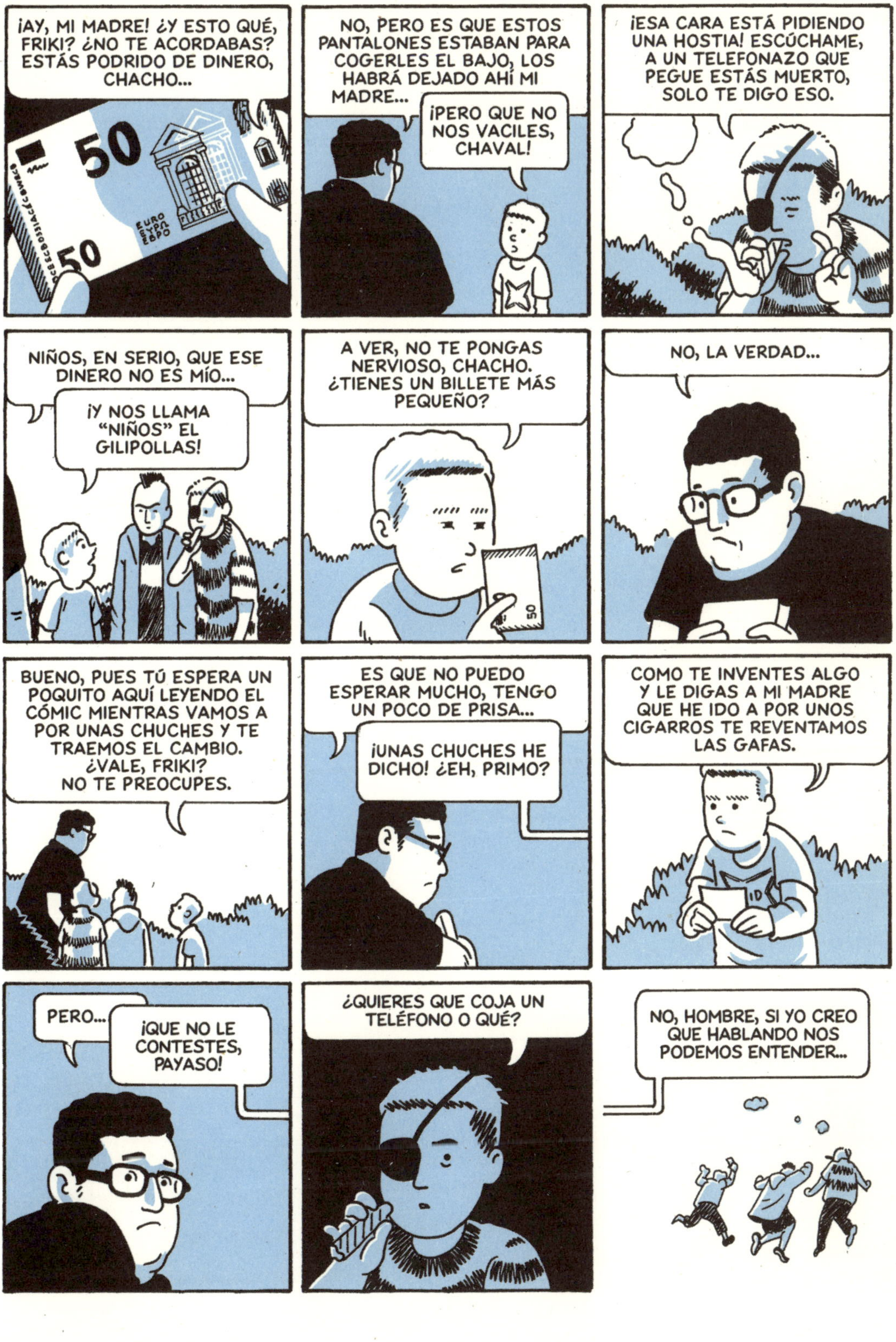
¡AY, MI MADRE! ¿Y ESTO QUÉ, FRIKI? ¿NO TE ACORDABAS? ESTÁS PODRIDO DE DINERO, CHACHO...
50
50
NO, PERO ES QUE ESTOS PANTALONES ESTABAN PARA COGERLES EL BAJO, LOS HABRÁ DEJADO AHÍ MI MADRE...
¡PERO QUE NO NOS VACILES, CHAVAL!
¡ESA CARA ESTÁ PIDIENDO UNA HOSTIA! ESCÚCHAME, A UN TELEFONAZO QUE PEGUE ESTÁS MUERTO, SOLO TE DIGO ESO.
NIÑOS, EN SERIO, QUE ESE DINERO NO ES MÍO...
¡Y NOS LLAMA "NIÑOS" EL GILIPOLLAS!
A VER, NO TE PONGAS NERVIOSO, CHACHO. ¿TIENES UN BILLETE MÁS PEQUEÑO?
NO, LA VERDAD...
BUENO, PUES TÚ ESPERA UN POQUITO AQUÍ LEYENDO EL CÓMIC MIENTRAS VAMOS A POR UNAS CHUCHES Y TE TRAEMOS EL CAMBIO. ¿VALE, FRIKI? NO TE PREOCUPES.
ES QUE NO PUEDO ESPERAR MUCHO, TENGO UN POCO DE PRISA...
¡UNAS CHUCHES HE DICHO! ¿EH, PRIMO?
COMO TE INVENTES ALGO Y LE DIGAS A MI MADRE QUE HE IDO A POR UNOS CIGARROS TE REVENTAMOS LAS GAFAS.
PERO...
¡QUE NO LE CONTESTES, PAYASO!
¿QUIERES QUE COJA UN TELÉFONO O QUÉ?
NO, HOMBRE, SI YO CREO QUE HABLANDO NOS PODEMOS ENTENDER...

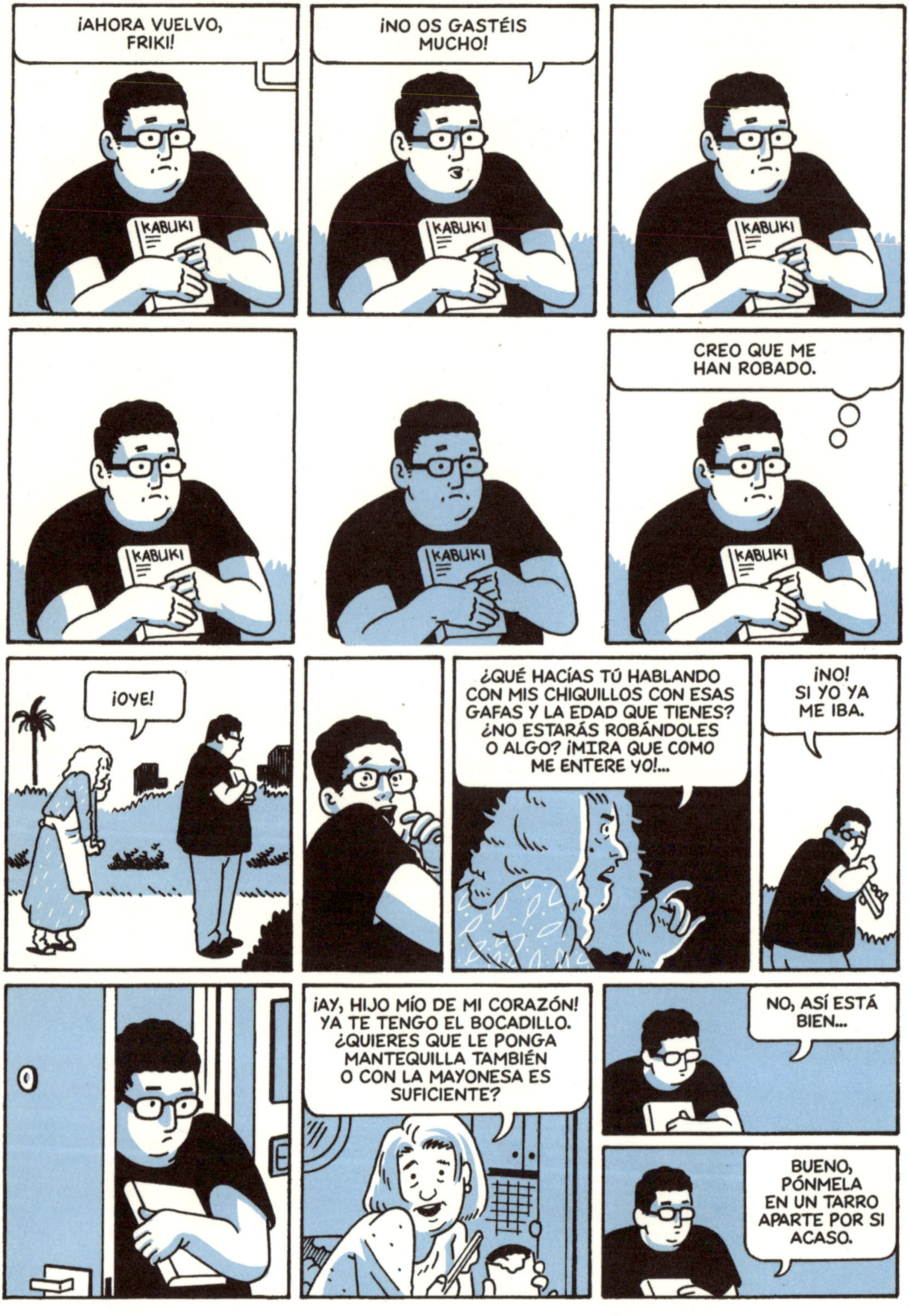
¡AHORA VUELVO, FRIKI!
¡NO OS GASTÉIS MUCHO!
KABUKI
CREO QUE ME HAN ROBADO.
¡OYE!
¿QUÉ HACÍAS TÚ HABLANDO CON MIS CHIQUILLOS CON ESAS GAFAS Y LA EDAD QUE TIENES? ¿NO ESTARÁS ROBÁNDOLES O ALGO? ¡MIRA QUE COMO ME ENTERE YO!...
¡NO! SI YO YA ME IBA.
¡AY, HIJO MÍO DE MI CORAZÓN! YA TE TENGO EL BOCADILLO. ¿QUIERES QUE LE PONGA MANTEQUILLA TAMBIÉN O CON LA MAYONESA ES SUFICIENTE?
NO, ASÍ ESTÁ BIEN...
BUENO, PÓNMELA EN UN TARRO APARTE POR SI ACASO.

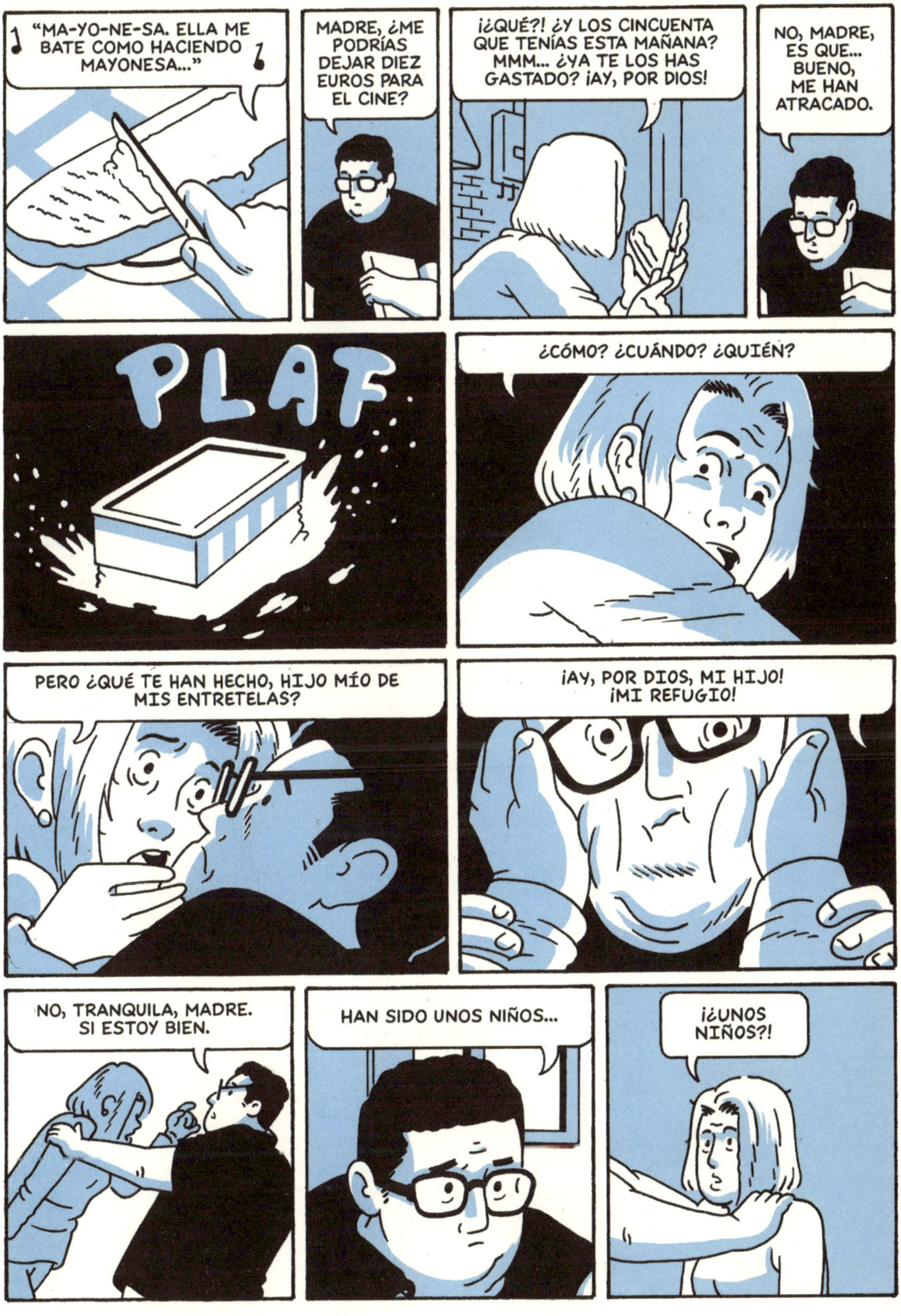
"MA-YO-NE-SA. ELLA ME BATE COMO HACIENDO MAYONESA..."
MADRE, ¿ME PODRÍAS DEJAR DIEZ EUROS PARA EL CINE?
¡¿QUÉ?! ¿Y LOS CINCUENTA QUE TENÍAS ESTA MAÑANA? MMM... ¿YA TE LOS HAS GASTADO? ¡AY, POR DIOS!
NO, MADRE, ES QUE... BUENO, ME HAN ATRACADO.
PLAF
¿CÓMO? ¿CUÁNDO? ¿QUIÉN?
PERO ¿QUÉ TE HAN HECHO, HIJO MÍO DE MIS ENTRETELAS?
¡AY, POR DIOS, MI HIJO! ¡MI REFUGIO!
NO, TRANQUILA, MADRE. SI ESTOY BIEN.
HAN SIDO UNOS NIÑOS...
¡¿UNOS NIÑOS?!

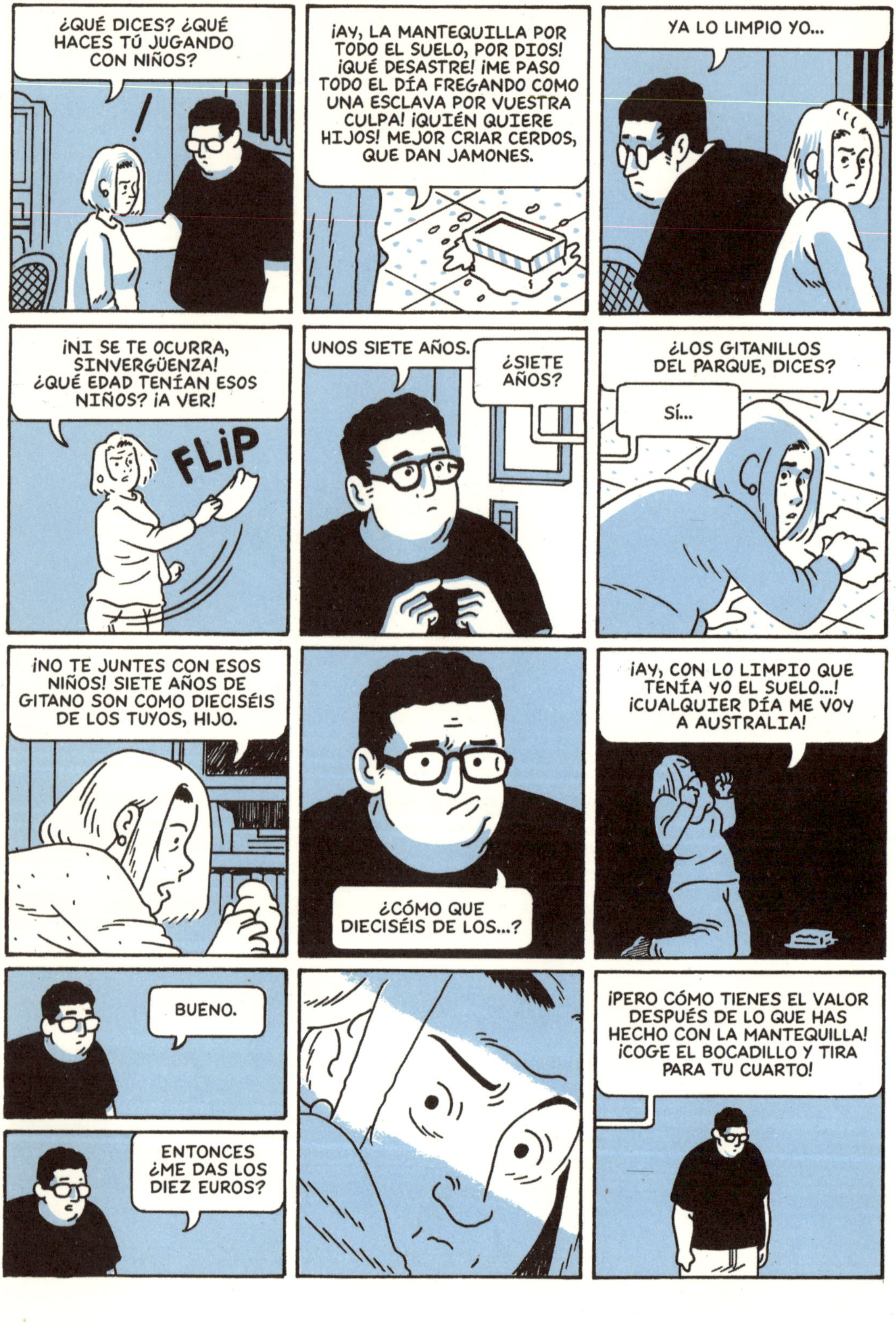
¿QUÉ DICES? ¿QUÉ HACES TÚ JUGANDO CON NIÑOS?
¡AY, LA MANTEQUILLA POR TODO EL SUELO, POR DIOS! ¡QUÉ DESASTRE! ¡ME PASO TODO EL DÍA FREGANDO COMO UNA ESCLAVA POR VUESTRA CULPA! ¡QUIÉN QUIERE HIJOS! MEJOR CRIAR CERDOS, QUE DAN JAMONES.
YA LO LIMPIO YO...
¡NI SE TE OCURRA, SINVERGÜENZA! ¿QUÉ EDAD TENÍAN ESOS NIÑOS? ¡A VER!
FLIP
UNOS SIETE AÑOS.
¿SIETE AÑOS?
¿LOS GITANILLOS DEL PARQUE, DICES?
SÍ...
¡NO TE JUNTES CON ESOS NIÑOS! SIETE AÑOS DE GITANO SON COMO DIECISÉIS DE LOS TUYOS, HIJO.
¿CÓMO QUE DIECISÉIS DE LOS...?
¡AY, CON LO LIMPIO QUE TENÍA YO EL SUELO...! ¡CUALQUIER DÍA ME VOY A AUSTRALIA!
BUENO.
ENTONCES ¿ME DAS LOS DIEZ EUROS?
¡PERO CÓMO TIENES EL VALOR DESPUÉS DE LO QUE HAS HECHO CON LA MANTEQUILLA! ¡COGE EL BOCADILLO Y TIRA PARA TU CUARTO!

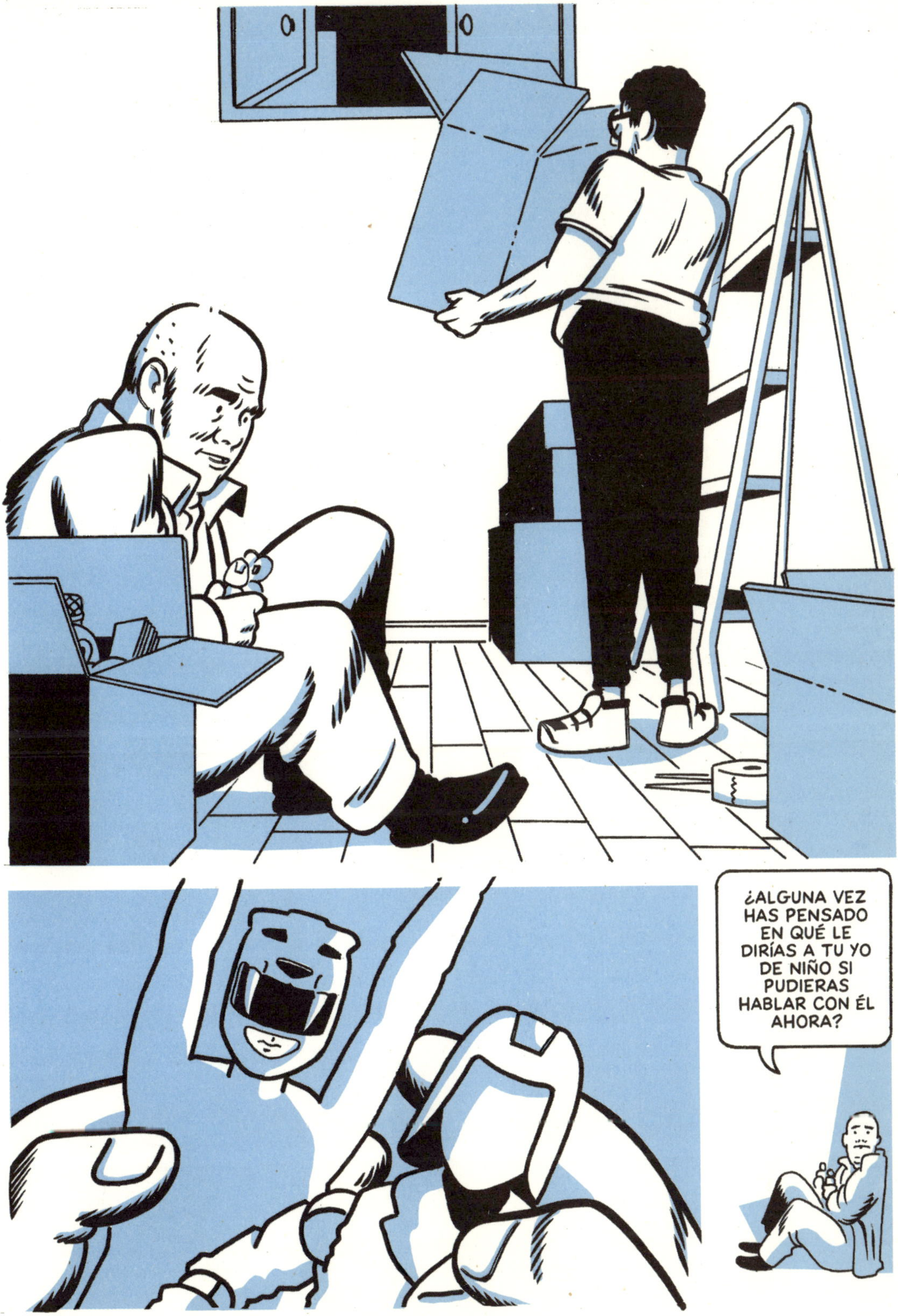
¿ALGUNA VEZ HAS PENSADO EN QUÉ LE DIRÍAS A TU YO DE NIÑO SI PUDIERAS HABLAR CON ÉL AHORA?

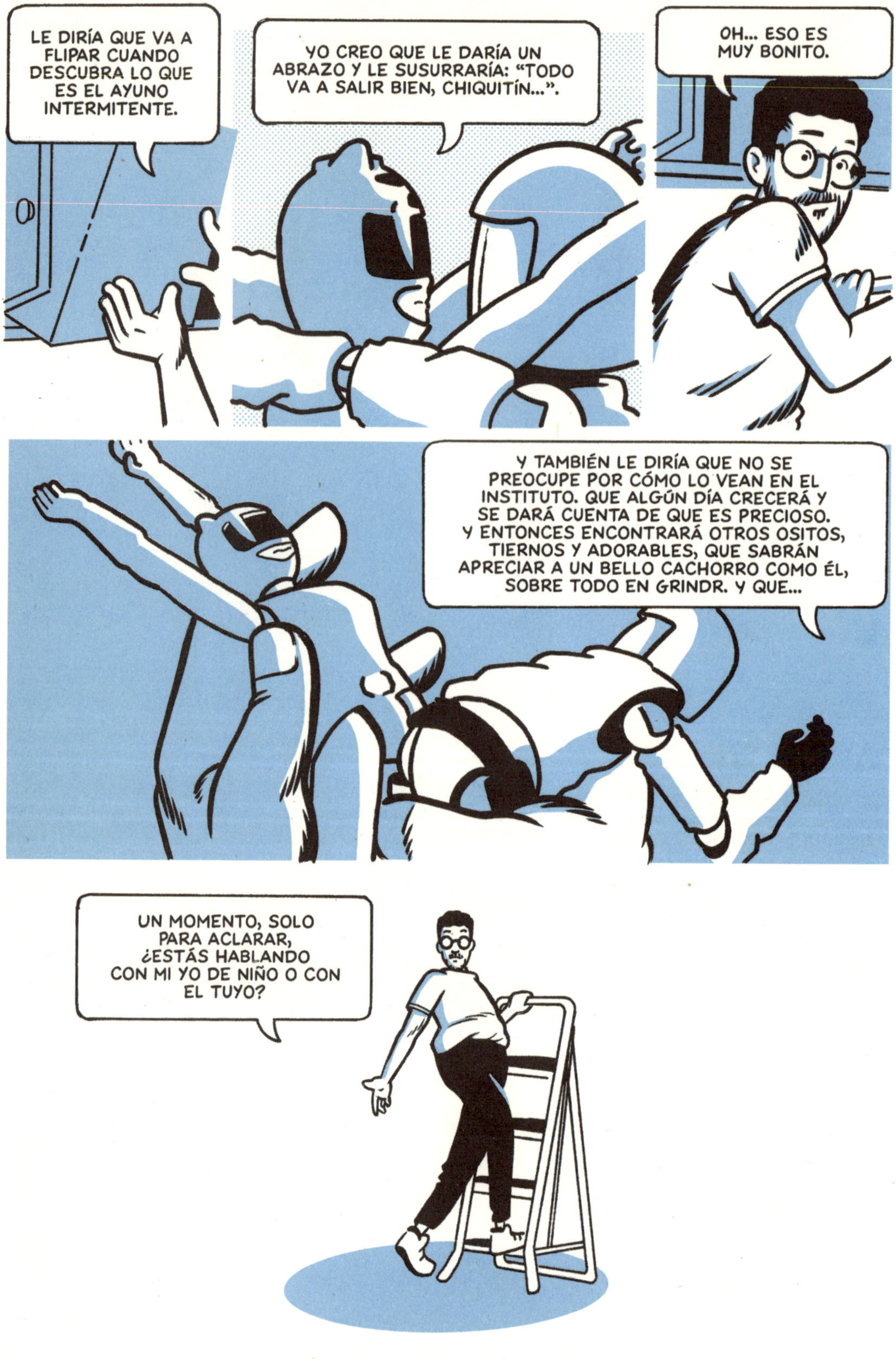
LE DIRÍA QUE VA A FLIPAR CUANDO DESCUBRA LO QUE ES EL AYUNO INTERMITENTE.
YO CREO QUE LE DARÍA UN ABRAZO Y LE SUSURRARÍA: "TODO VA A SALIR BIEN, CHIQUITÍN...".
OH... ESO ES MUY BONITO.
Y TAMBIÉN LE DIRÍA QUE NO SE PREOCUPE POR CÓMO LO VEAN EN EL INSTITUTO. QUE ALGÚN DÍA CRECERÁ Y SE DARÁ CUENTA DE QUE ES PRECIOSO. Y ENTONCES ENCONTRARÁ OTROS OSITOS, TIERNOS Y ADORABLES, QUE SABRÁN APRECIAR A UN BELLO CACHORRO COMO ÉL, SOBRE TODO EN GRINDR. Y QUE...
UN MOMENTO, SOLO PARA ACLARAR, ¿ESTÁS HABLANDO CON MI YO DE NIÑO O CON EL TUYO?

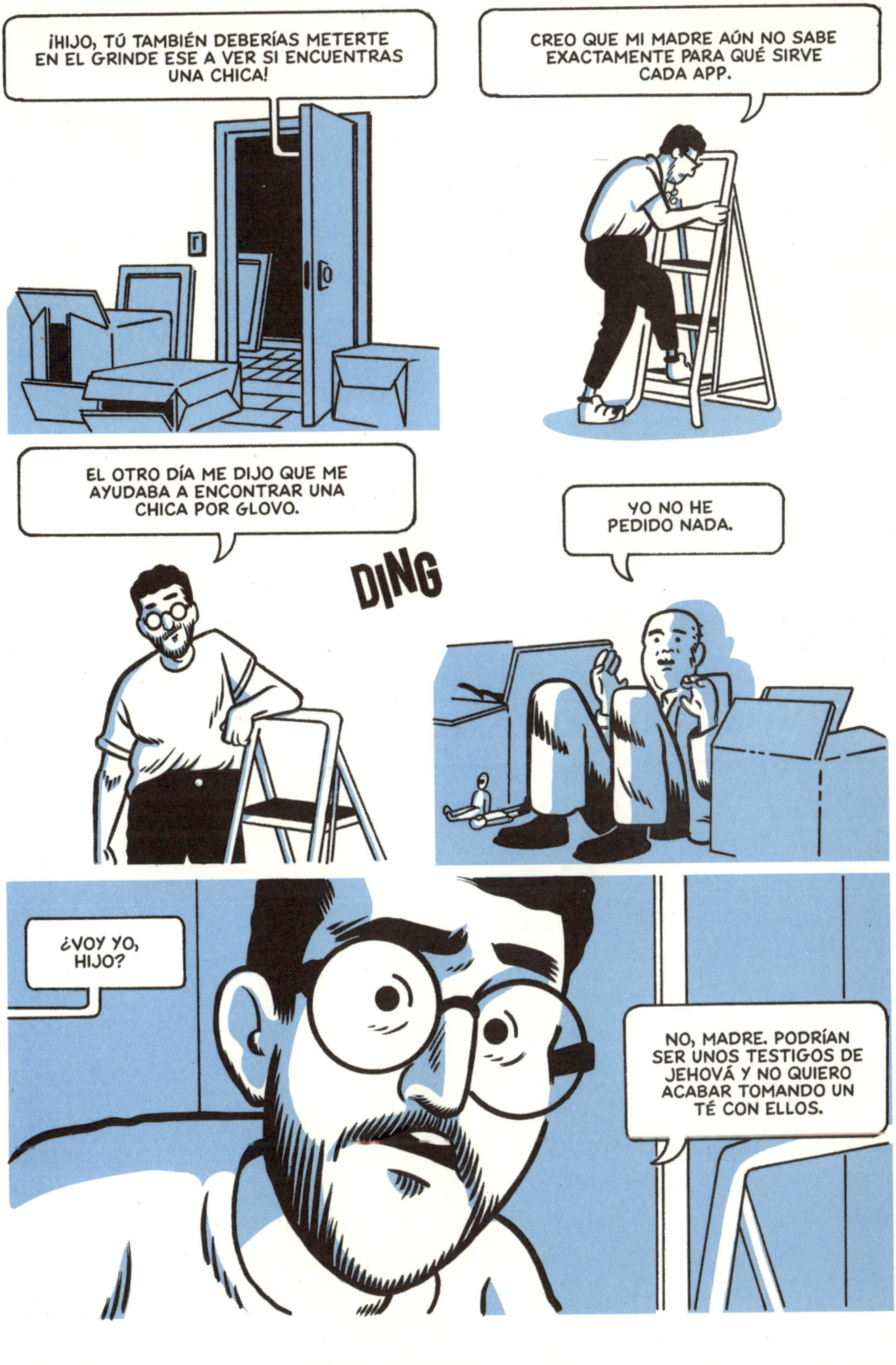
¡HIJO, TÚ TAMBIÉN DEBERÍAS METERTE EN EL GRINDE ESE A VER SI ENCUENTRAS UNA CHICA!
CREO QUE MI MADRE AÚN NO SABE EXACTAMENTE PARA QUÉ SIRVE CADA APP.
EL OTRO DÍA ME DIJO QUE ME AYUDABA A ENCONTRAR UNA CHICA POR GLOVO.
DING
YO NO HE PEDIDO NADA.
¿VOY YO, HIJO?
NO, MADRE. PODRÍAN SER UNOS TESTIGOS DE JEHOVÁ Y NO QUIERO ACABAR TOMANDO UN TÉ CON ELLOS.

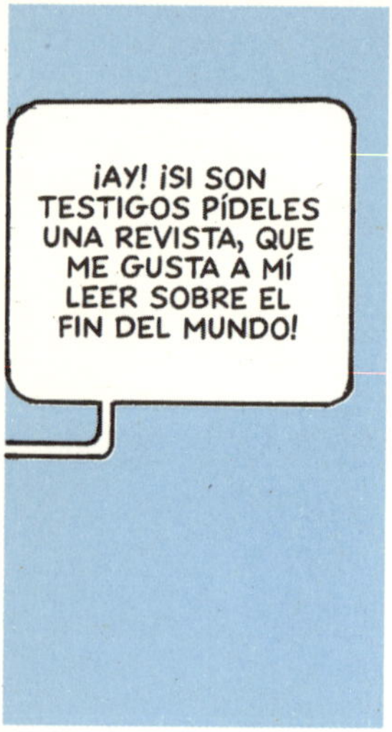
¡AY! ¡SI SON TESTIGOS PÍDELES UNA REVISTA, QUE ME GUSTA A MÍ LEER SOBRE EL FIN DEL MUNDO!

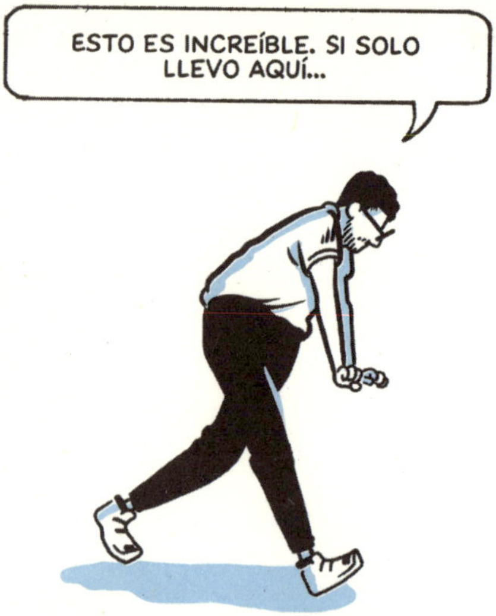
ESTO ES INCREÍBLE. SI SOLO LLEVO AQUÍ...

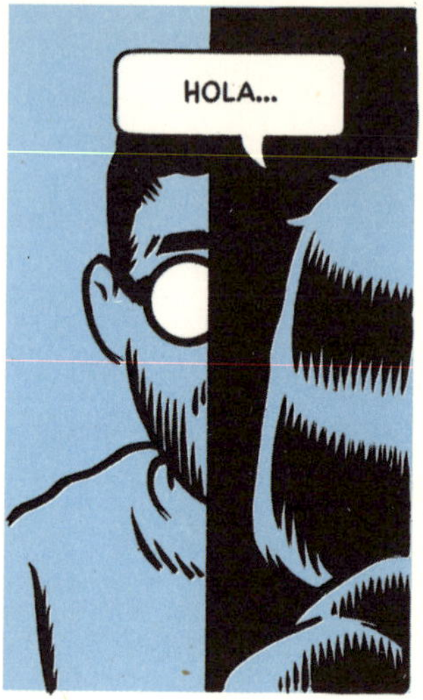
HOLA...

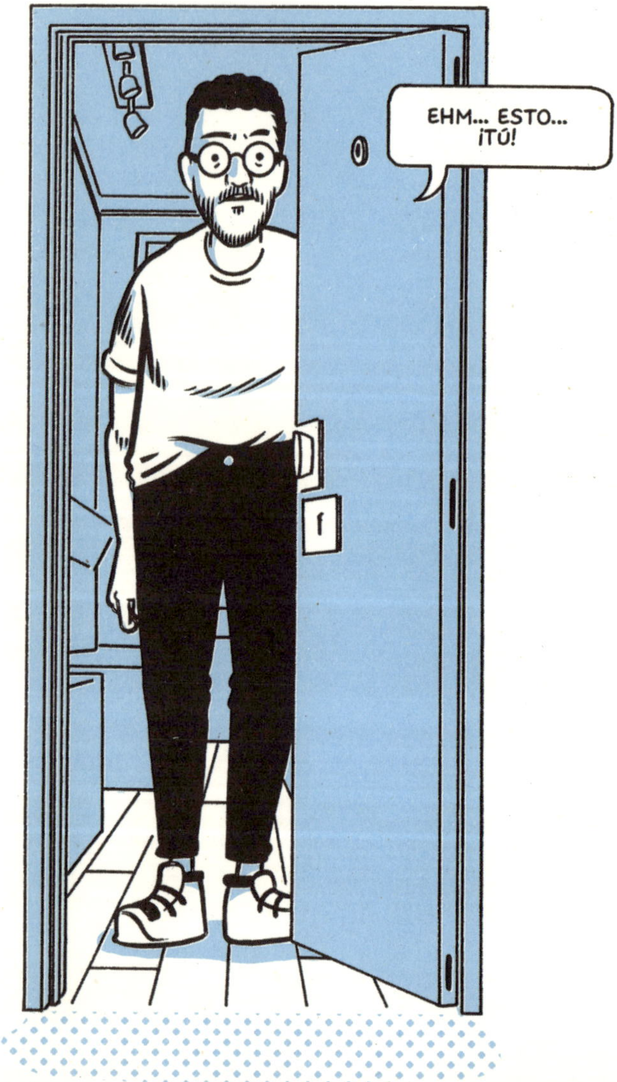
EHM... ESTO... ¡TÚ!

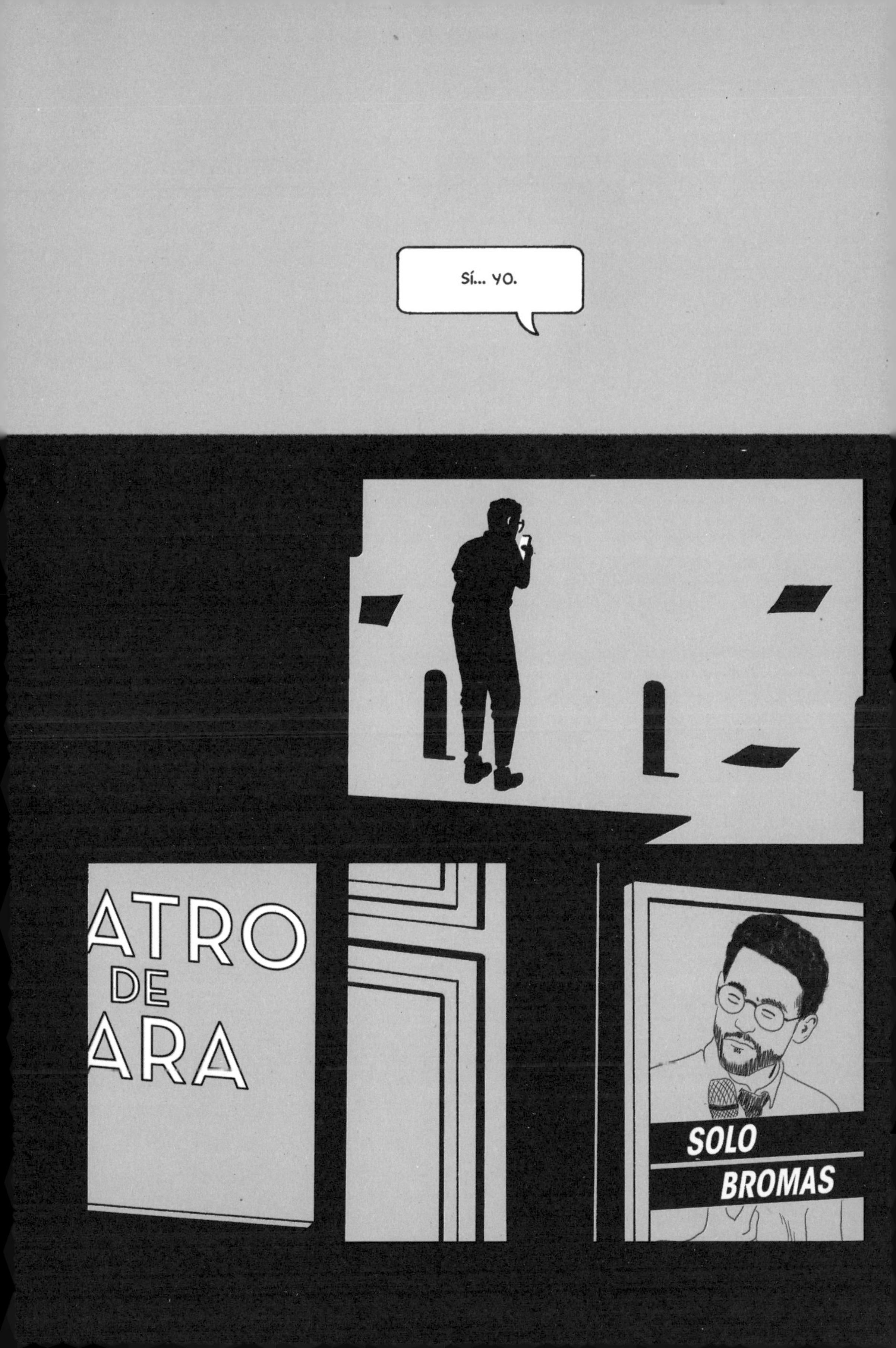
SÍ... YO.
ATRO
DE
ARA
SOLO
BROMAS

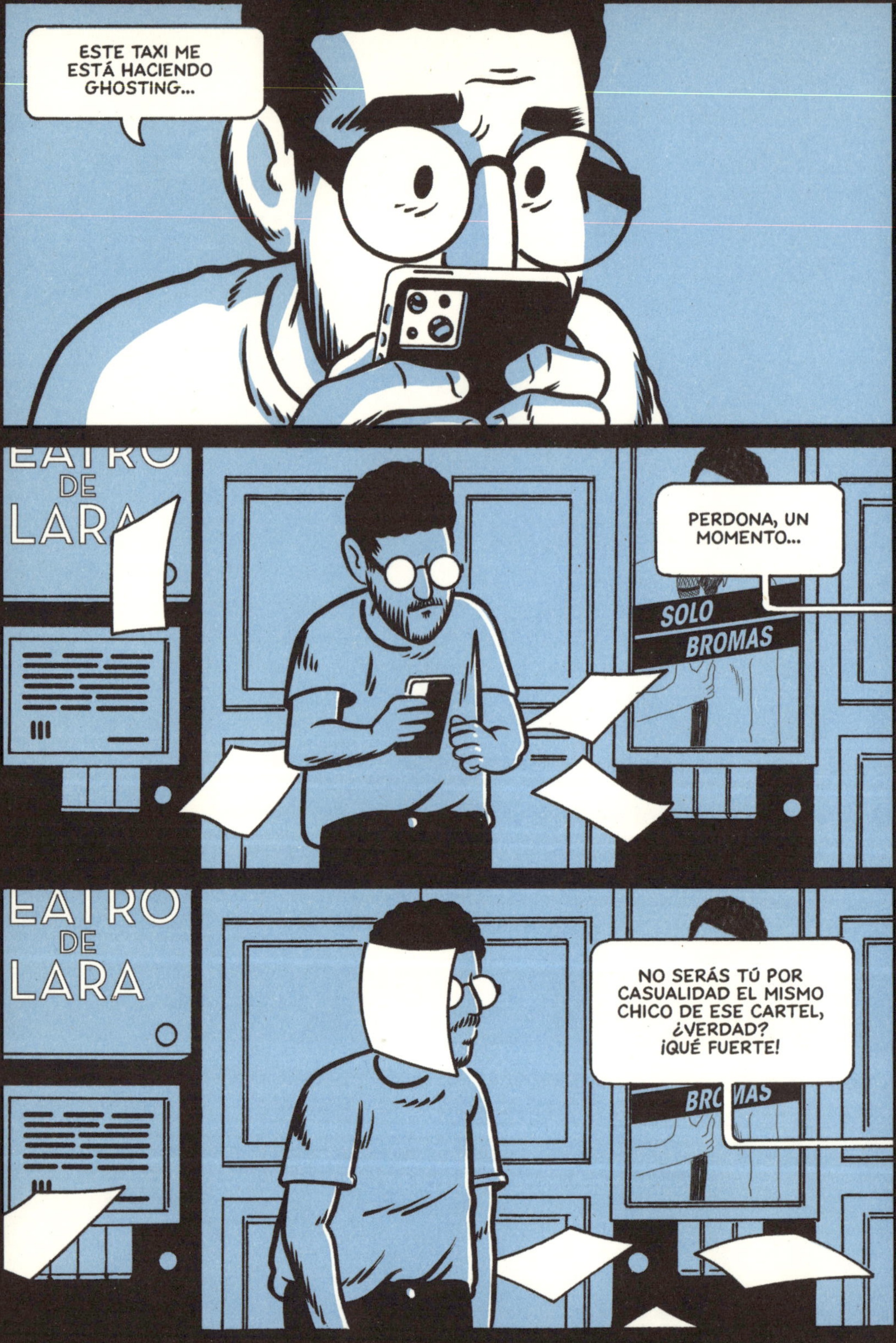
ESTE TAXI ME ESTÁ HACIENDO GHOSTING...
EATRO DE LARA
PERDONA, UN MOMENTO...
SOLO BROMAS
EATRO DE LARA
NO SERÁS TÚ POR CASUALIDAD EL MISMO CHICO DE ESE CARTEL, ¿VERDAD? ¡QUÉ FUERTE!
BROMAS

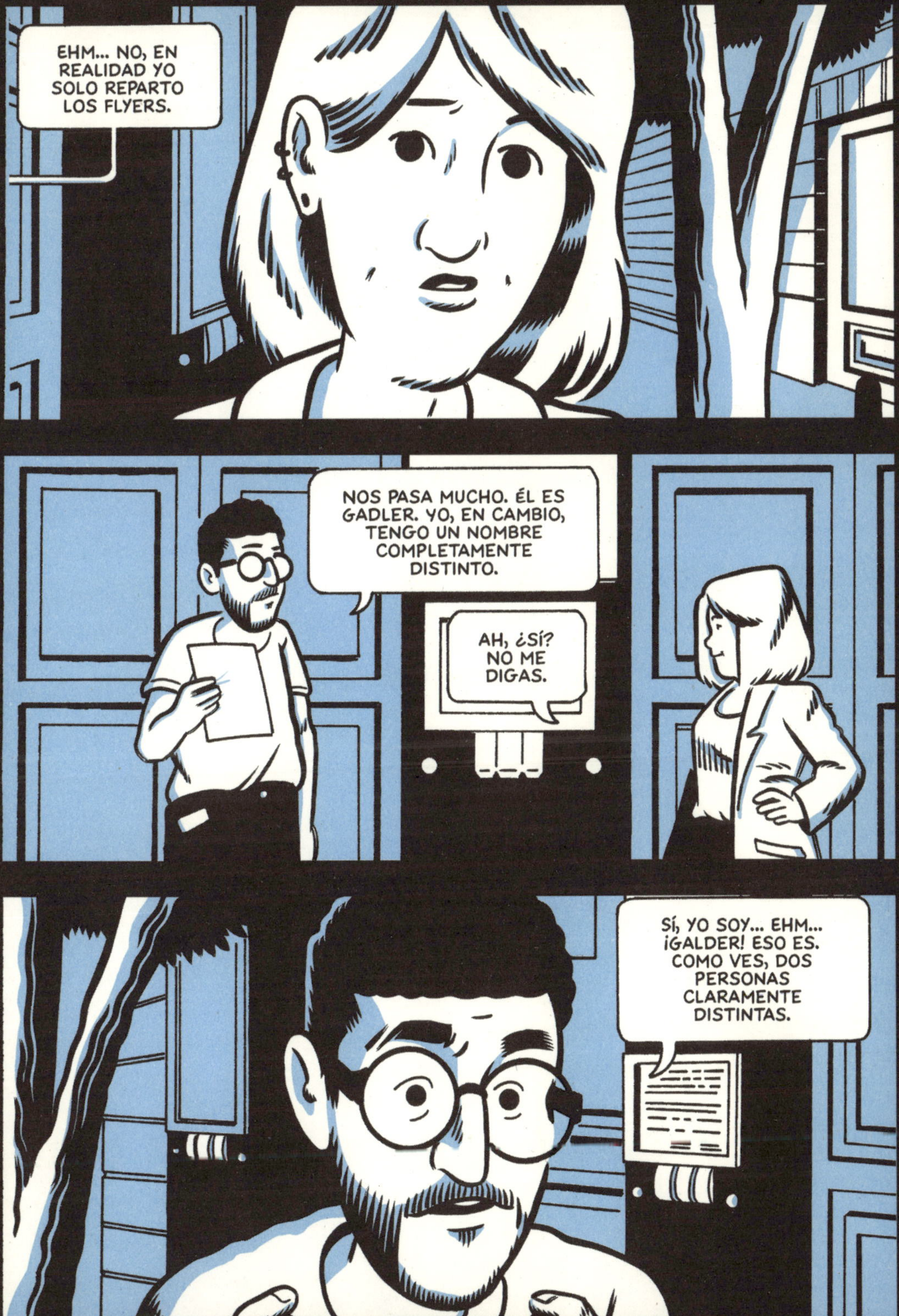
EHM... NO, EN REALIDAD YO SOLO REPARTO LOS FLYERS.
NOS PASA MUCHO. ÉL ES GADLER. YO, EN CAMBIO, TENGO UN NOMBRE COMPLETAMENTE DISTINTO.
AH, ¿SÍ? NO ME DIGAS.
SÍ, YO SOY... EHM... ¡GALDER! ESO ES. COMO VES, DOS PERSONAS CLARAMENTE DISTINTAS.

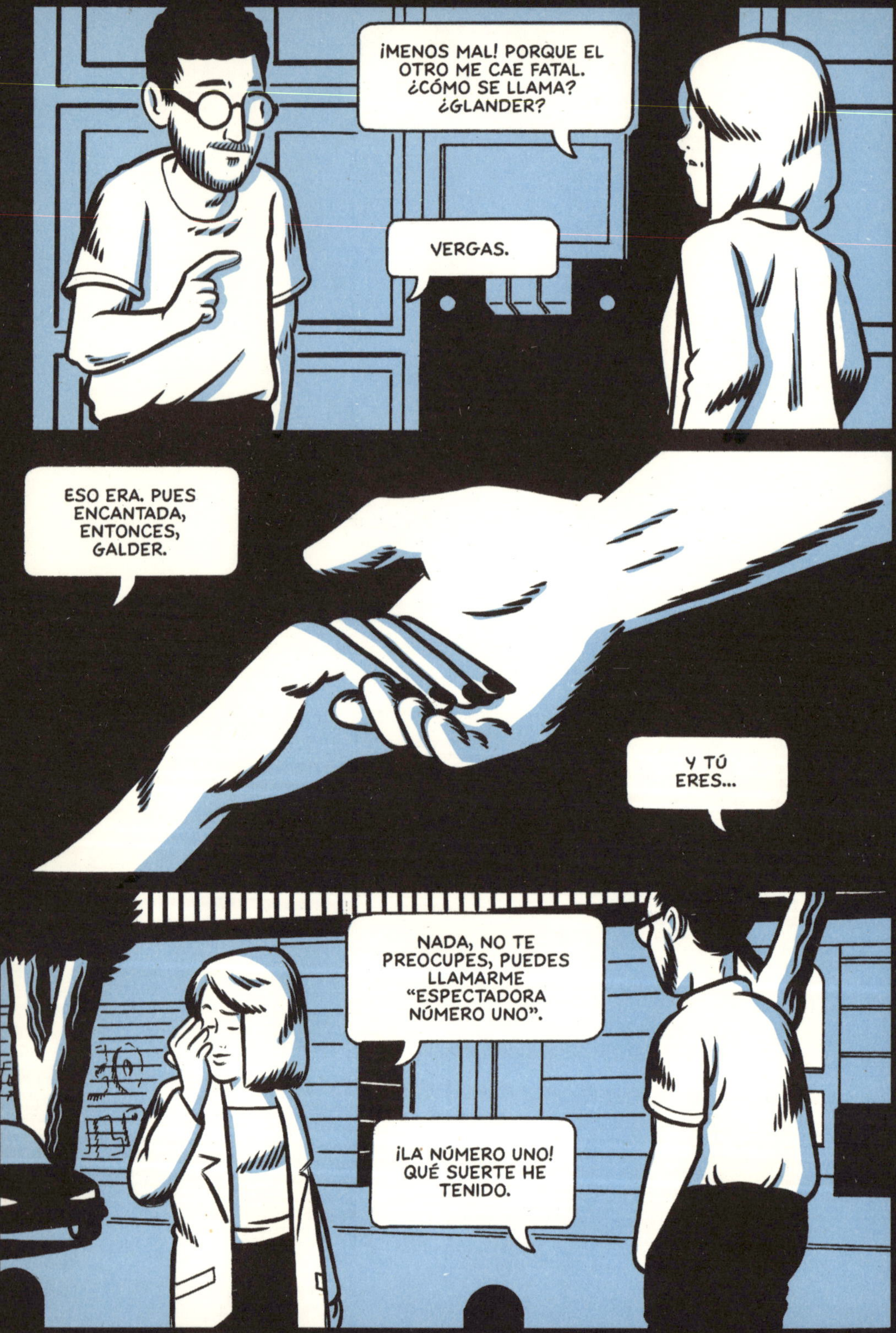
¡MENOS MAL! PORQUE EL OTRO ME CAE FATAL. ¿CÓMO SE LLAMA? ¿GLANDER?
VERGAS.
ESO ERA. PUES ENCANTADA, ENTONCES, GALDER.
Y TÚ ERES...
NADA, NO TE PREOCUPES, PUEDES LLAMARME "ESPECTADORA NÚMERO UNO".
¡LA NÚMERO UNO! QUÉ SUERTE HE TENIDO.

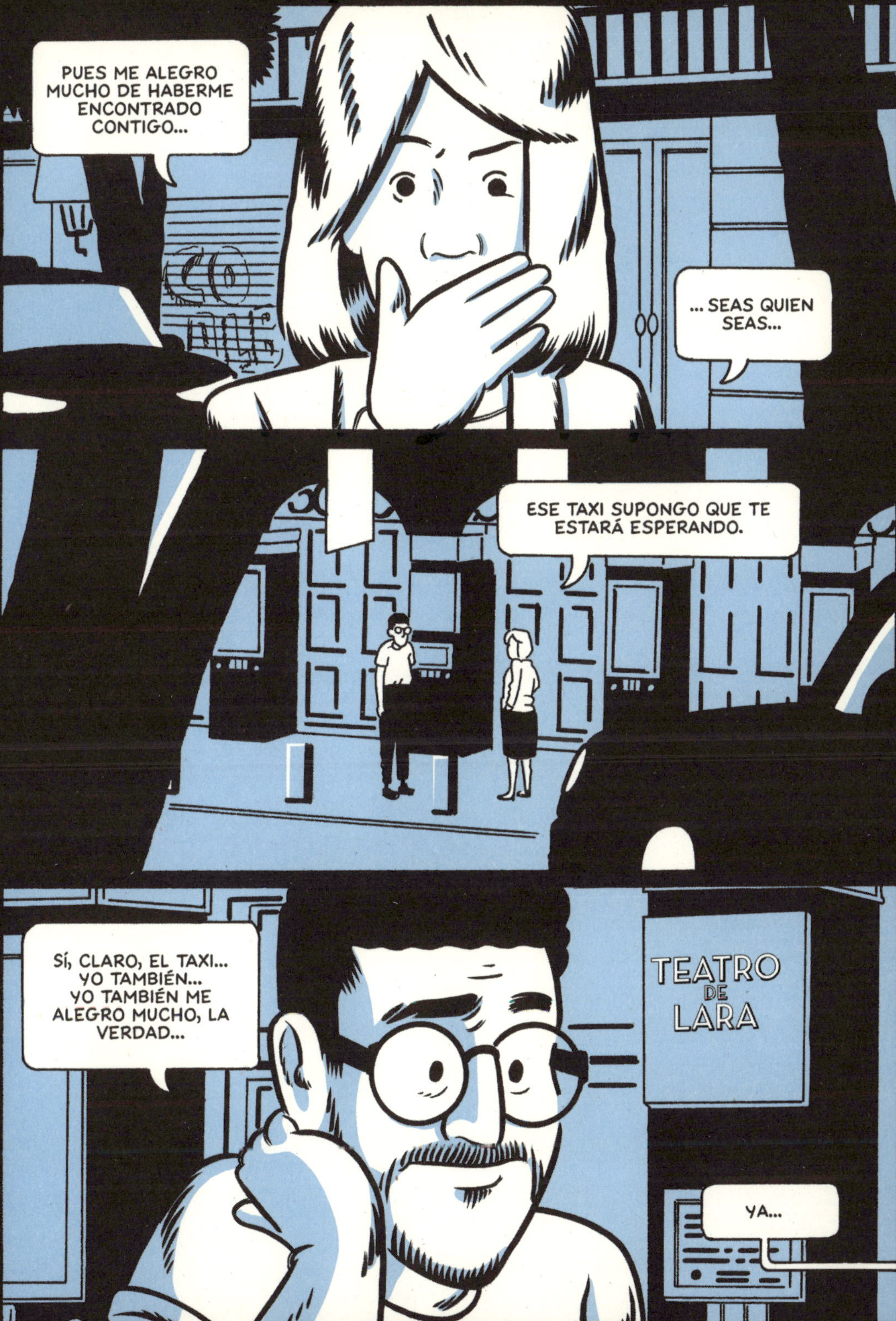
PUES ME ALEGRO MUCHO DE HABERME ENCONTRADO CONTIGO...
... SEAS QUIEN SEAS...
ESE TAXI SUPONGO QUE TE ESTARÁ ESPERANDO.
SÍ, CLARO, EL TAXI... YO TAMBIÉN... YO TAMBIÉN ME ALEGRO MUCHO, LA VERDAD...
TEATRO DE LARA
YA...

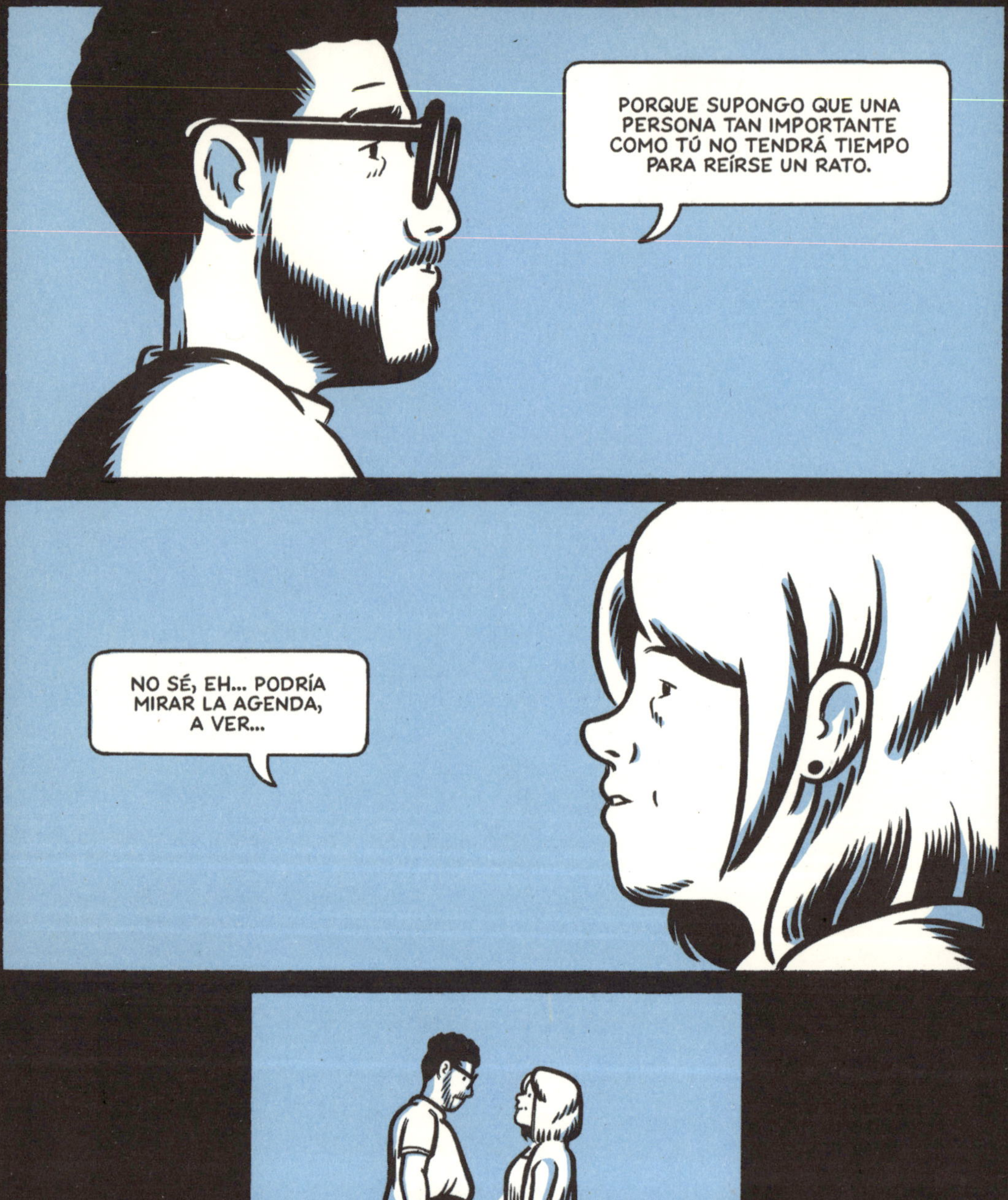
PORQUE SUPONGO QUE UNA PERSONA TAN IMPORTANTE COMO TÚ NO TENDRÁ TIEMPO PARA REÍRSE UN RATO.
NO SÉ, EH... PODRÍA MIRAR LA AGENDA, A VER...

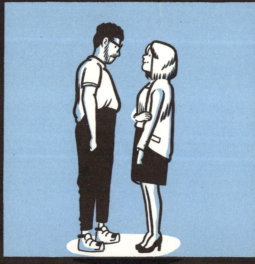

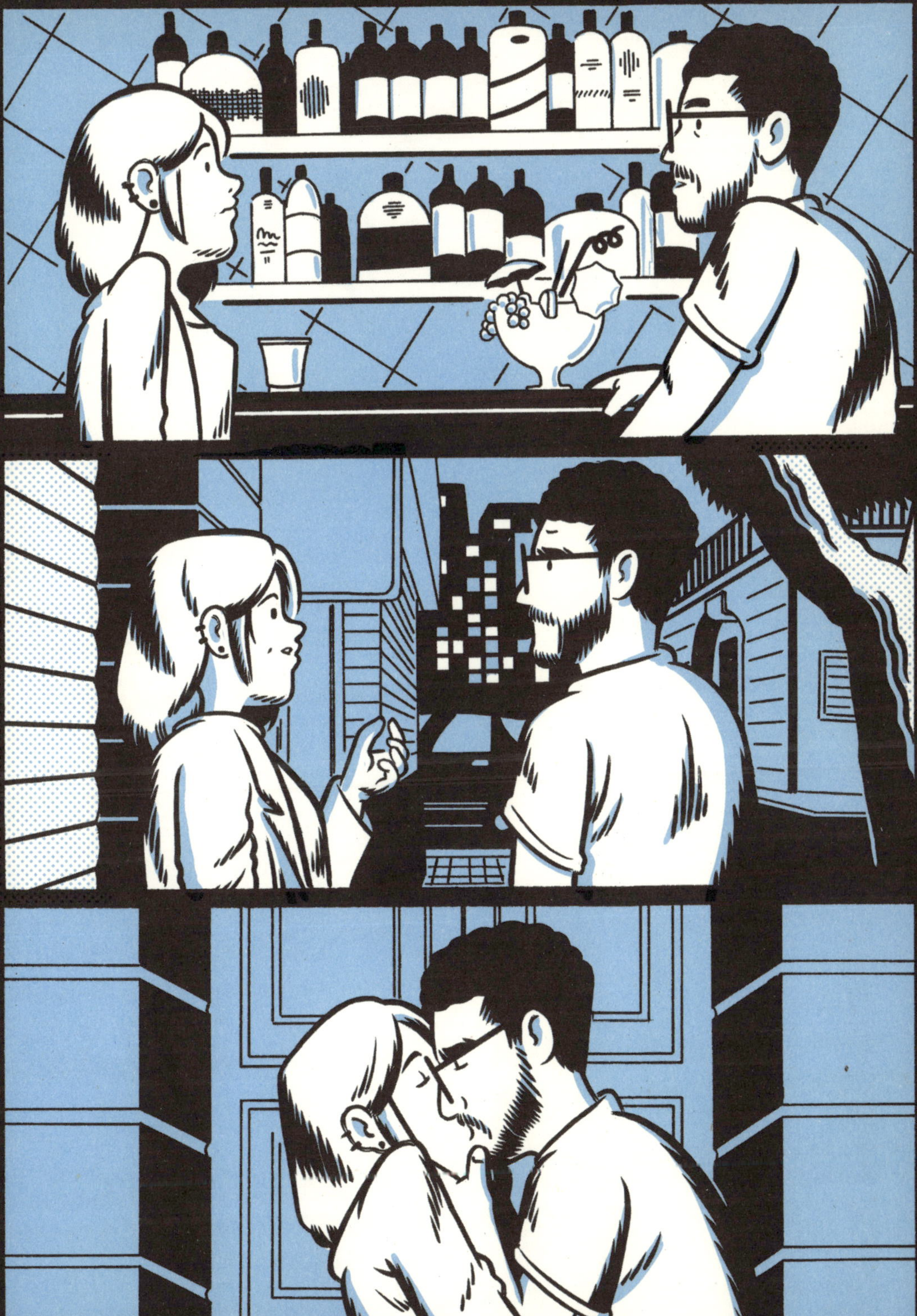

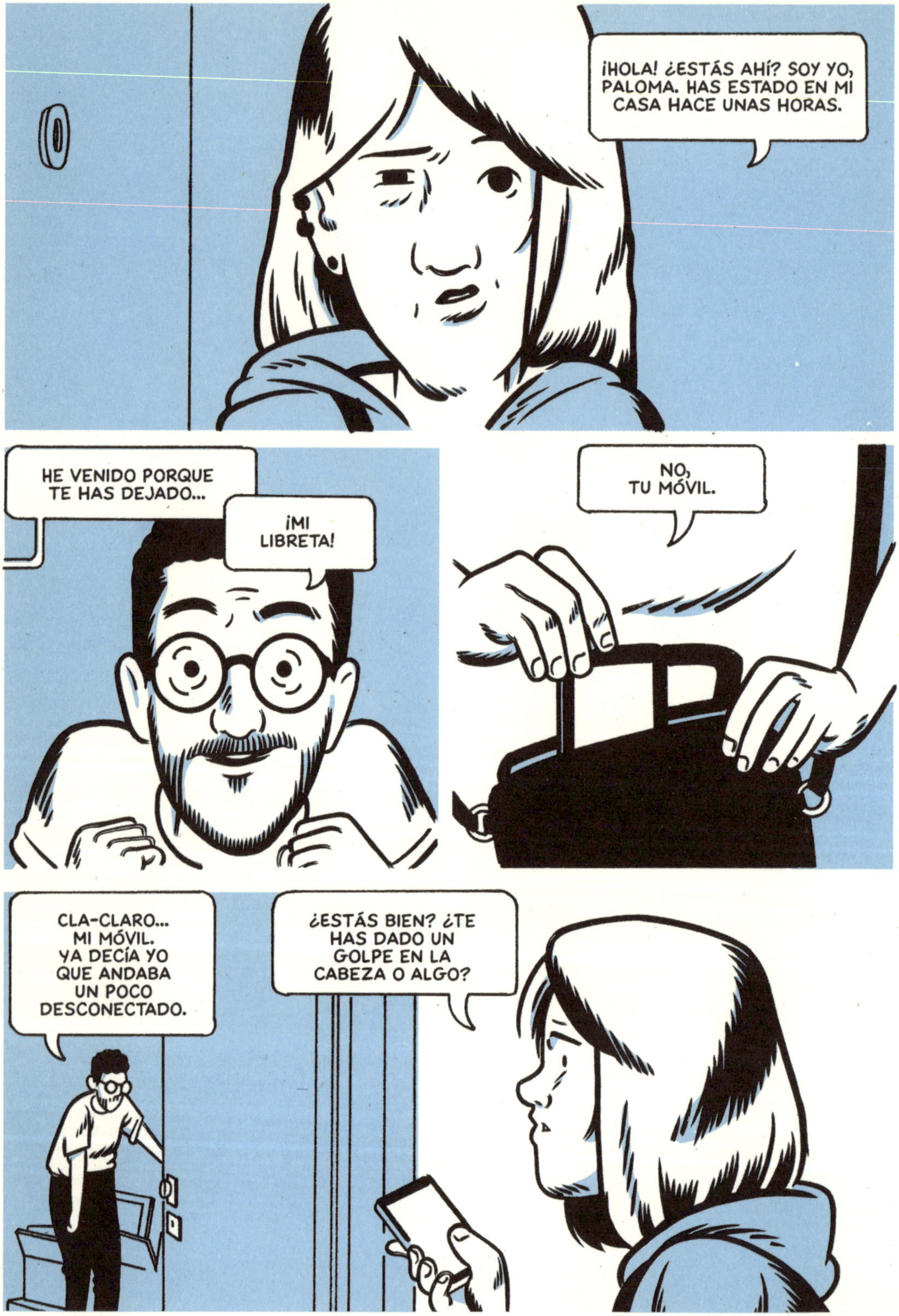
¡HOLA! ¿ESTÁS AHÍ? SOY YO, PALOMA. HAS ESTADO EN MI CASA HACE UNAS HORAS.
HE VENIDO PORQUE TE HAS DEJADO...
¡MI LIBRETA!
NO, TU MÓVIL.
CLA-CLARO... MI MÓVIL. YA DECÍA YO QUE ANDABA UN POCO DESCONECTADO.
¿ESTÁS BIEN? ¿TE HAS DADO UN GOLPE EN LA CABEZA O ALGO?

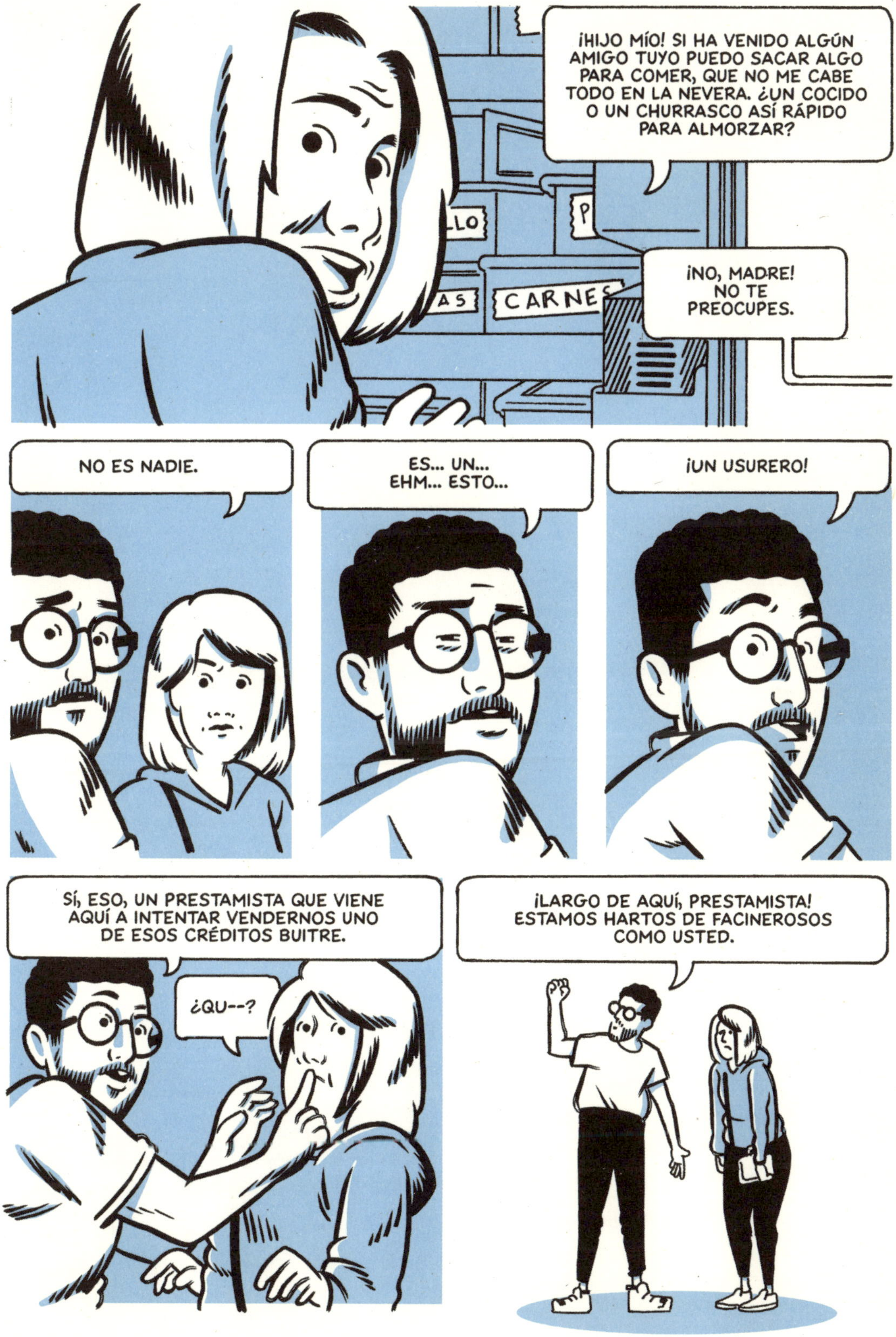
¡HIJO MÍO! SI HA VENIDO ALGÚN AMIGO TUYO PUEDO SACAR ALGO PARA COMER, QUE NO ME CABE TODO EN LA NEVERA. ¿UN COCIDO O UN CHURRASCO ASÍ RÁPIDO PARA ALMORZAR?
¡NO, MADRE! NO TE PREOCUPES.
NO ES NADIE.
ES... UN... EHM... ESTO...
¡UN USURERO!
SÍ, ESO, UN PRESTAMISTA QUE VIENE AQUÍ A INTENTAR VENDERNOS UNO DE ESOS CRÉDITOS BUITRE.
¿QU--?
¡LARGO DE AQUÍ, PRESTAMISTA! ESTAMOS HARTOS DE FACINEROSOS COMO USTED.

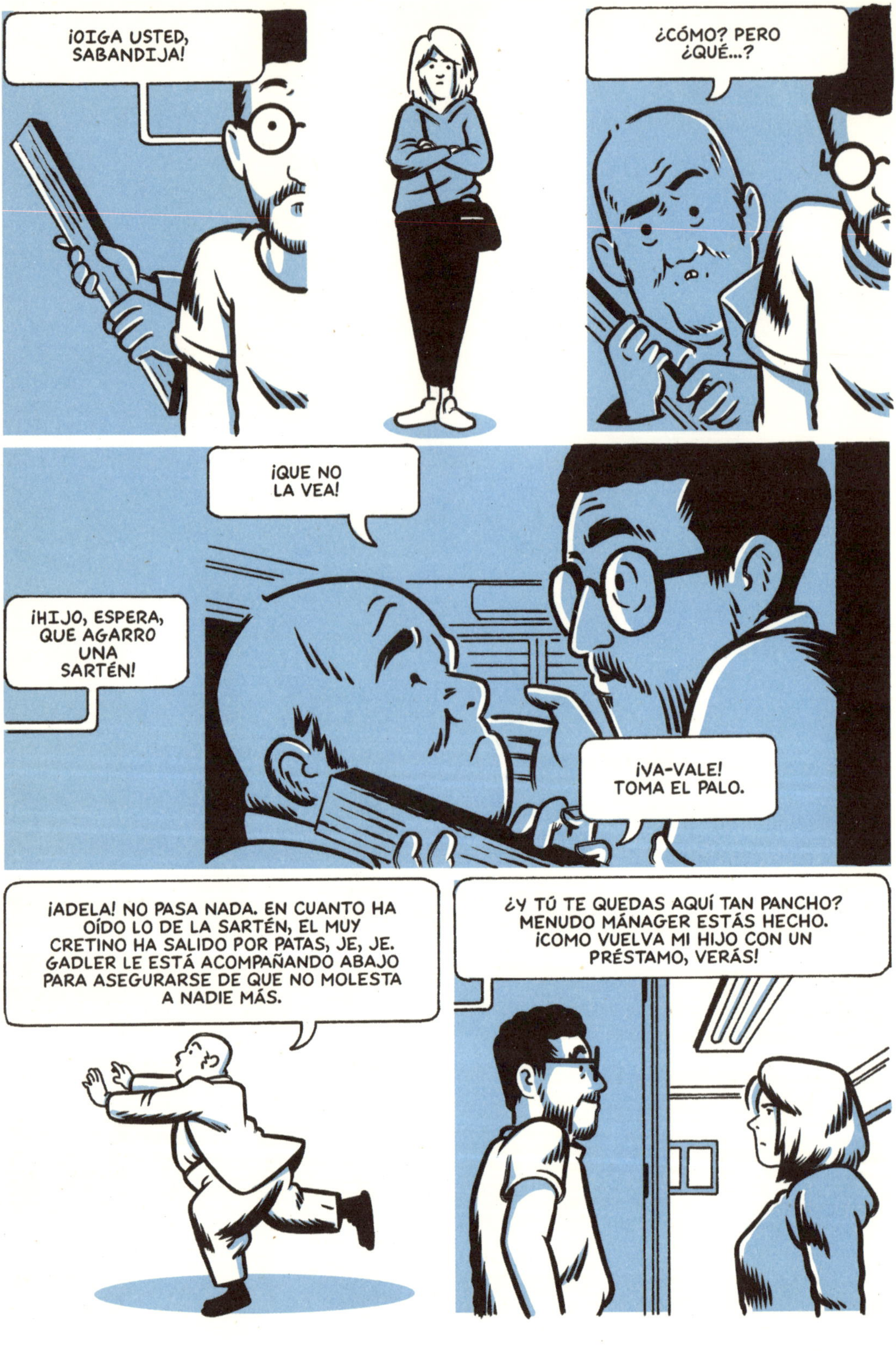
¡OIGA USTED, SABANDIJA!
¿CÓMO? PERO ¿QUÉ...?
¡QUE NO LA VEA!
¡HIJO, ESPERA, QUE AGARRO UNA SARTÉN!
¡VA-VALE! TOMA EL PALO.
¡ADELA! NO PASA NADA. EN CUANTO HA OÍDO LO DE LA SARTÉN, EL MUY CRETINO HA SALIDO POR PATAS, JE, JE. GADLER LE ESTÁ ACOMPAÑANDO ABAJO PARA ASEGURARSE DE QUE NO MOLESTA A NADIE MÁS.
¿Y TÚ TE QUEDAS AQUÍ TAN PANCHO? MENUDO MÁNAGER ESTÁS HECHO. ¡COMO VUELVA MI HIJO CON UN PRÉSTAMO, VERÁS!

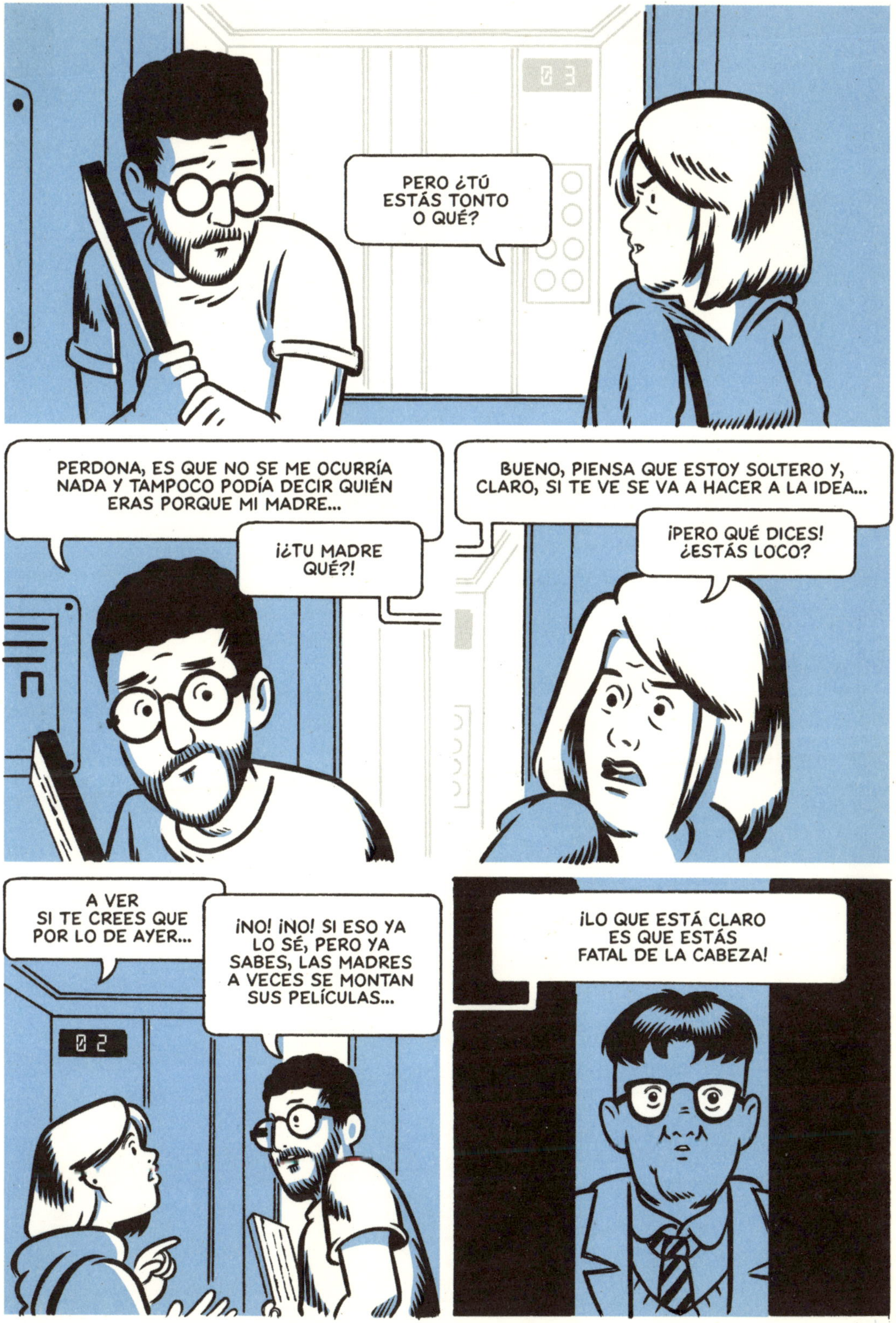
PERO ¿TÚ ESTÁS TONTO O QUÉ?
PERDONA, ES QUE NO SE ME OCURRÍA NADA Y TAMPOCO PODÍA DECIR QUIÉN ERAS PORQUE MI MADRE...
¡¿TU MADRE QUÉ?!
BUENO, PIENSA QUE ESTOY SOLTERO Y, CLARO, SI TE VE SE VA A HACER A LA IDEA...
¡PERO QUÉ DICES! ¿ESTÁS LOCO?
A VER SI TE CREES QUE POR LO DE AYER...
¡NO! ¡NO! SI ESO YA LO SÉ, PERO YA SABES, LAS MADRES A VECES SE MONTAN SUS PELÍCULAS...
¡LO QUE ESTÁ CLARO ES QUE ESTÁS FATAL DE LA CABEZA!

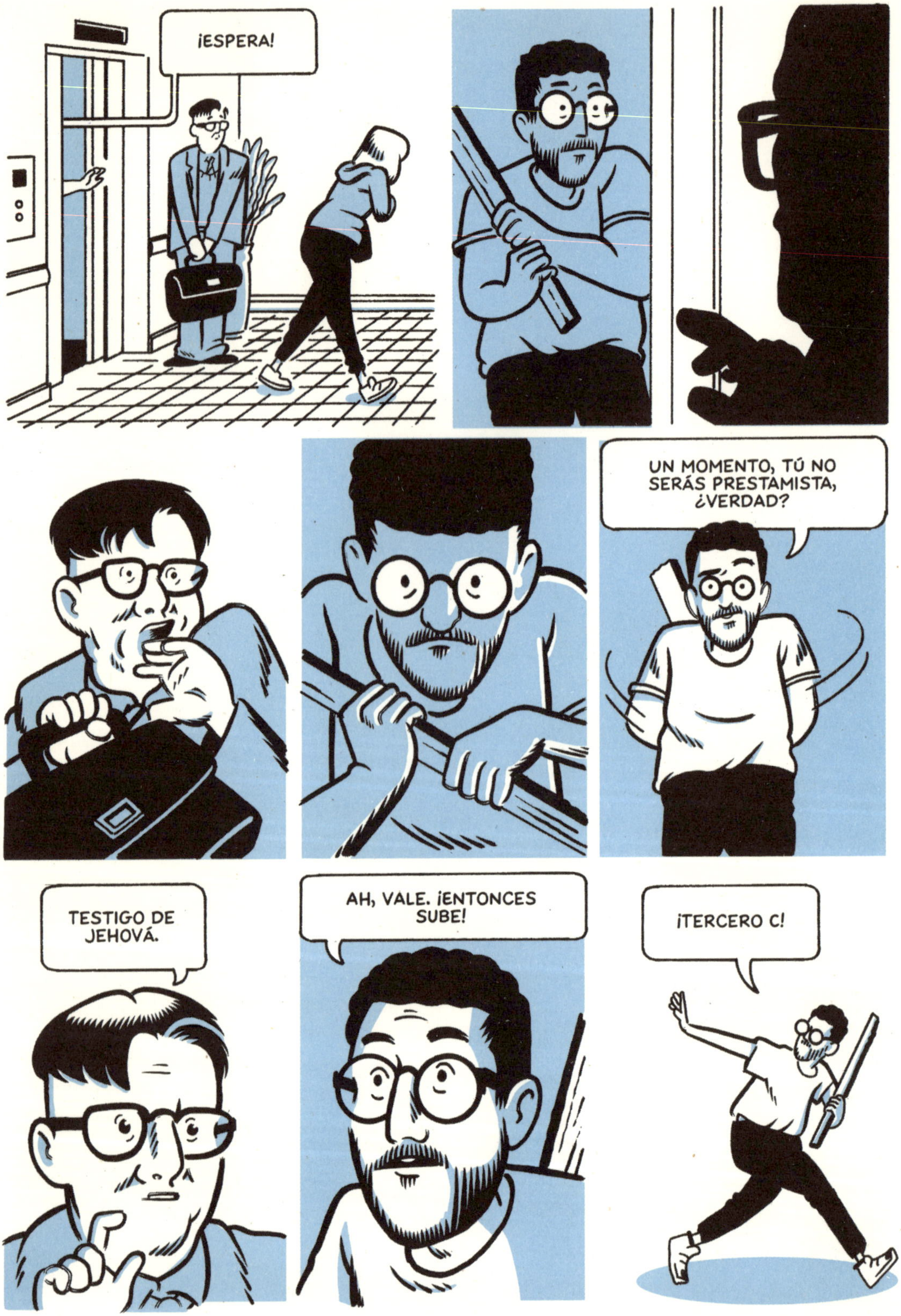
¡ESPERA!
UN MOMENTO, TÚ NO SERÁS PRESTAMISTA, ¿VERDAD?
TESTIGO DE JEHOVÁ.
AH, VALE. ¡ENTONCES SUBE!
¡TERCERO C!

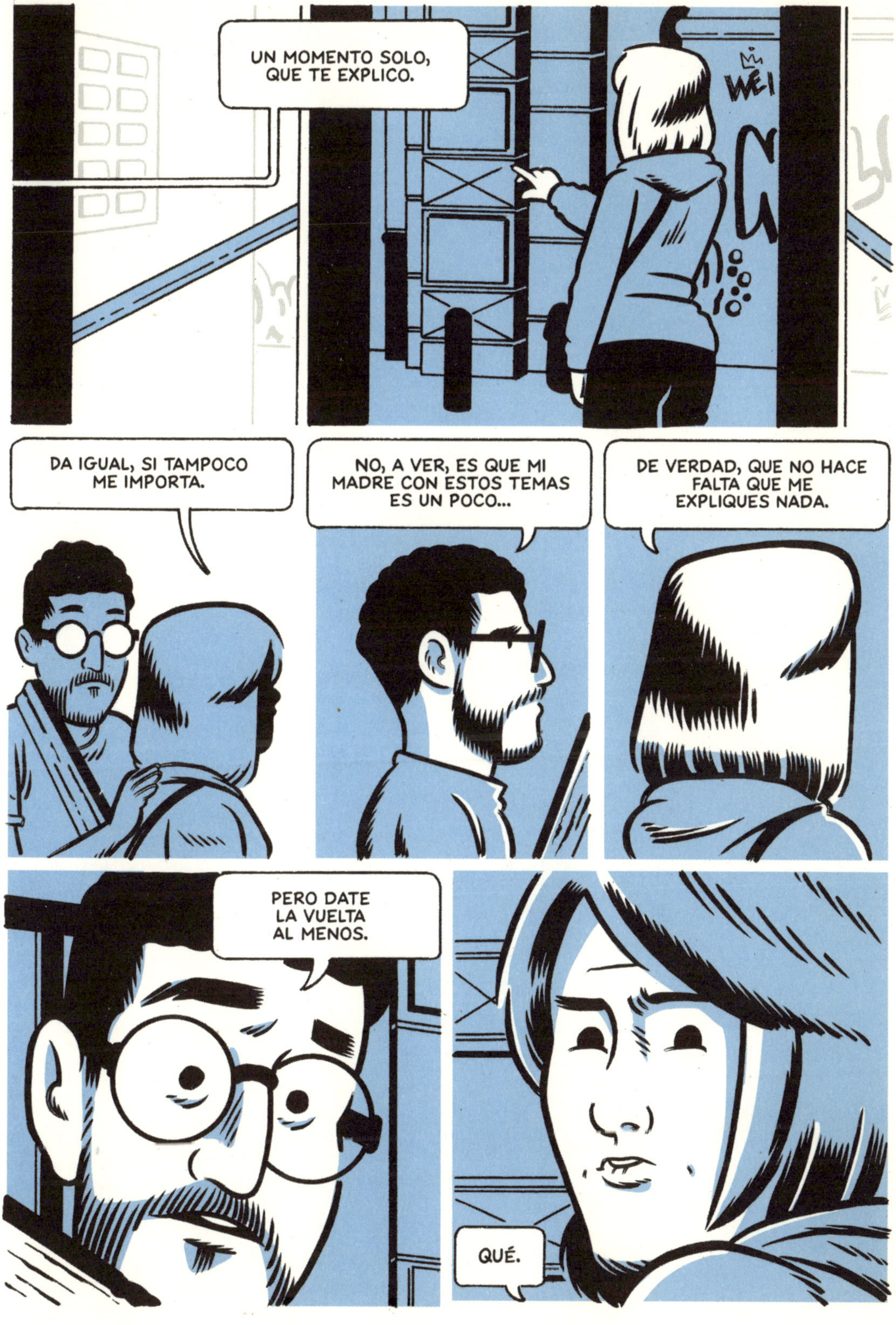
UN MOMENTO SOLO, QUE TE EXPLICO.
WEI
DA IGUAL, SI TAMPOCO ME IMPORTA.
NO, A VER, ES QUE MI MADRE CON ESTOS TEMAS ES UN POCO...
DE VERDAD, QUE NO HACE FALTA QUE ME EXPLIQUES NADA.
PERO DATE LA VUELTA AL MENOS.
QUÉ.

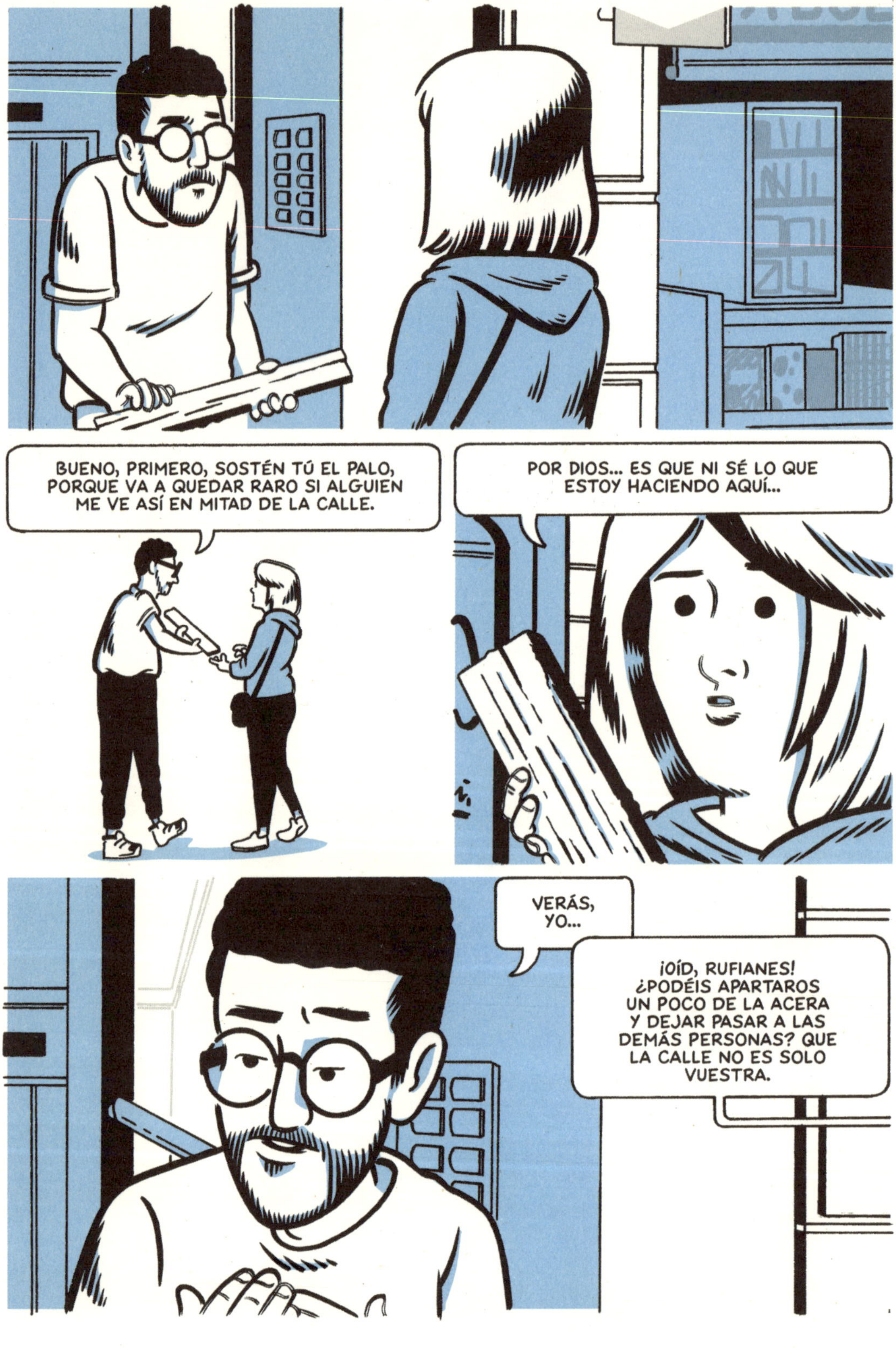
BUENO, PRIMERO, SOSTÉN TÚ EL PALO, PORQUE VA A QUEDAR RARO SI ALGUIEN ME VE ASÍ EN MITAD DE LA CALLE.
POR DIOS... ES QUE NI SÉ LO QUE ESTOY HACIENDO AQUÍ...
VERÁS, YO...
¡OÍD, RUFIANES! ¿PODÉIS APARTAROS UN POCO DE LA ACERA Y DEJAR PASAR A LAS DEMÁS PERSONAS? QUE LA CALLE NO ES SOLO VUESTRA.

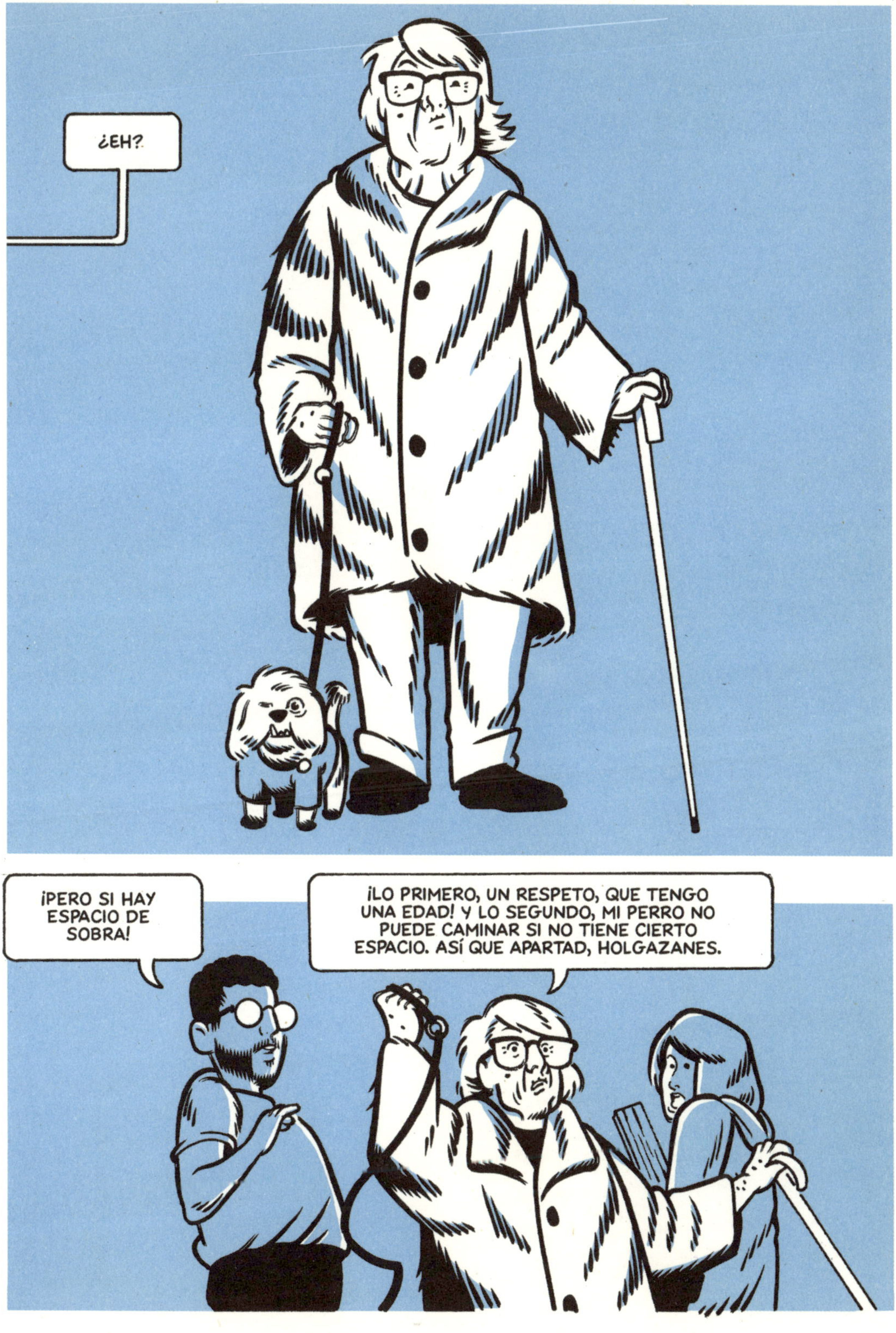
¿EH?
¡PERO SI HAY ESPACIO DE SOBRA!
¡LO PRIMERO, UN RESPETO, QUE TENGO UNA EDAD! Y LO SEGUNDO, MI PERRO NO PUEDE CAMINAR SI NO TIENE CIERTO ESPACIO. ASÍ QUE APARTAD, HOLGAZANES.

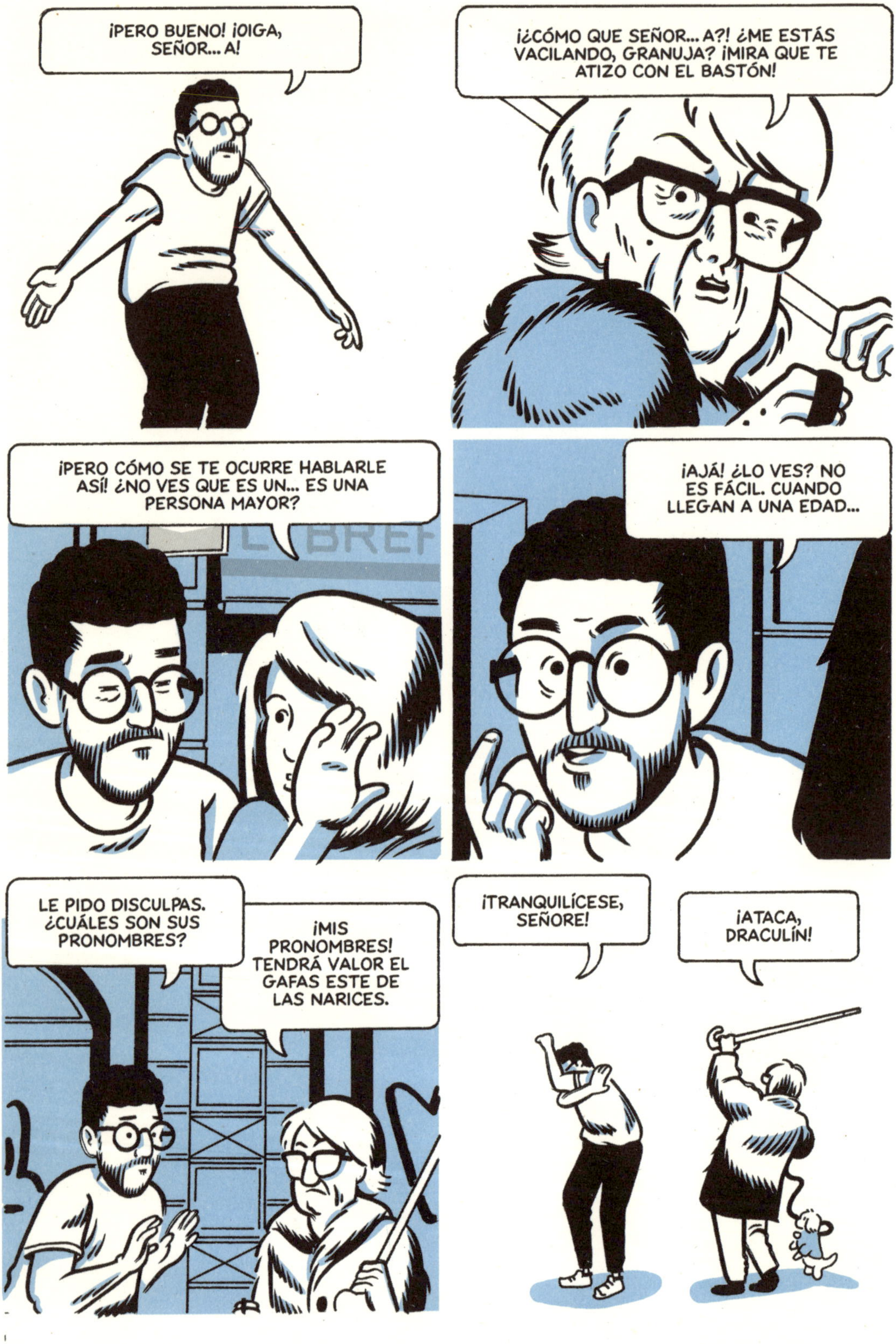
¡PERO BUENO! ¡OIGA, SEÑOR... A!
¡¿CÓMO QUE SEÑOR... A?! ¿ME ESTÁS VACILANDO, GRANUJA? ¡MIRA QUE TE ATIZO CON EL BASTÓN!
¡PERO CÓMO SE TE OCURRE HABLARLE ASÍ! ¿NO VES QUE ES UN... ES UNA PERSONA MAYOR?
¡AJÁ! ¿LO VES? NO ES FÁCIL. CUANDO LLEGAN A UNA EDAD...
LE PIDO DISCULPAS. ¿CUÁLES SON SUS PRONOMBRES?
¡MIS PRONOMBRES! TENDRÁ VALOR EL GAFAS ESTE DE LAS NARICES.
¡TRANQUILÍCESE, SEÑORE!
¡ATACA, DRACULÍN!

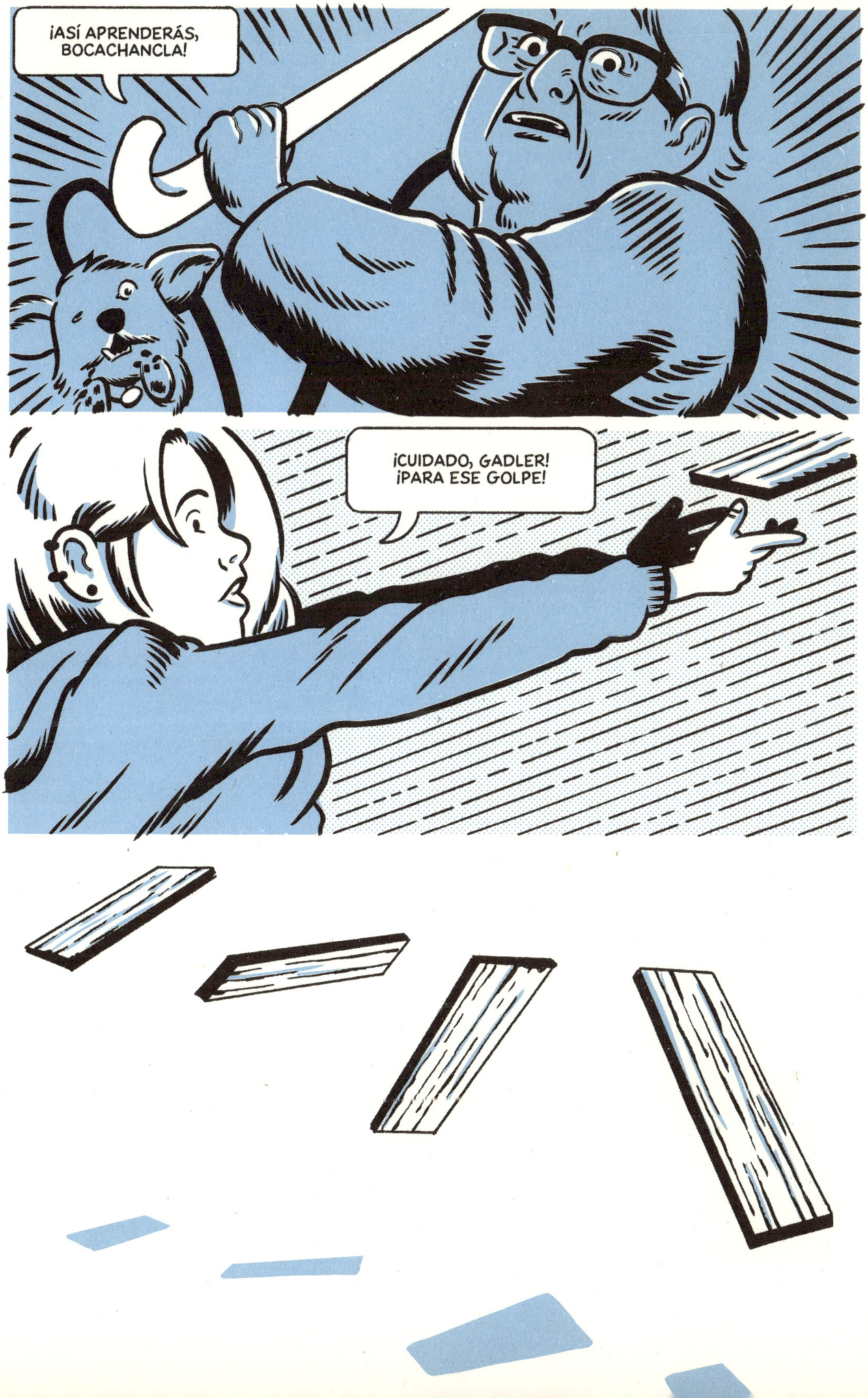
¡ASÍ APRENDERÁS, BOCACHANCLA!
¡CUIDADO, GADLER! ¡PARA ESE GOLPE!

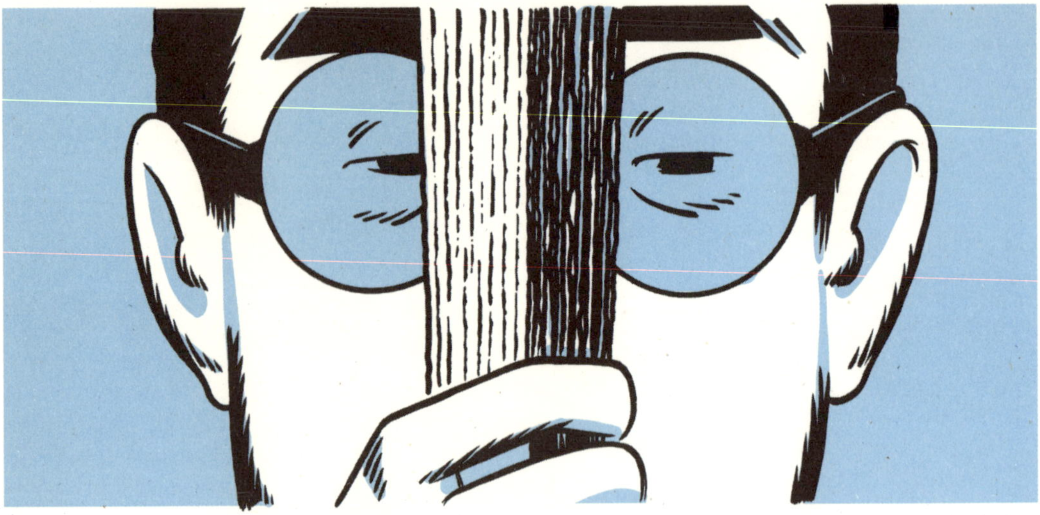
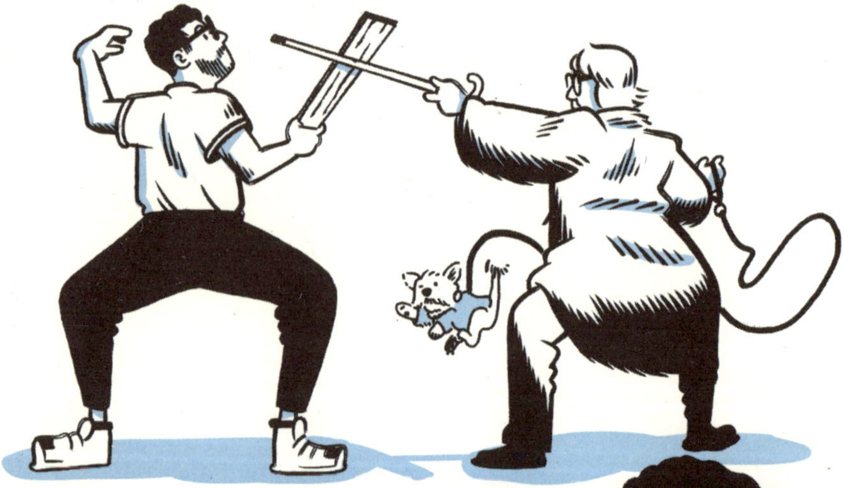
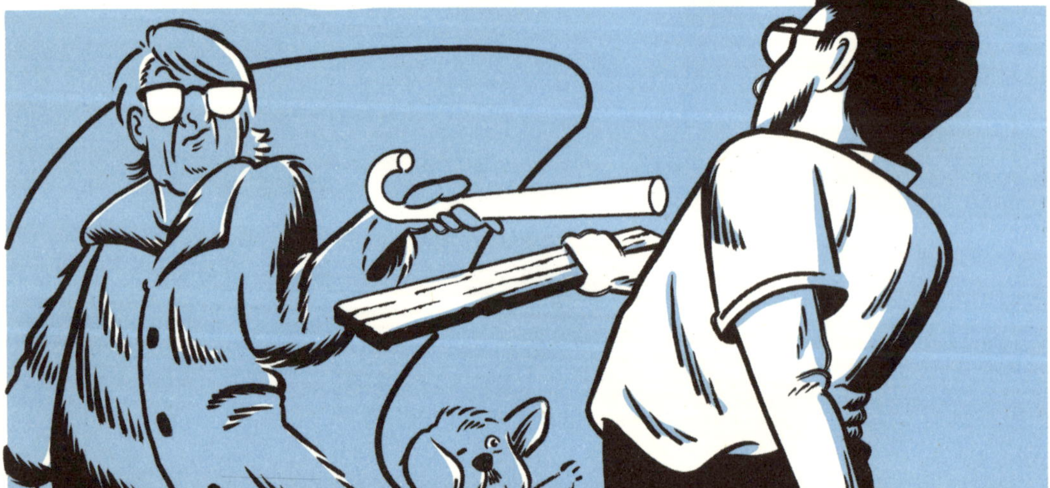

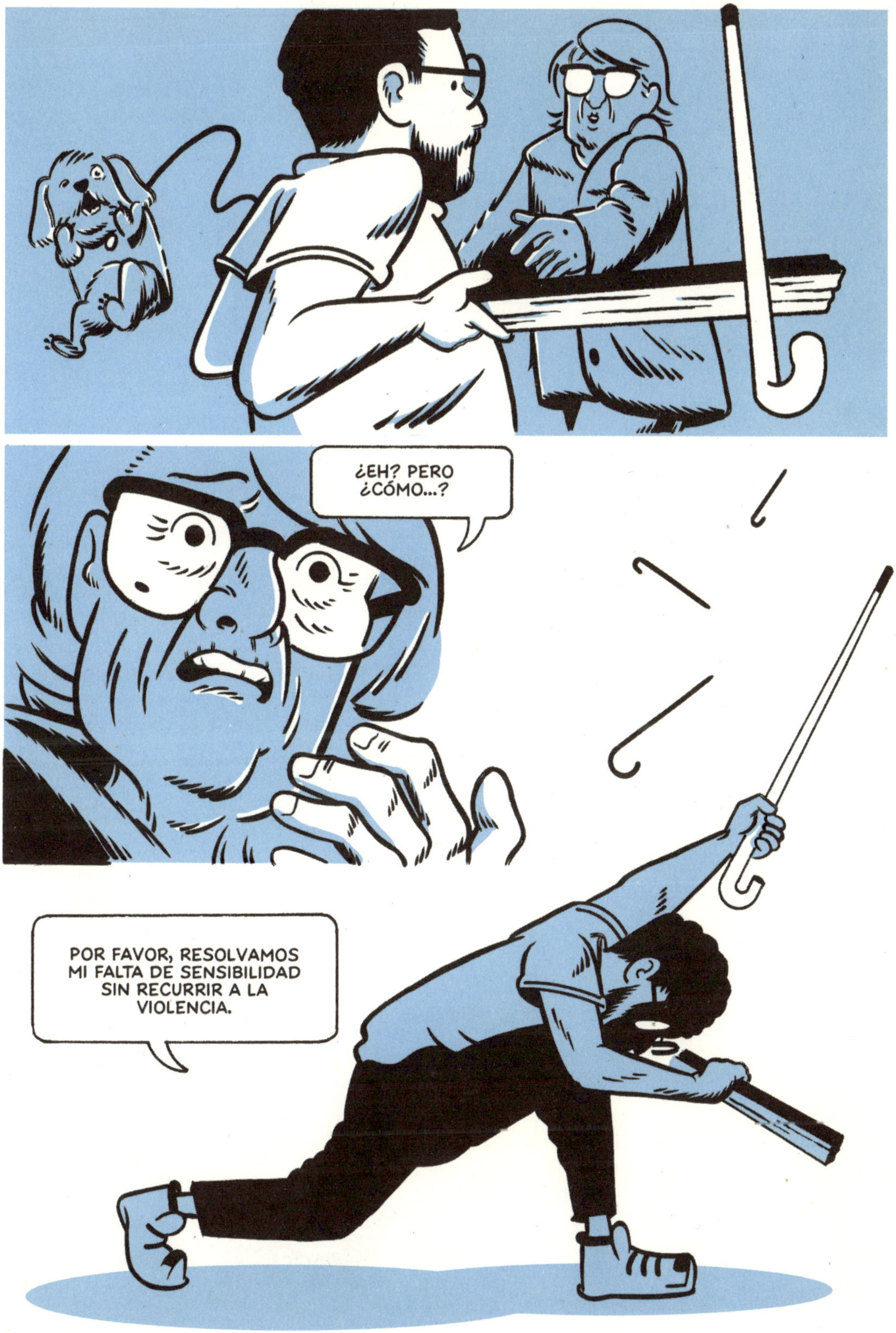
¿EH? PERO
¿CÓMO...?
POR FAVOR, RESOLVAMOS
MI FALTA DE SENSIBILIDAD
SIN RECURRIR A LA
VIOLENCIA.

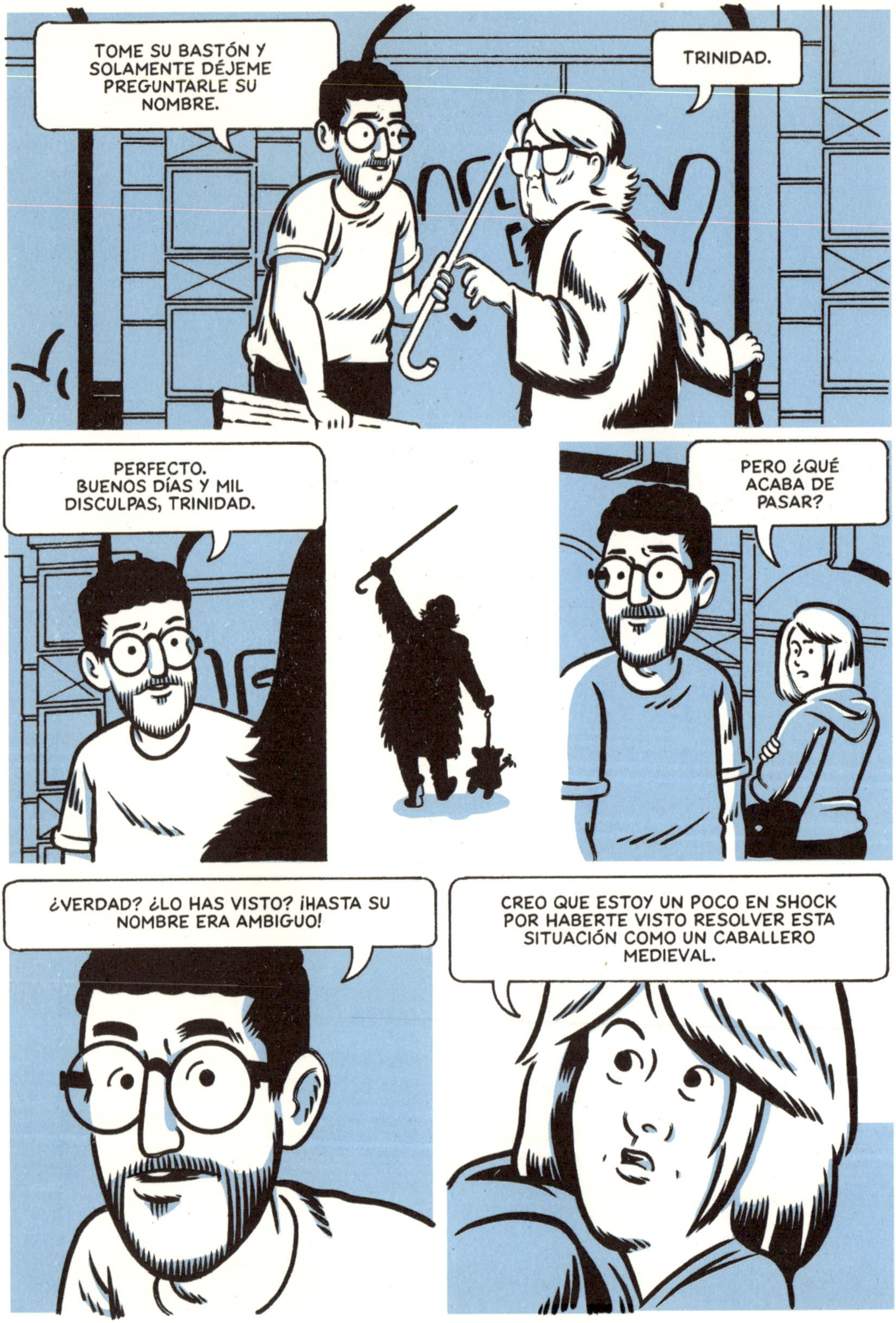
TOME SU BASTÓN Y SOLAMENTE DÉJEME PREGUNTARLE SU NOMBRE.
TRINIDAD.
PERFECTO. BUENOS DÍAS Y MIL DISCULPAS, TRINIDAD.
PERO ¿QUÉ ACABA DE PASAR?
¿VERDAD? ¿LO HAS VISTO? ¡HASTA SU NOMBRE ERA AMBIGUO!
CREO QUE ESTOY UN POCO EN SHOCK POR HABERTE VISTO RESOLVER ESTA SITUACIÓN COMO UN CABALLERO MEDIEVAL.

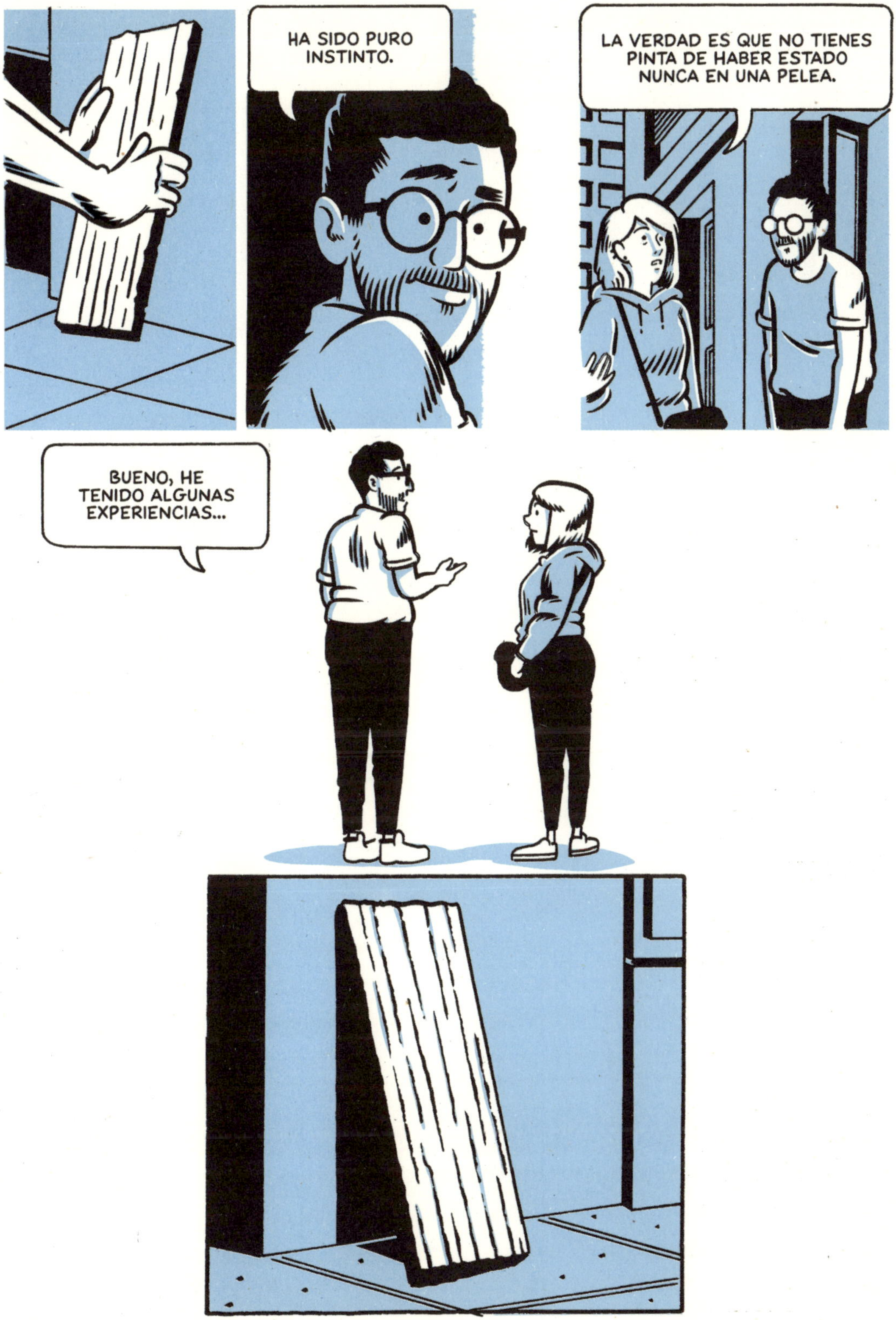
HA SIDO PURO INSTINTO.
LA VERDAD ES QUE NO TIENES PINTA DE HABER ESTADO NUNCA EN UNA PELEA.
BUENO, HE TENIDO ALGUNAS EXPERIENCIAS...

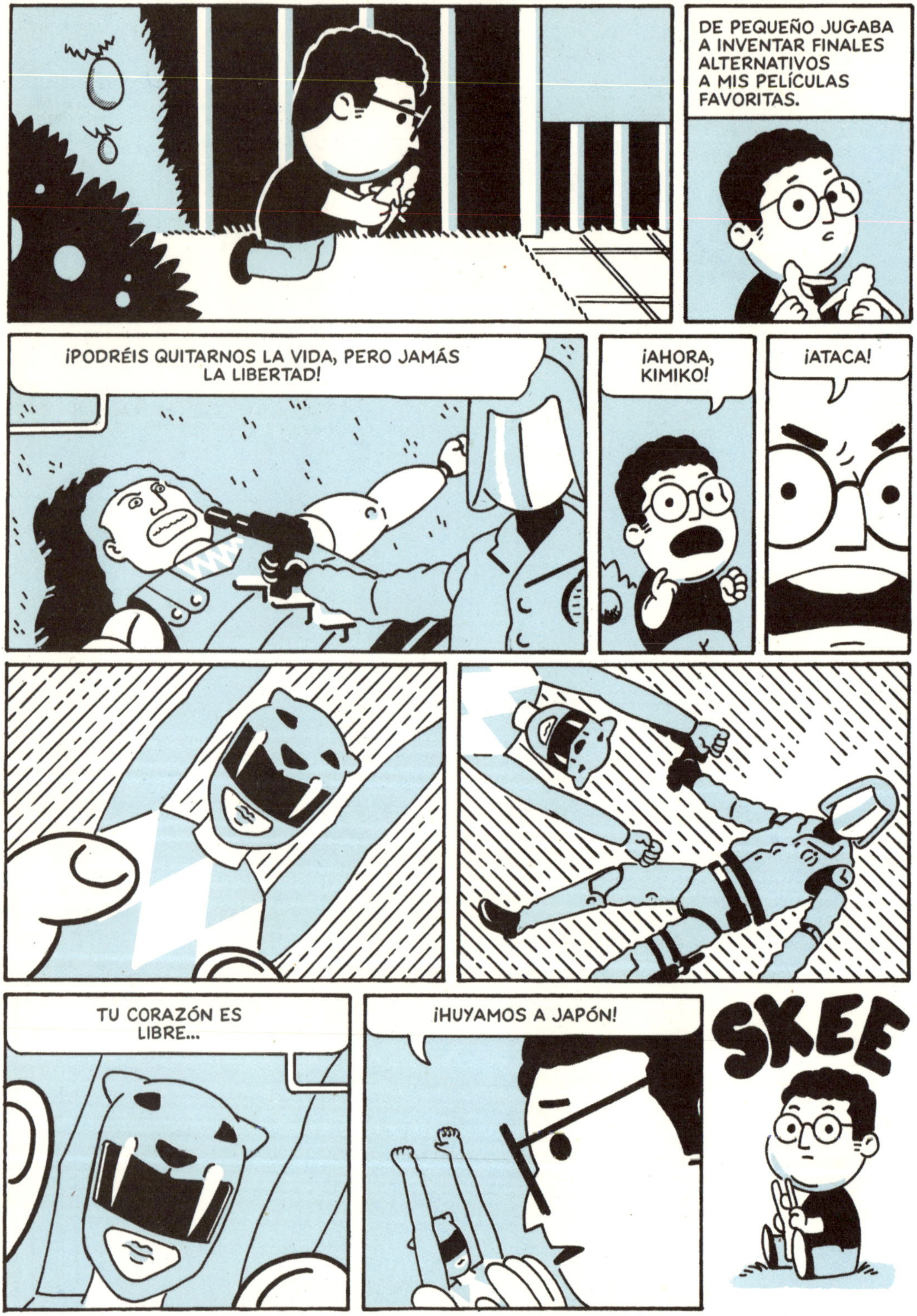
DE PEQUEÑO JUGABA A INVENTAR FINALES ALTERNATIVOS A MIS PELÍCULAS FAVORITAS.
¡PODRÉIS QUITARNOS LA VIDA, PERO JAMÁS LA LIBERTAD!
¡AHORA, KIMIKO!
¡ATACA!
TU CORAZÓN ES LIBRE...
¡HUYAMOS A JAPÓN!
SKEE

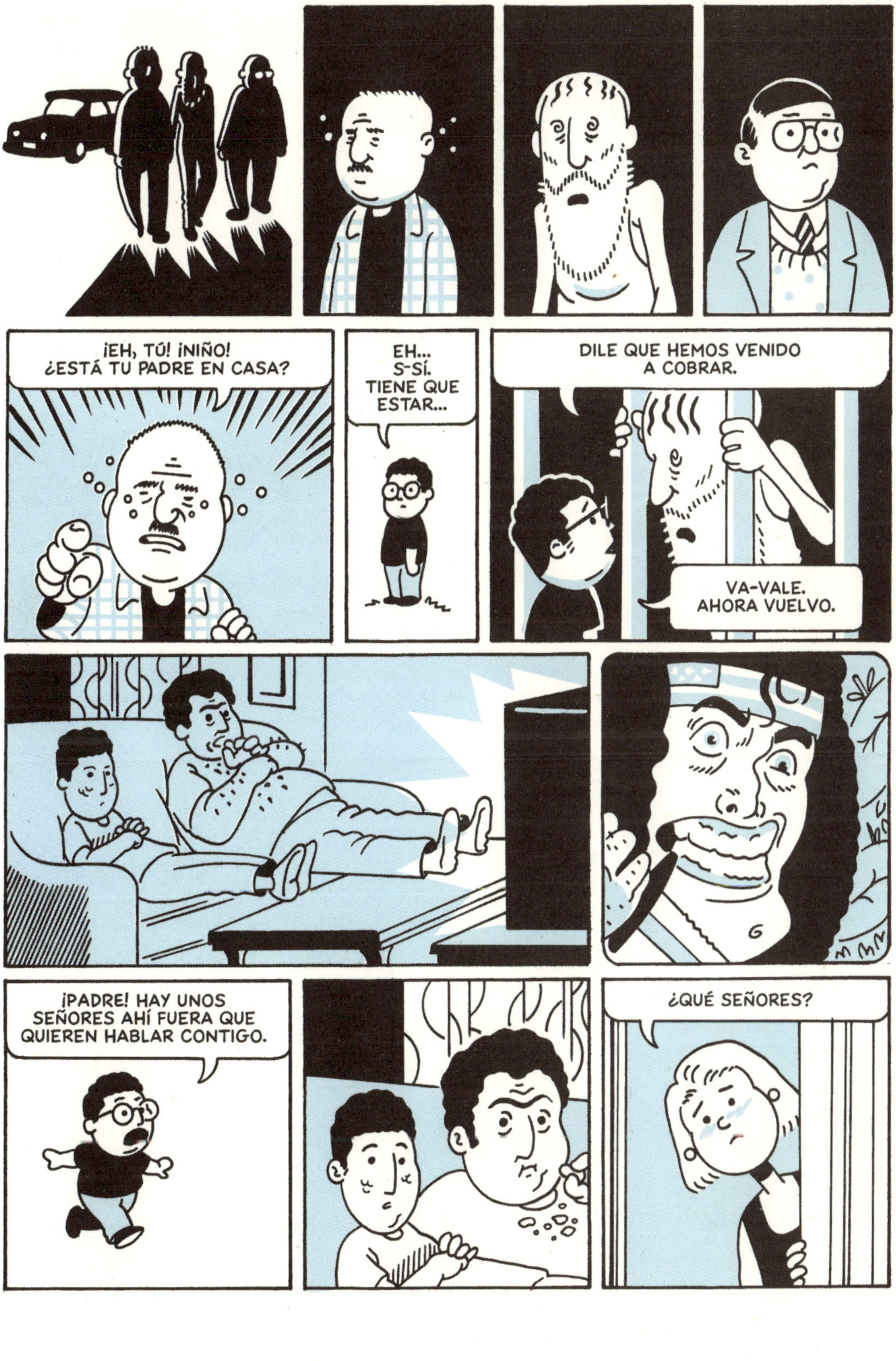
¡EH, TÚ! ¡NIÑO!
¿ESTÁ TU PADRE EN CASA?
EH...
S-SÍ.
TIENE QUE
ESTAR...
DILE QUE HEMOS VENIDO
A COBRAR.
VA-VALE.
AHORA VUELVO.
¡PADRE! HAY UNOS
SEÑORES AHÍ FUERA QUE
QUIEREN HABLAR CONTIGO.
¿QUÉ SEÑORES?

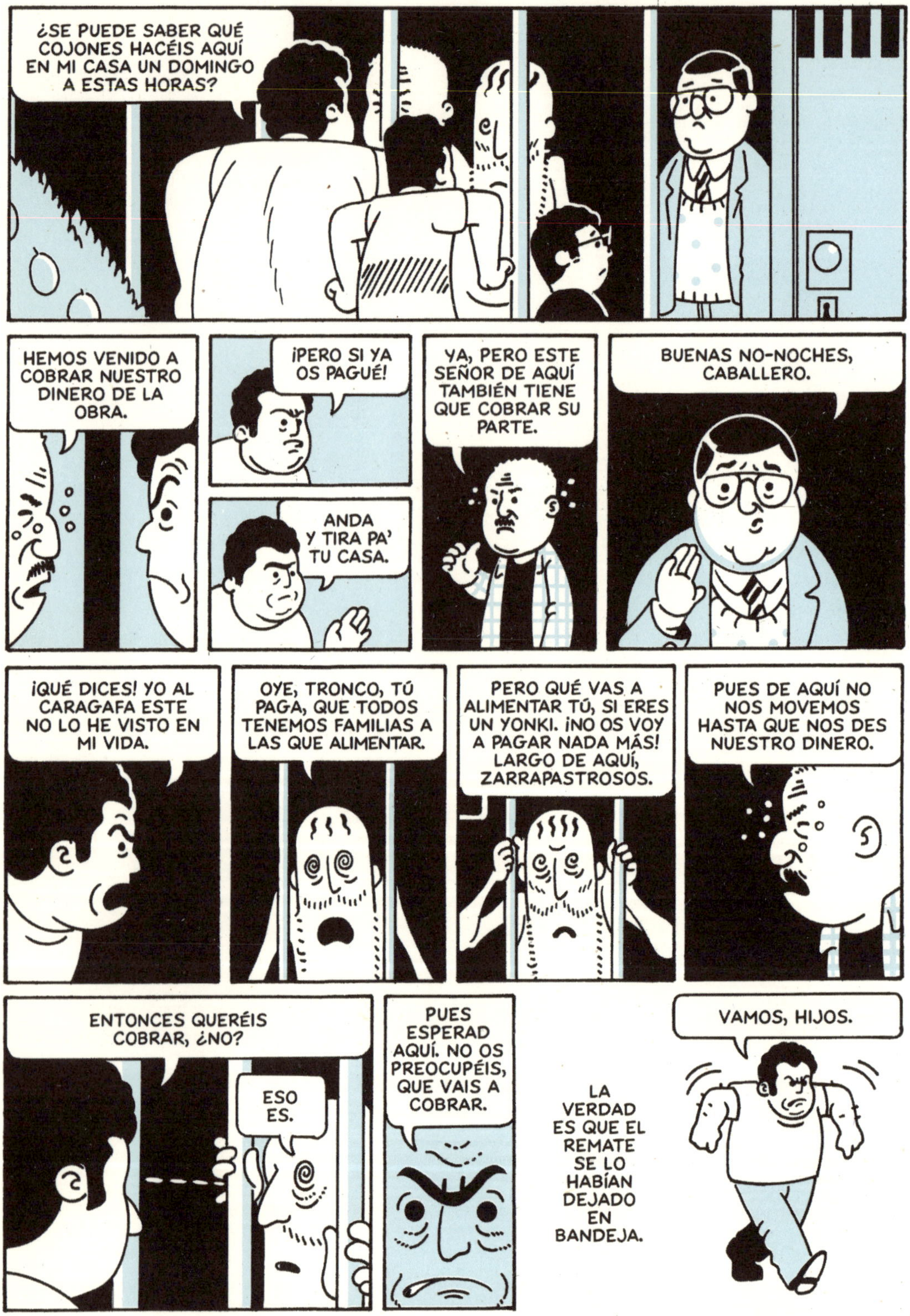
¿SE PUEDE SABER QUÉ COJONES HACÉIS AQUÍ EN MI CASA UN DOMINGO A ESTAS HORAS?
HEMOS VENIDO A COBRAR NUESTRO DINERO DE LA OBRA.
¡PERO SI YA OS PAGUÉ!
ANDA Y TIRA PA' TU CASA.
YA, PERO ESTE SEÑOR DE AQUÍ TAMBIÉN TIENE QUE COBRAR SU PARTE.
BUENAS NO-NOCHES, CABALLERO.
¡QUÉ DICES! YO AL CARAGAFA ESTE NO LO HE VISTO EN MI VIDA.
OYE, TRONCO, TÚ PAGA, QUE TODOS TENEMOS FAMILIAS A LAS QUE ALIMENTAR.
PERO QUÉ VAS A ALIMENTAR TÚ, SI ERES UN YONKI. ¡NO OS VOY A PAGAR NADA MÁS! LARGO DE AQUÍ, ZARRAPASTROSOS.
PUES DE AQUÍ NO NOS MOVEMOS HASTA QUE NOS DES NUESTRO DINERO.
ENTONCES QUERÉIS COBRAR, ¿NO?
ESO ES.
PUES ESPERAD AQUÍ. NO OS PREOCUPÉIS, QUE VAIS A COBRAR.
LA VERDAD ES QUE EL REMATE SE LO HABÍAN DEJADO EN BANDEJA.
VAMOS, HIJOS.

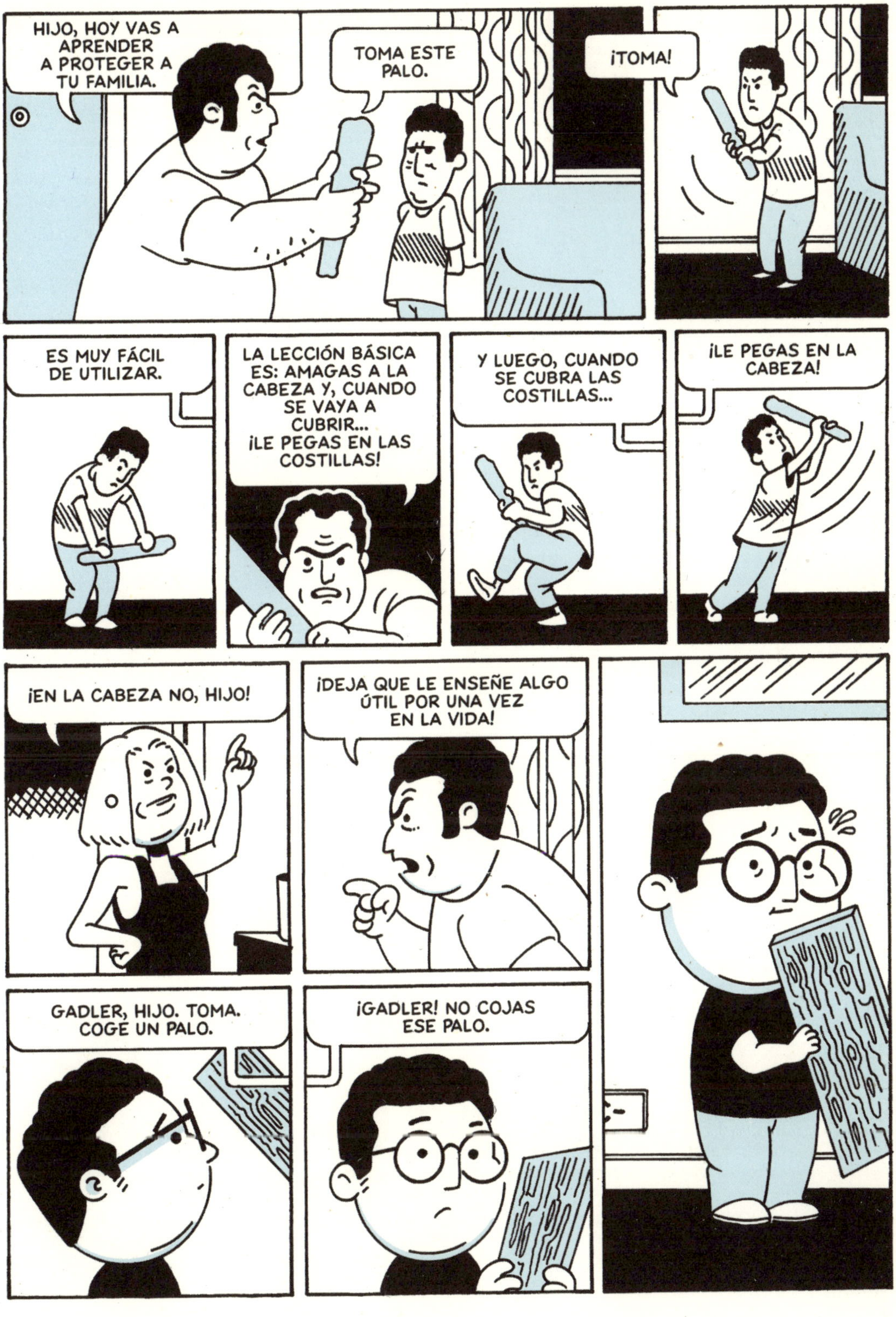
HIJO, HOY VAS A APRENDER A PROTEGER A TU FAMILIA.
TOMA ESTE PALO.
¡TOMA!
ES MUY FÁCIL DE UTILIZAR.
LA LECCIÓN BÁSICA ES: AMAGAS A LA CABEZA Y, CUANDO SE VAYA A CUBRIR... ¡LE PEGAS EN LAS COSTILLAS!
Y LUEGO, CUANDO SE CUBRA LAS COSTILLAS...
¡LE PEGAS EN LA CABEZA!
¡EN LA CABEZA NO, HIJO!
¡DEJA QUE LE ENSEÑE ALGO ÚTIL POR UNA VEZ EN LA VIDA!
GADLER, HIJO. TOMA. COGE UN PALO.
¡GADLER! NO COJAS ESE PALO.

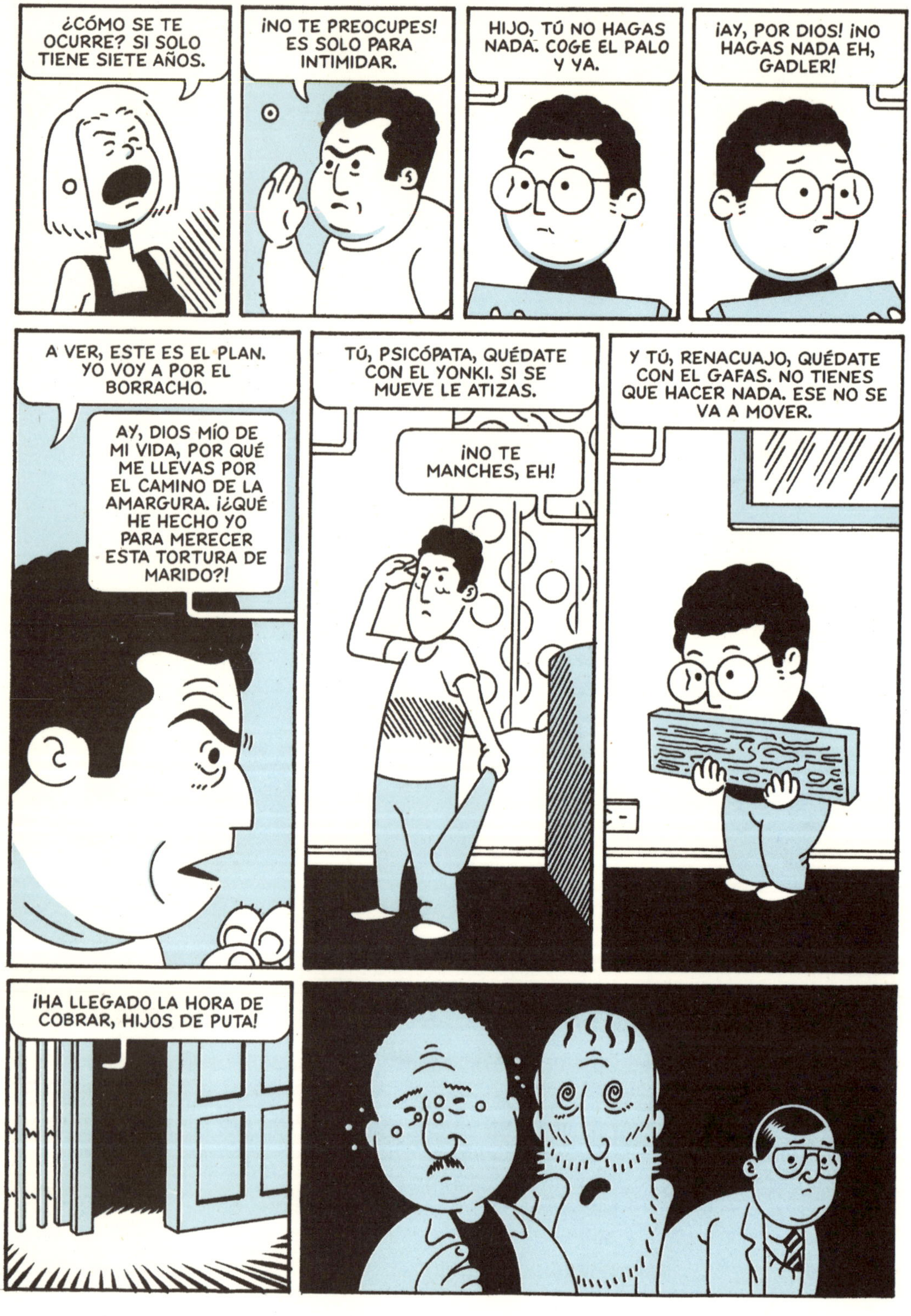
¿CÓMO SE TE OCURRE? SI SOLO TIENE SIETE AÑOS.
¡NO TE PREOCUPES! ES SOLO PARA INTIMIDAR.
HIJO, TÚ NO HAGAS NADA. COGE EL PALO Y YA.
¡AY, POR DIOS! ¡NO HAGAS NADA EH, GADLER!
A VER, ESTE ES EL PLAN. YO VOY A POR EL BORRACHO.
AY, DIOS MÍO DE MI VIDA, POR QUÉ ME LLEVAS POR EL CAMINO DE LA AMARGURA. ¡¿QUÉ HE HECHO YO PARA MERECER ESTA TORTURA DE MARIDO?!
TÚ, PSICÓPATA, QUÉDATE CON EL YONKI. SI SE MUEVE LE ATIZAS.
¡NO TE MANCHES, EH!
Y TÚ, RENACUAJO, QUÉDATE CON EL GAFAS. NO TIENES QUE HACER NADA. ESE NO SE VA A MOVER.
¡HA LLEGADO LA HORA DE COBRAR, HIJOS DE PUTA!

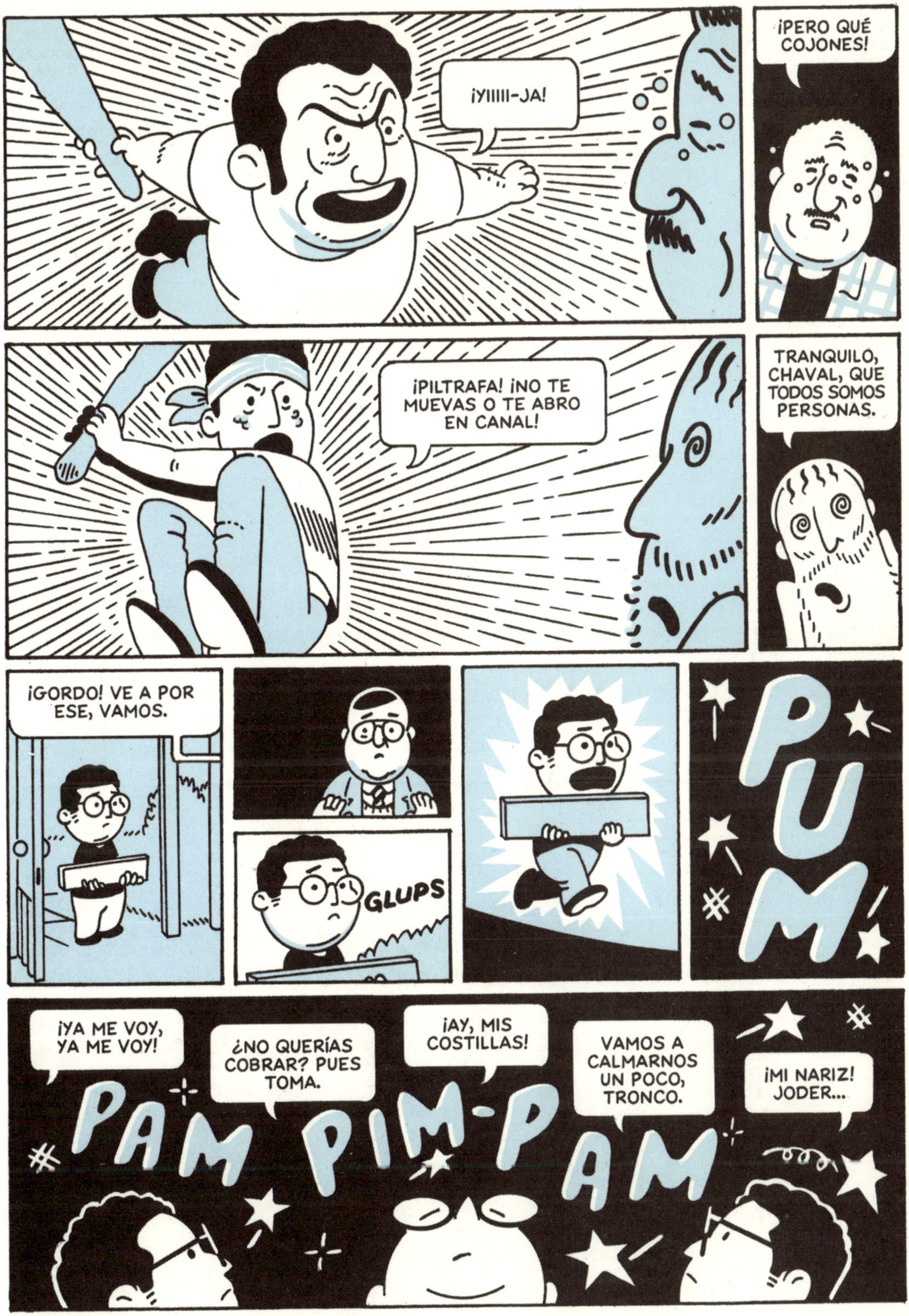

¡YIIIII-JA!
¡PERO QUÉ COJONES!
¡PILTRAFA! ¡NO TE MUEVAS O TE ABRO EN CANAL!
TRANQUILO, CHAVAL, QUE TODOS SOMOS PERSONAS.
¡GORDO! VE A POR ESE, VAMOS.
GLUPS
PUM
¡YA ME VOY, YA ME VOY!
¿NO QUERÍAS COBRAR? PUES TOMA.
¡AY, MIS COSTILLAS!
VAMOS A CALMARNOS UN POCO, TRONCO.
¡MI NARIZ! JODER...
PAM PIM-PAM

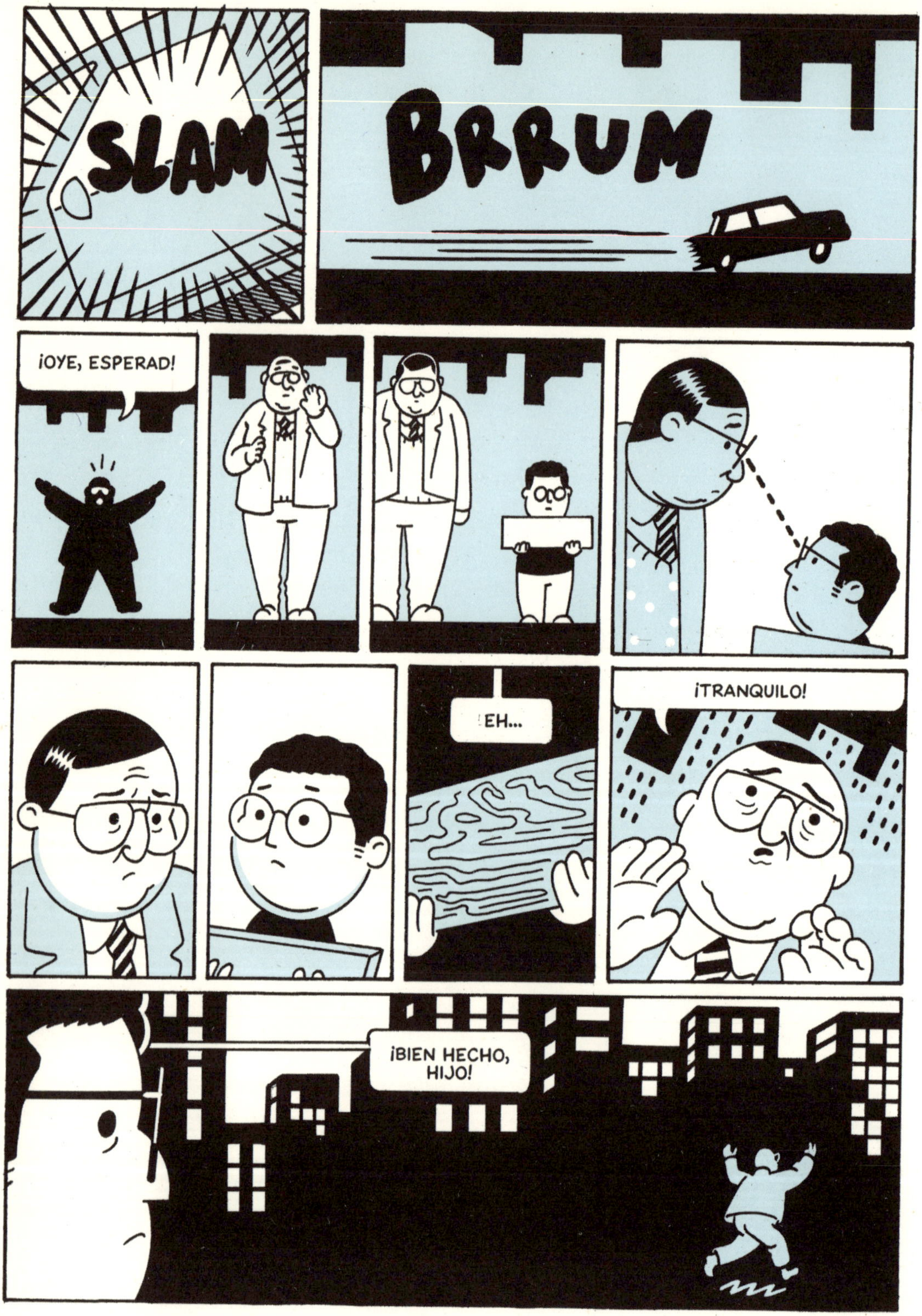
SLAM
BRRUM
¡OYE, ESPERAD!
EH...
¡TRANQUILO!
¡BIEN HECHO, HIJO!

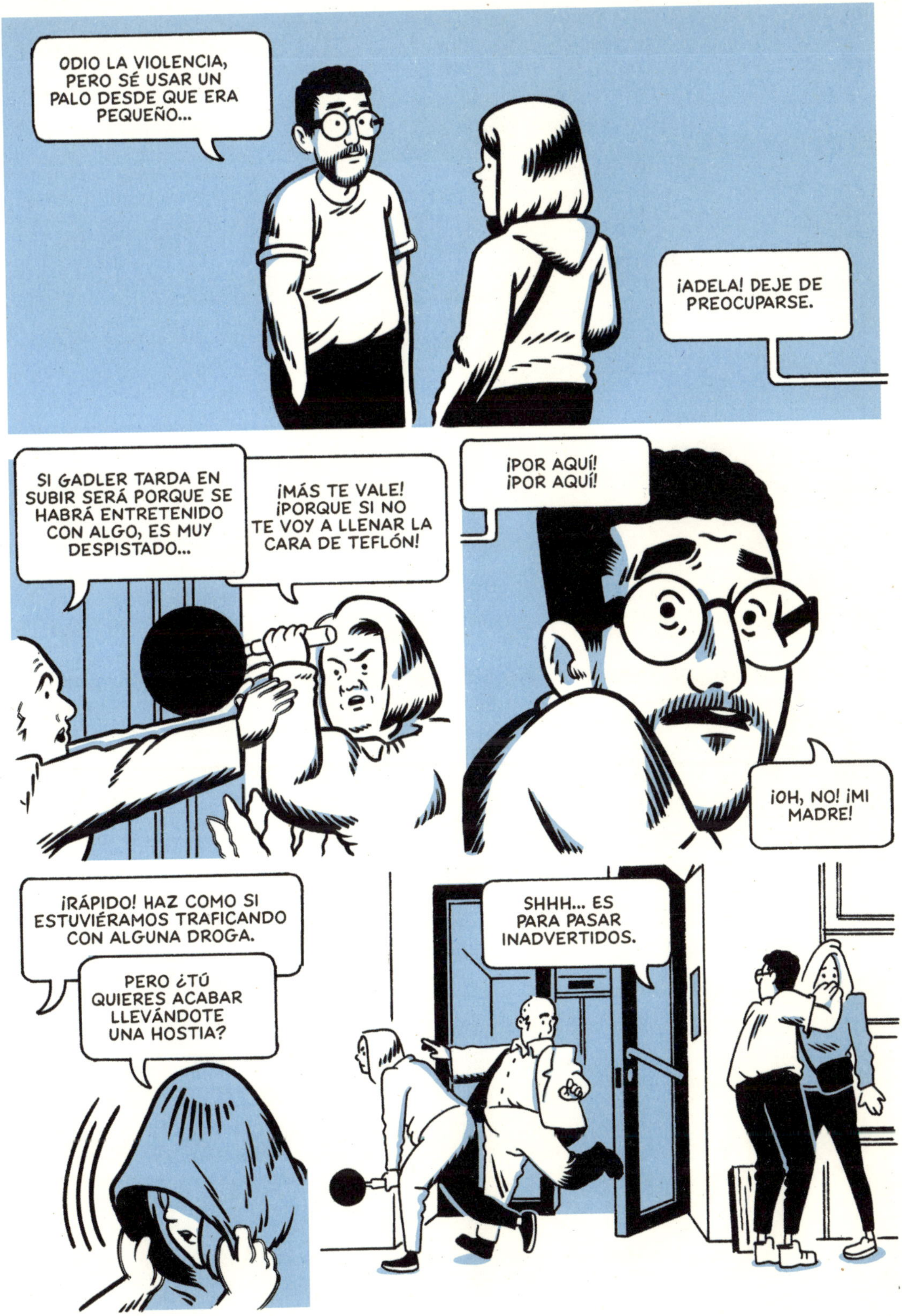
ODIO LA VIOLENCIA, PERO SÉ USAR UN PALO DESDE QUE ERA PEQUEÑO...
¡ADELA! DEJE DE PREOCUPARSE.
SI GADLER TARDA EN SUBIR SERÁ PORQUE SE HABRÁ ENTRETENIDO CON ALGO, ES MUY DESPISTADO...
¡MÁS TE VALE! ¡PORQUE SI NO TE VOY A LLENAR LA CARA DE TEFLÓN!
¡POR AQUÍ! ¡POR AQUÍ!
¡OH, NO! ¡MI MADRE!
¡RÁPIDO! HAZ COMO SI ESTUVIÉRAMOS TRAFICANDO CON ALGUNA DROGA.
PERO ¿TÚ QUIERES ACABAR LLEVÁNDOTE UNA HOSTIA?
SHHH... ES PARA PASAR INADVERTIDOS.

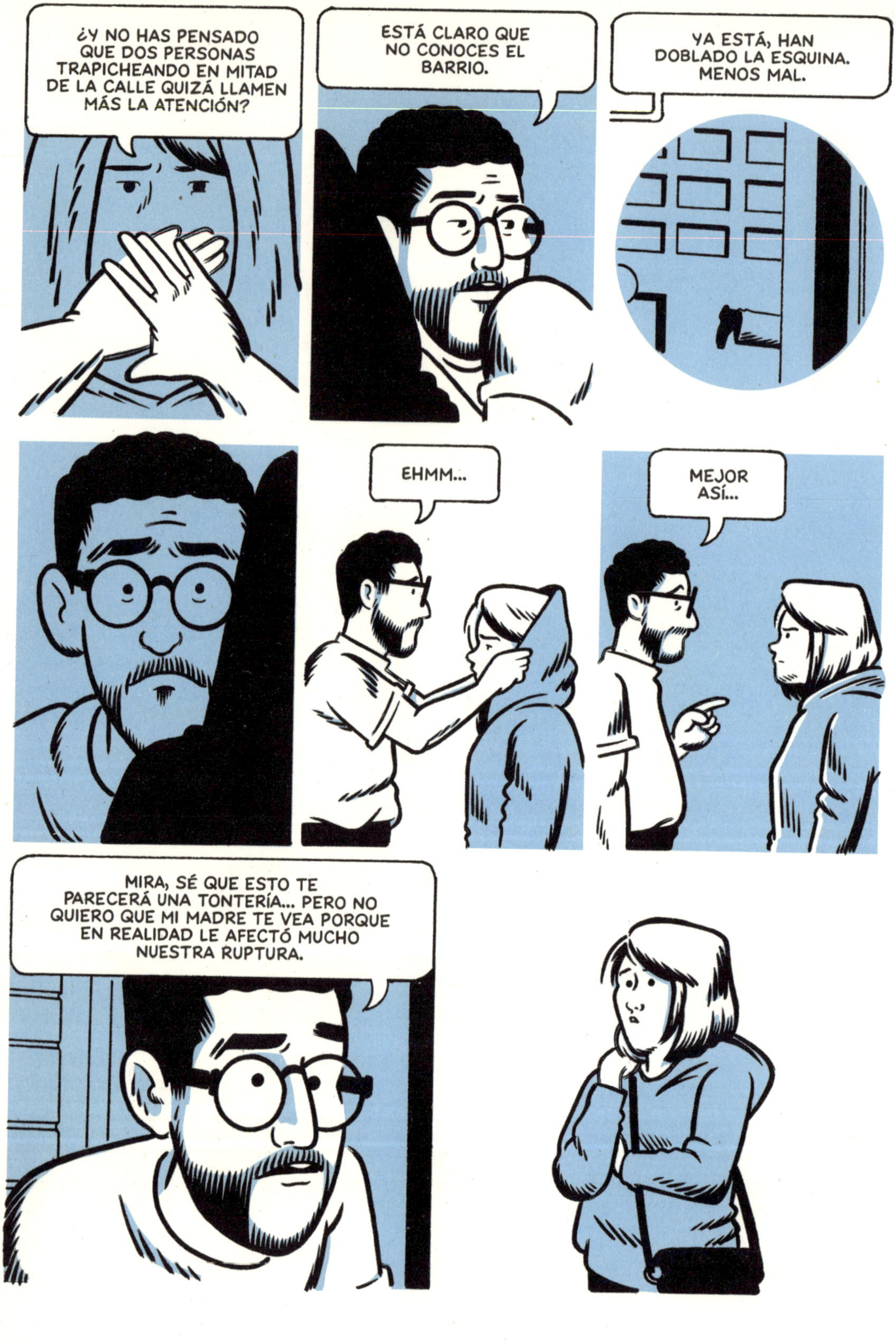
¿Y NO HAS PENSADO QUE DOS PERSONAS TRAPICHEANDO EN MITAD DE LA CALLE QUIZÁ LLAMEN MÁS LA ATENCIÓN?
ESTÁ CLARO QUE NO CONOCES EL BARRIO.
YA ESTÁ, HAN DOBLADO LA ESQUINA. MENOS MAL.
EHMM...
MEJOR ASÍ...
MIRA, SÉ QUE ESTO TE PARECERÁ UNA TONTERÍA... PERO NO QUIERO QUE MI MADRE TE VEA PORQUE EN REALIDAD LE AFECTÓ MUCHO NUESTRA RUPTURA.

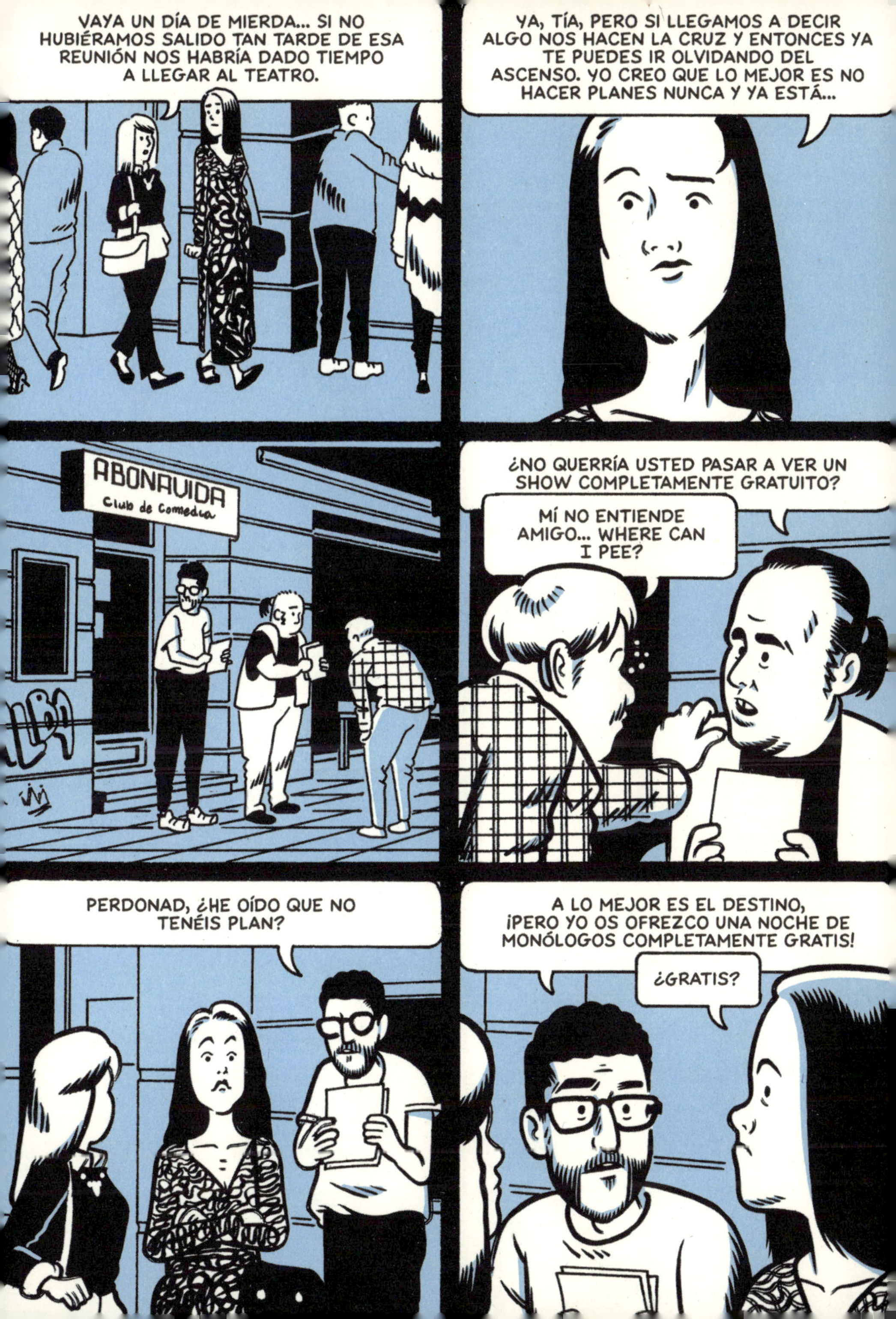
VAYA UN DÍA DE MIERDA... SI NO HUBIÉRAMOS SALIDO TAN TARDE DE ESA REUNIÓN NOS HABRÍA DADO TIEMPO A LLEGAR AL TEATRO.
YA, TÍA, PERO SI LLEGAMOS A DECIR ALGO NOS HACEN LA CRUZ Y ENTONCES YA TE PUEDES IR OLVIDANDO DEL ASCENSO. YO CREO QUE LO MEJOR ES NO HACER PLANES NUNCA Y YA ESTÁ...
ABONAVIDA
Club de Comedia
¿NO QUERRÍA USTED PASAR A VER UN SHOW COMPLETAMENTE GRATUITO?
MÍ NO ENTIENDE AMIGO... WHERE CAN I PEE?
PERDONAD, ¿HE OÍDO QUE NO TENÉIS PLAN?
A LO MEJOR ES EL DESTINO, ¡PERO YO OS OFREZCO UNA NOCHE DE MONÓLOGOS COMPLETAMENTE GRATIS!
¿GRATIS?

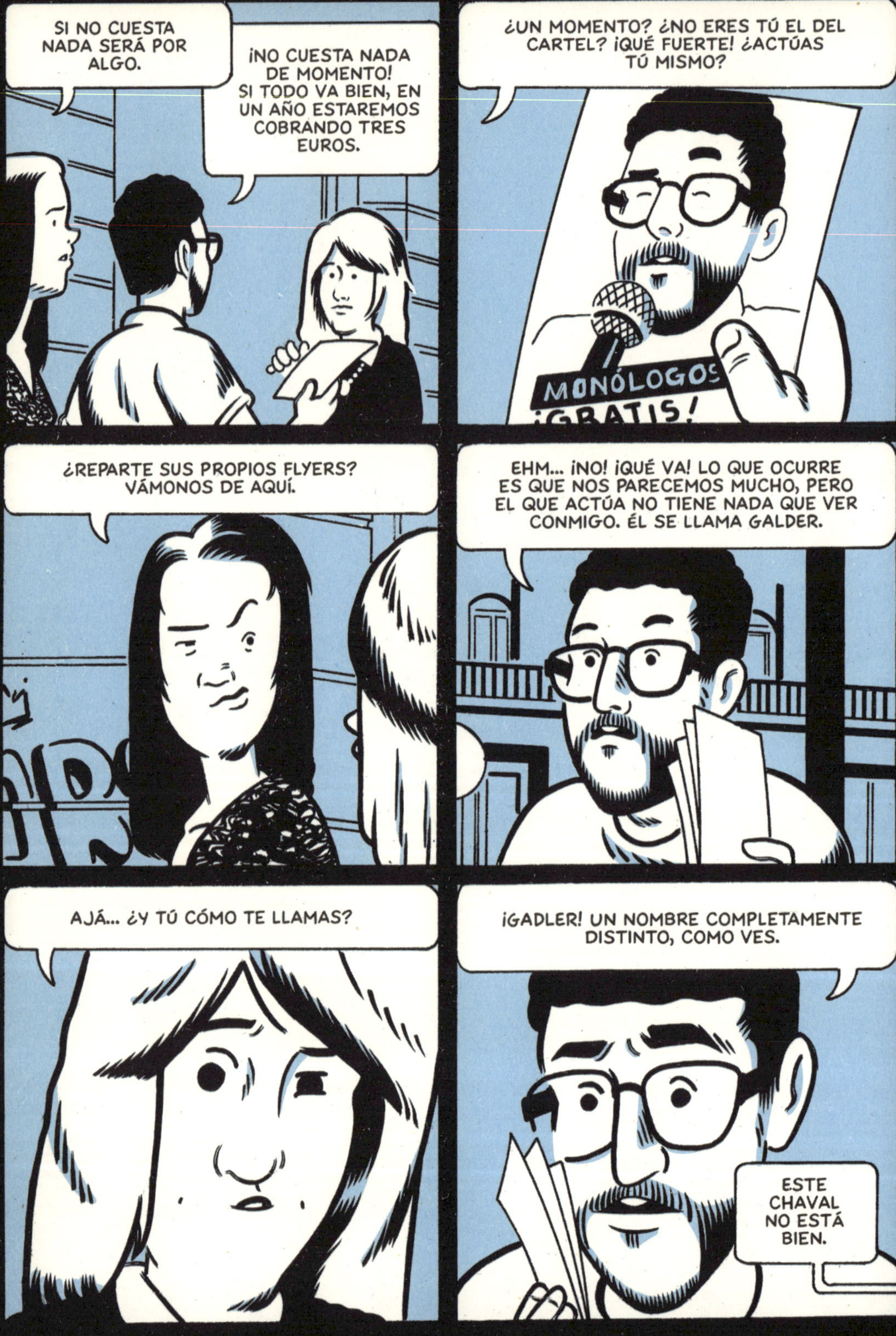
SI NO CUESTA NADA SERÁ POR ALGO.
¡NO CUESTA NADA DE MOMENTO! SI TODO VA BIEN, EN UN AÑO ESTAREMOS COBRANDO TRES EUROS.
¿UN MOMENTO? ¿NO ERES TÚ EL DEL CARTEL? ¡QUÉ FUERTE! ¿ACTÚAS TÚ MISMO?
MONÓLOGOS ¡GRATIS!
¿REPARTE SUS PROPIOS FLYERS? VÁMONOS DE AQUÍ.
EHM... ¡NO! ¡QUÉ VA! LO QUE OCURRE ES QUE NOS PARECEMOS MUCHO, PERO EL QUE ACTÚA NO TIENE NADA QUE VER CONMIGO. ÉL SE LLAMA GALDER.
AJÁ... ¿Y TÚ CÓMO TE LLAMAS?
¡GADLER! UN NOMBRE COMPLETAMENTE DISTINTO, COMO VES.
ESTE CHAVAL NO ESTÁ BIEN.

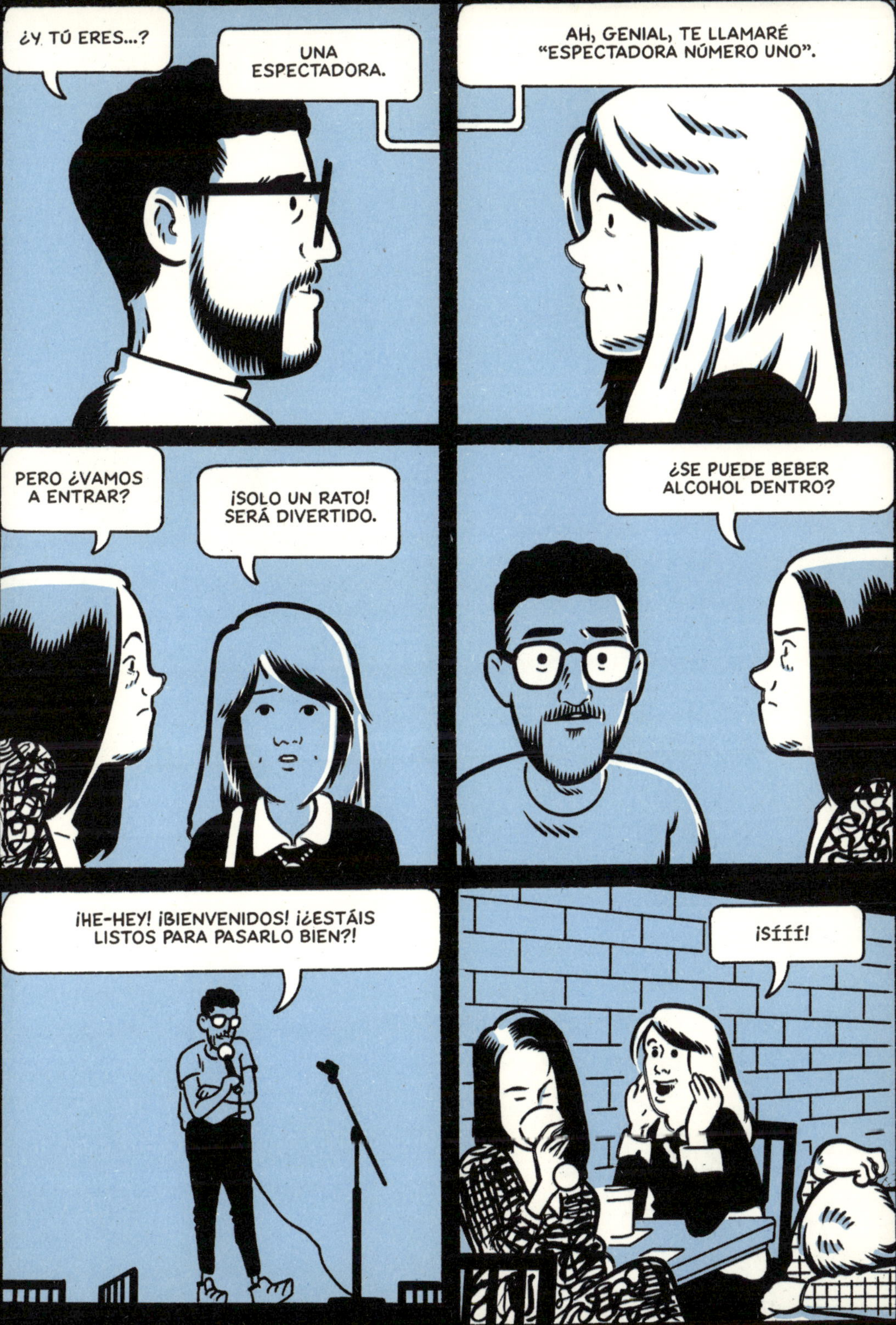
¿Y TÚ ERES...?
UNA ESPECTADORA.
AH, GENIAL, TE LLAMARÉ "ESPECTADORA NÚMERO UNO".
PERO ¿VAMOS A ENTRAR?
¡SOLO UN RATO! SERÁ DIVERTIDO.
¿SE PUEDE BEBER ALCOHOL DENTRO?
¡HE-HEY! ¡BIENVENIDOS! ¡¿ESTÁIS LISTOS PARA PASARLO BIEN?!
¡SÍÍÍ!

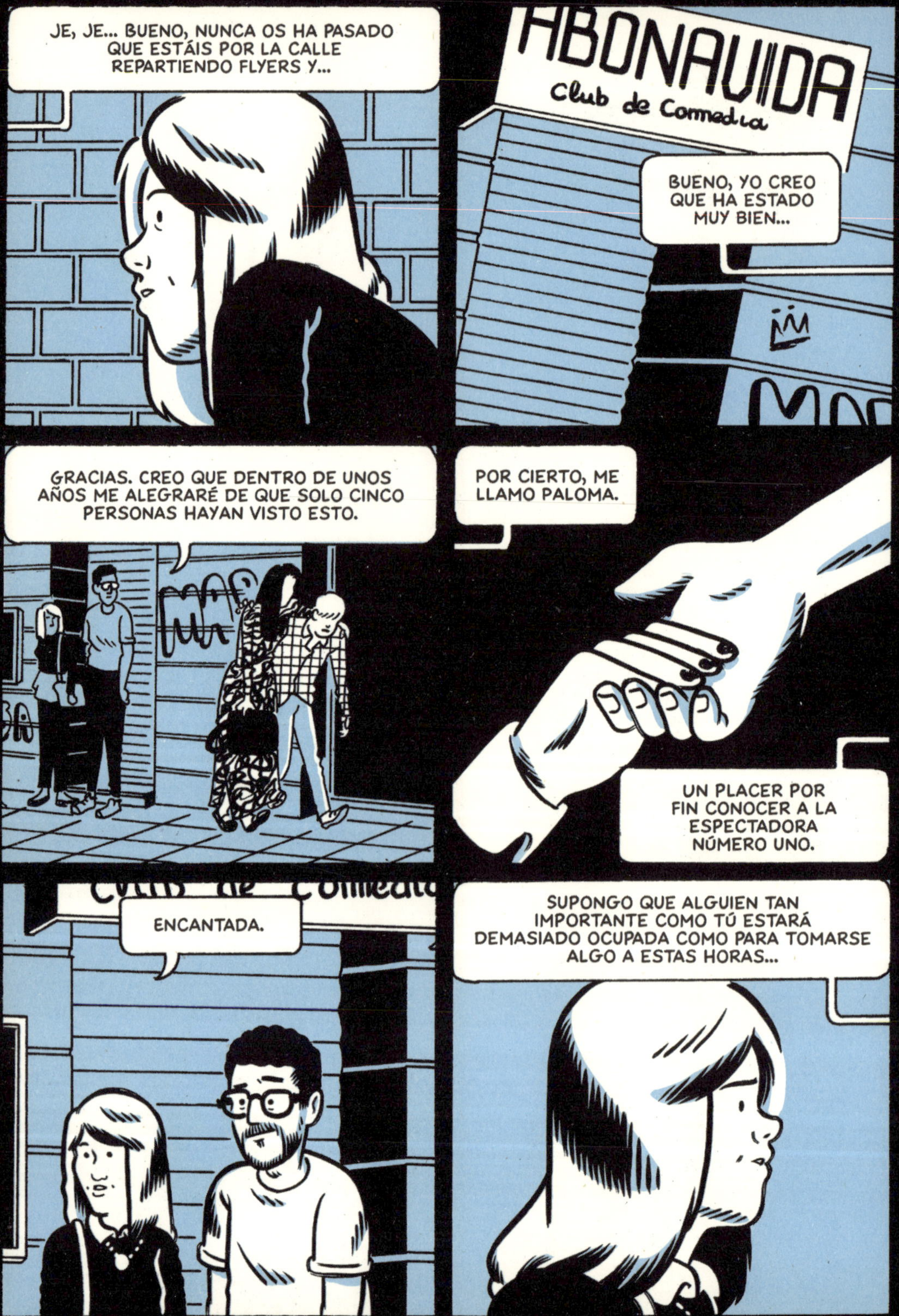
JE, JE... BUENO, NUNCA OS HA PASADO QUE ESTÁIS POR LA CALLE REPARTIENDO FLYERS Y...
ABONAVIDA
Club de Comedia
BUENO, YO CREO QUE HA ESTADO MUY BIEN...
GRACIAS. CREO QUE DENTRO DE UNOS AÑOS ME ALEGRARÉ DE QUE SOLO CINCO PERSONAS HAYAN VISTO ESTO.
POR CIERTO, ME LLAMO PALOMA.
UN PLACER POR FIN CONOCER A LA ESPECTADORA NÚMERO UNO.
ENCANTADA.
SUPONGO QUE ALGUIEN TAN IMPORTANTE COMO TÚ ESTARÁ DEMASIADO OCUPADA COMO PARA TOMARSE ALGO A ESTAS HORAS...

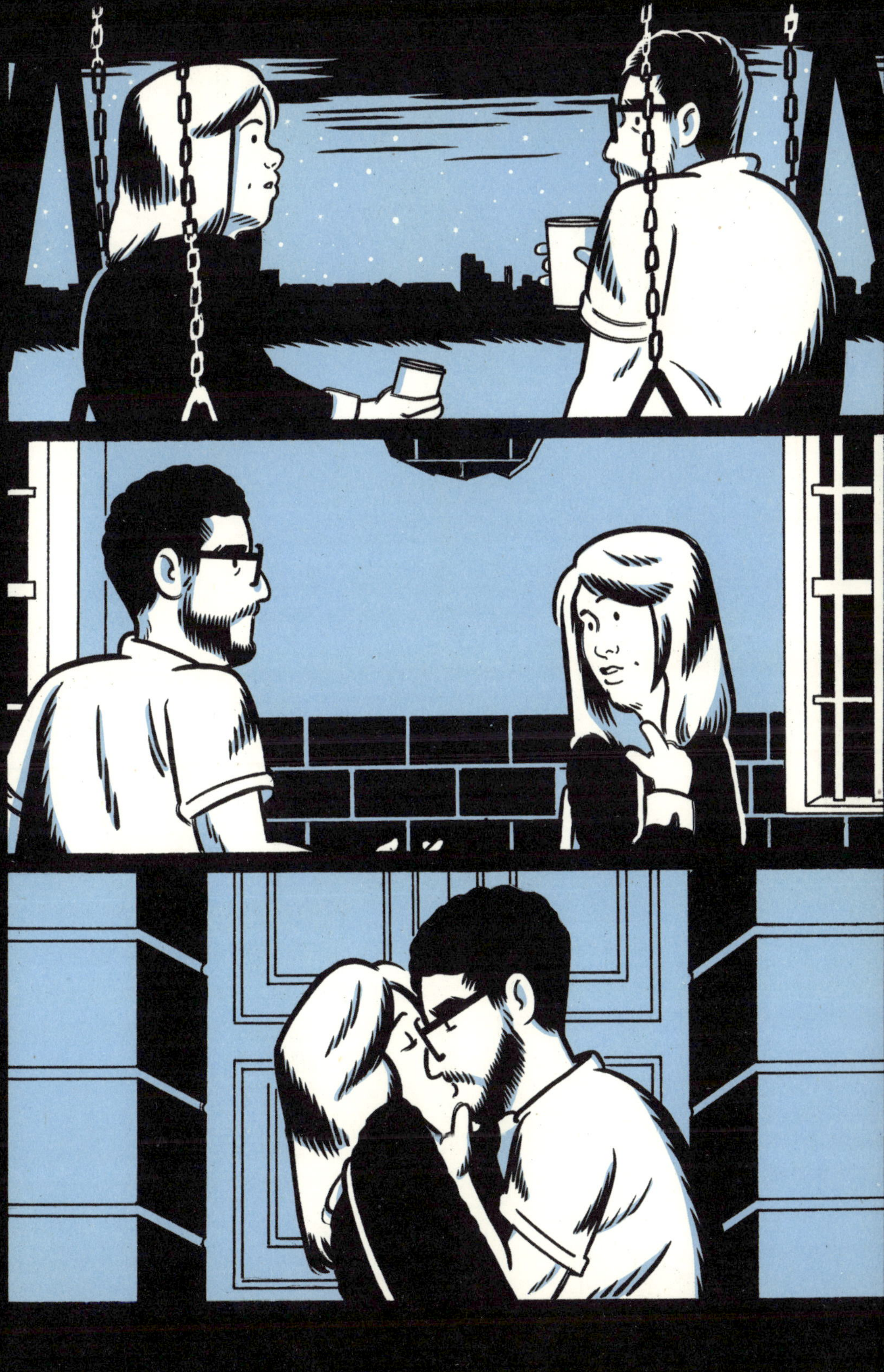

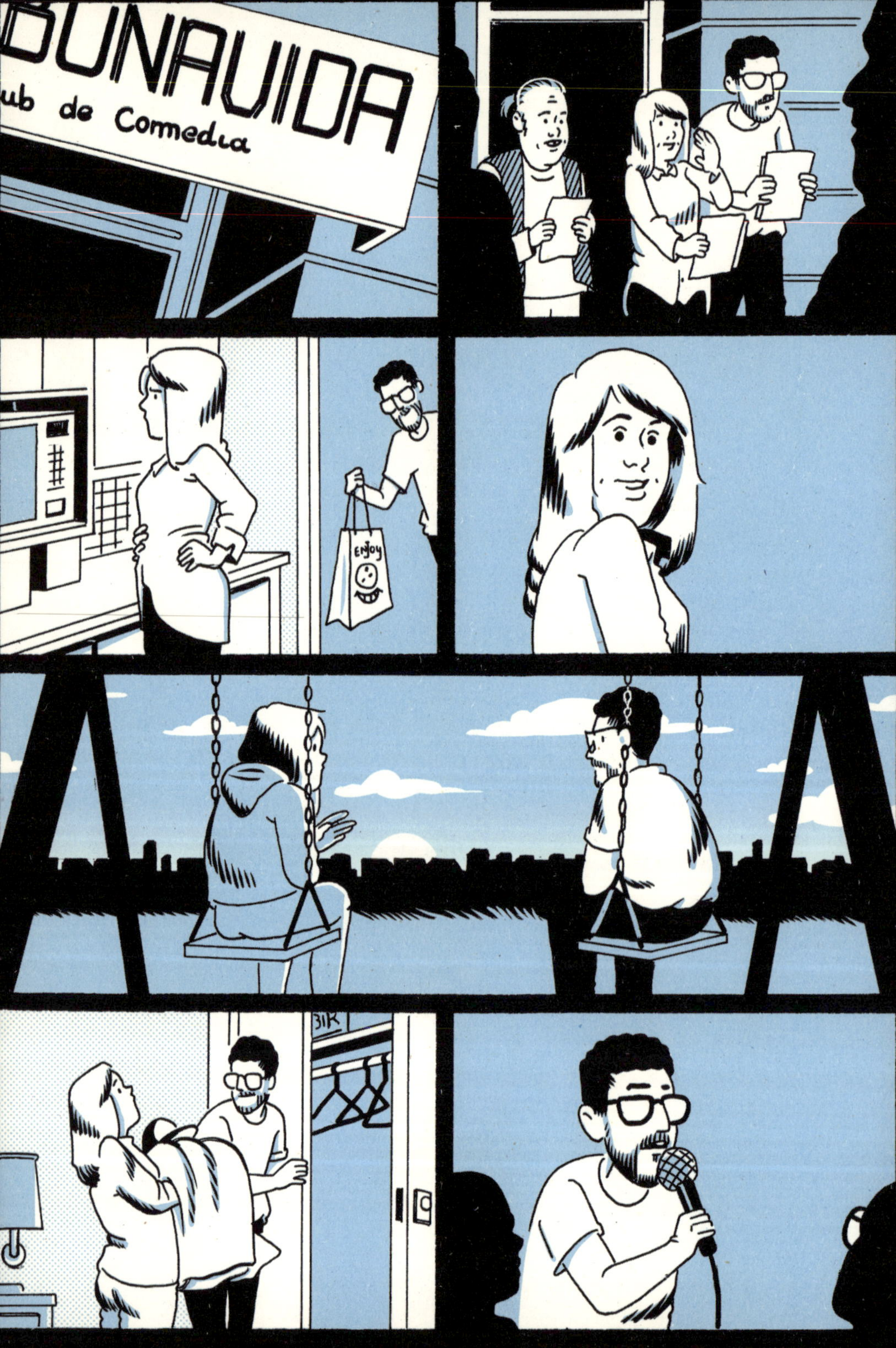

BUNAVIDA
ub de Comedia
ENJOY

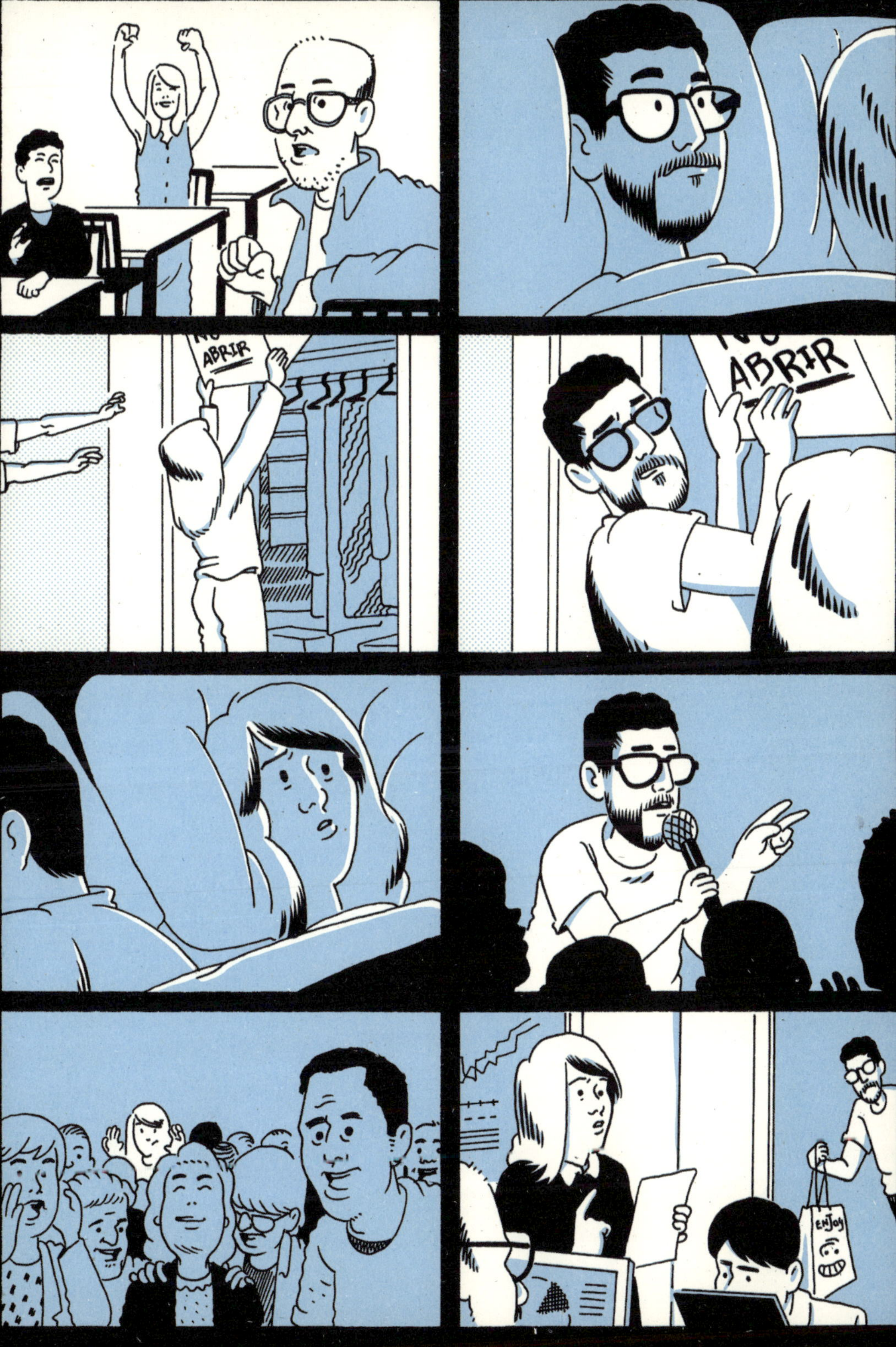
ABRIR
ABRIR

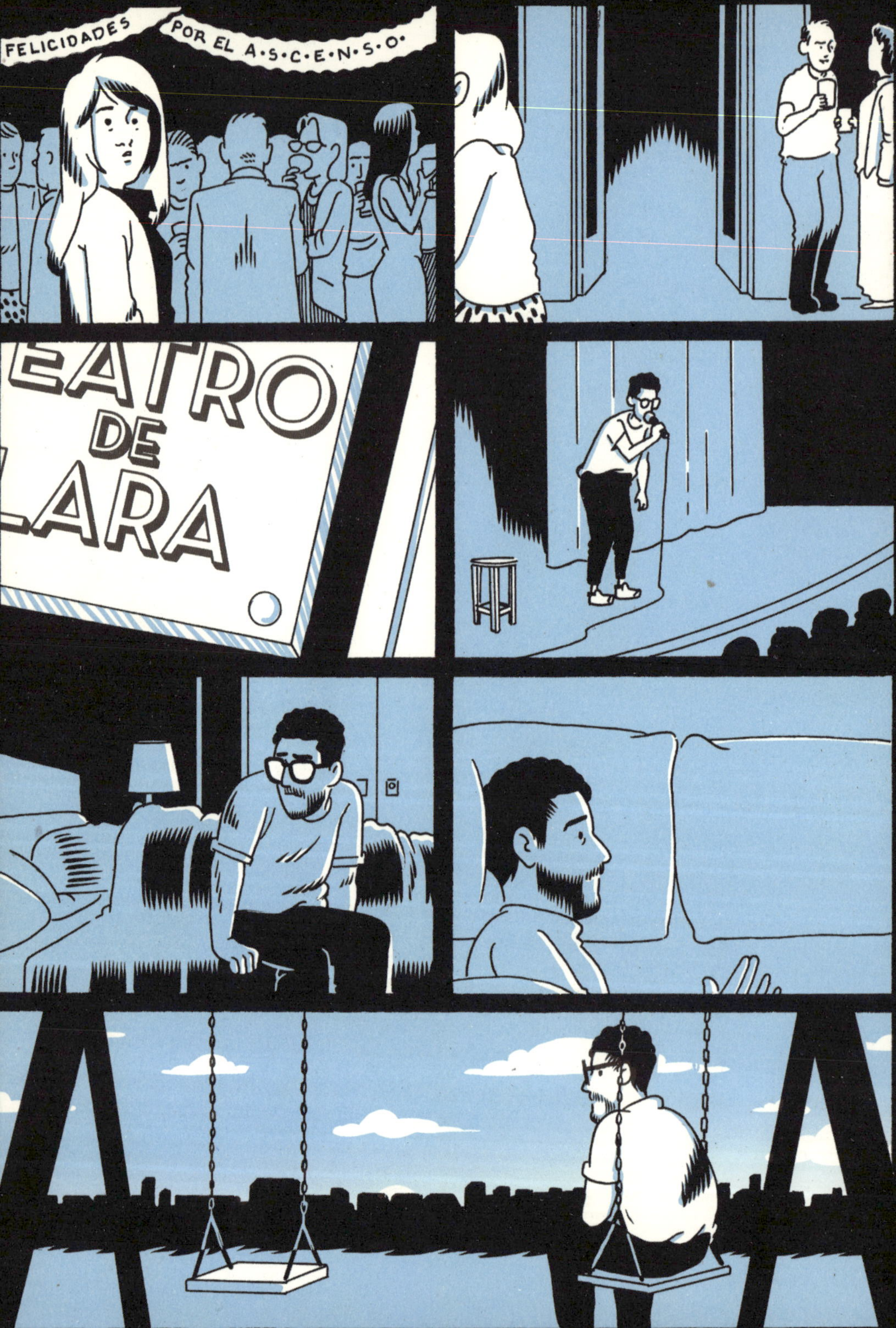
FELICIDADES
POR EL A·S·C·E·N·S·O·
EATRO
DE
LARA

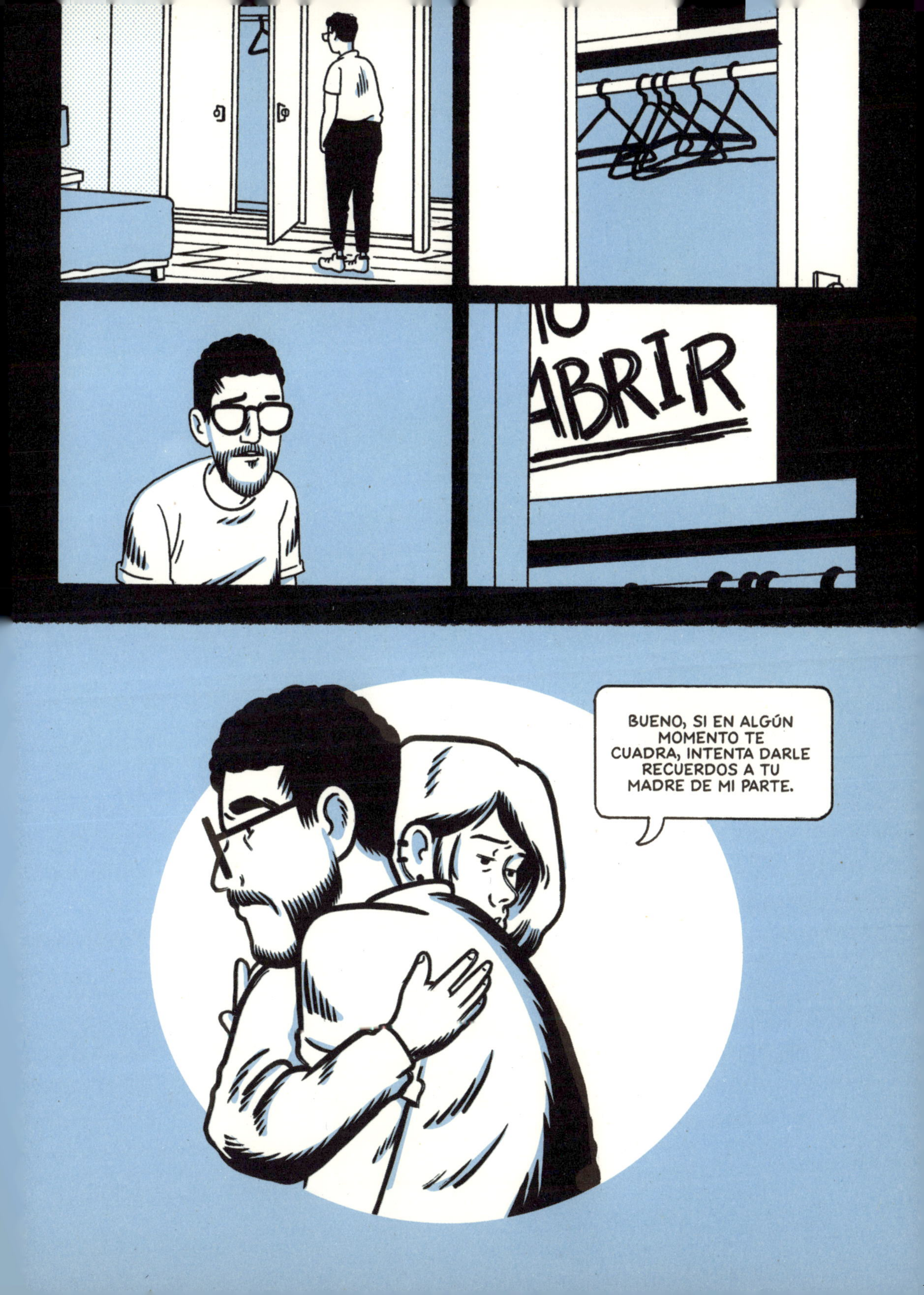
ABRIR
BUENO, SI EN ALGÚN MOMENTO TE CUADRA, INTENTA DARLE RECUERDOS A TU MADRE DE MI PARTE.

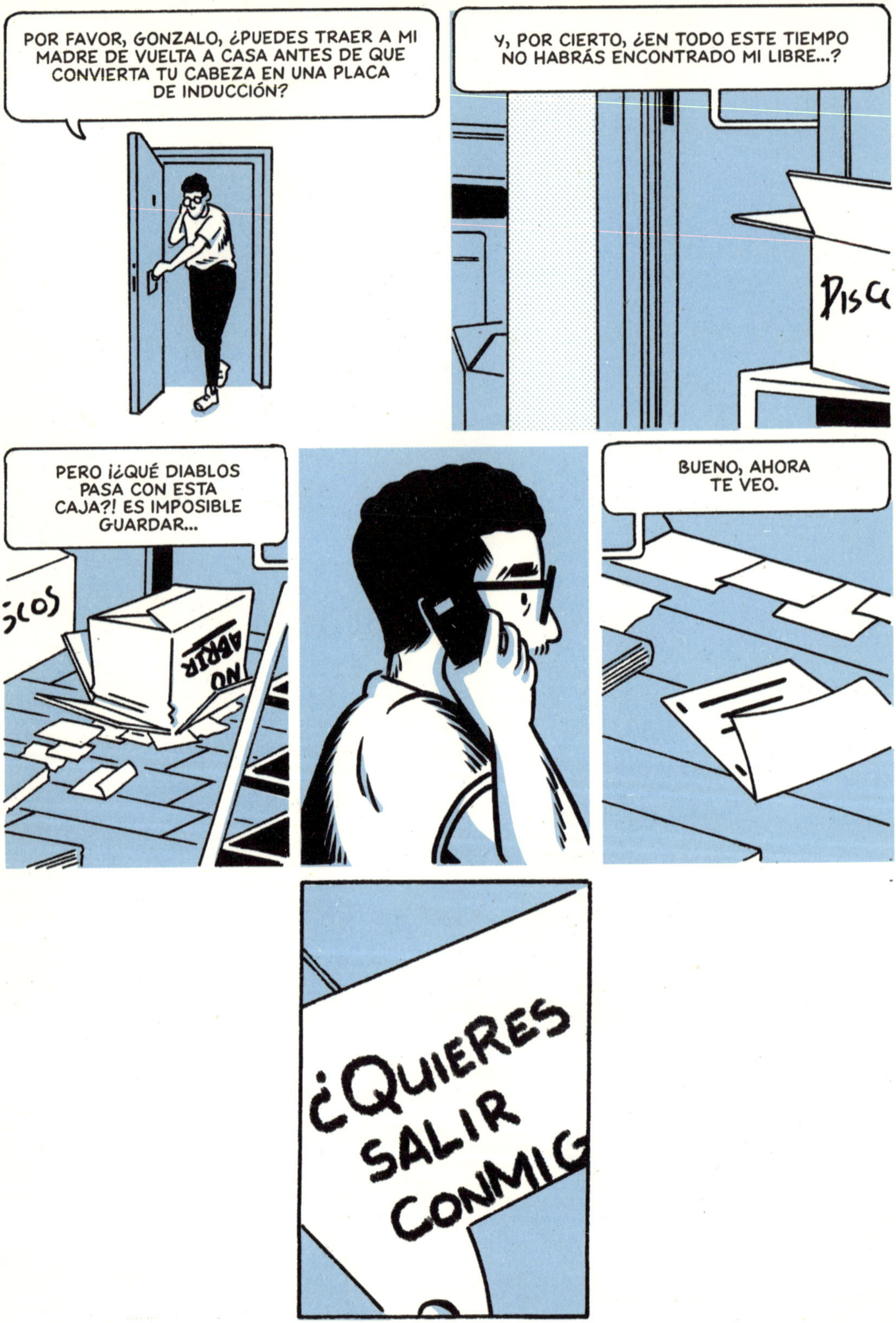
POR FAVOR, GONZALO, ¿PUEDES TRAER A MI MADRE DE VUELTA A CASA ANTES DE QUE CONVIERTA TU CABEZA EN UNA PLACA DE INDUCCIÓN?
Y, POR CIERTO, ¿EN TODO ESTE TIEMPO NO HABRÁS ENCONTRADO MI LIBRE...?
PERO ¡¿QUÉ DIABLOS PASA CON ESTA CAJA?! ES IMPOSIBLE GUARDAR...
NO ABRIR
BUENO, AHORA TE VEO.
¿QUIERES SALIR CONMIG

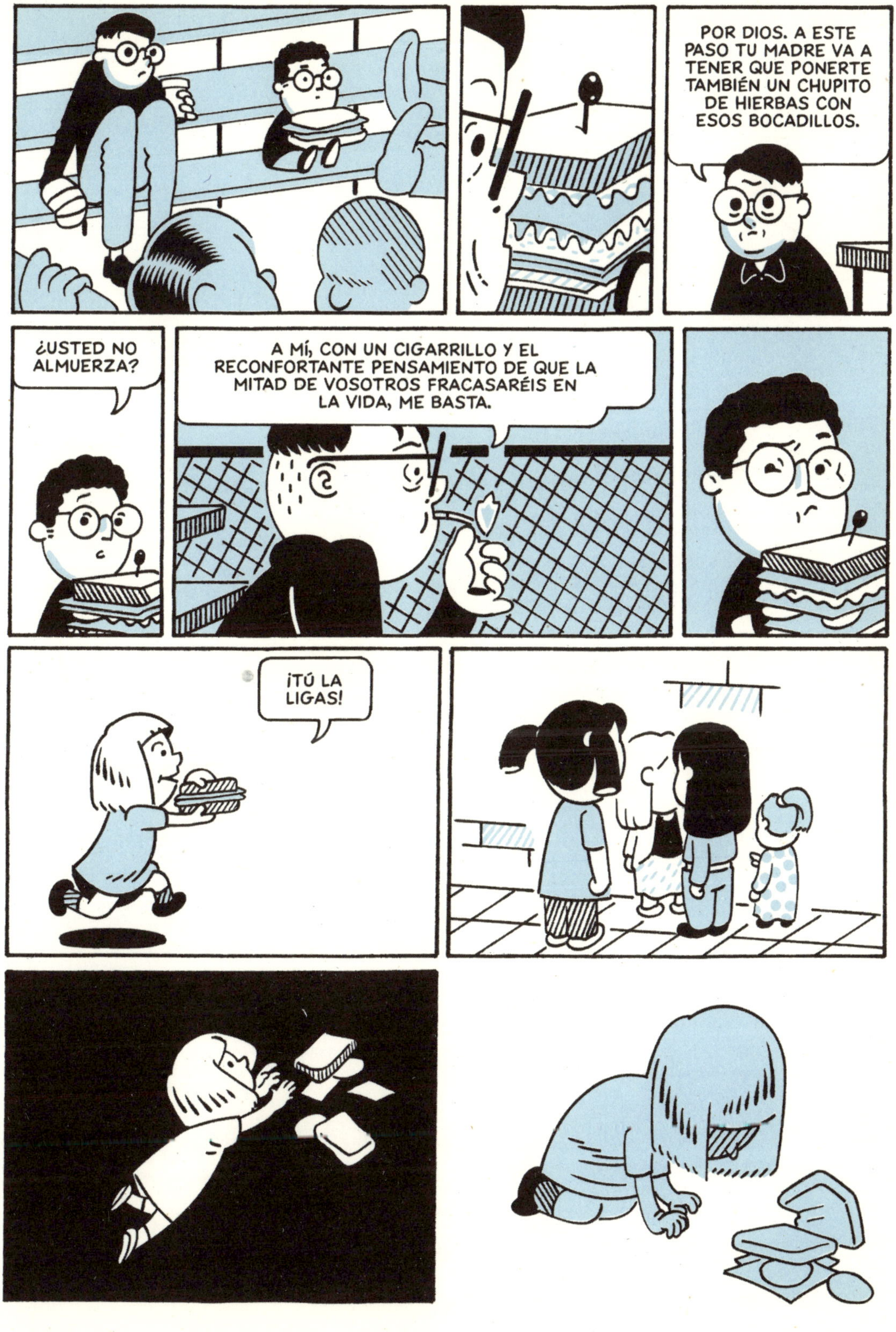
POR DIOS. A ESTE PASO TU MADRE VA A TENER QUE PONERTE TAMBIÉN UN CHUPITO DE HIERBAS CON ESOS BOCADILLOS.
¿USTED NO ALMUERZA?
A MÍ, CON UN CIGARRILLO Y EL RECONFORTANTE PENSAMIENTO DE QUE LA MITAD DE VOSOTROS FRACASARÉIS EN LA VIDA, ME BASTA.
¡TÚ LA LIGAS!

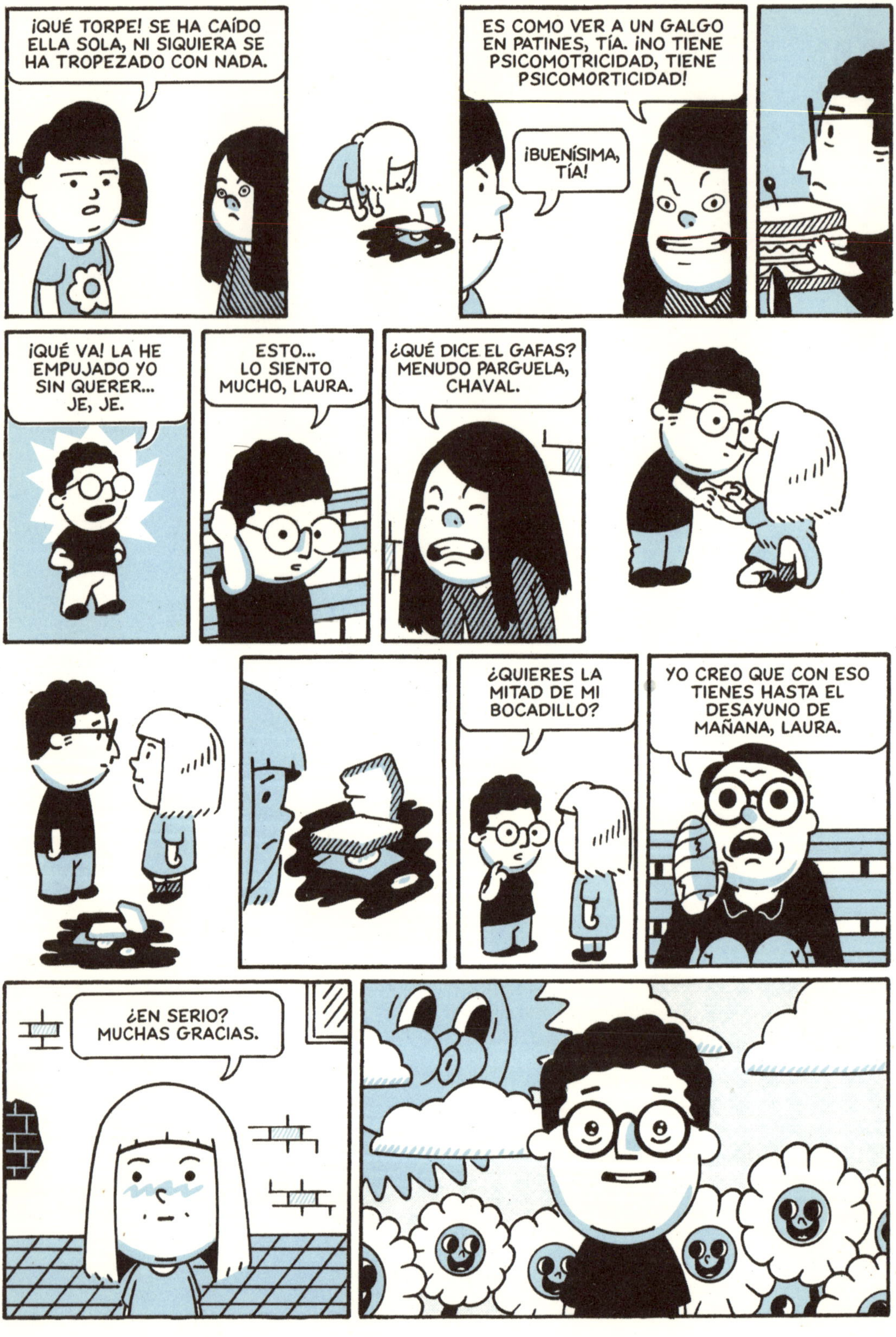
¡QUÉ TORPE! SE HA CAÍDO ELLA SOLA, NI SIQUIERA SE HA TROPEZADO CON NADA.
ES COMO VER A UN GALGO EN PATINES, TÍA. ¡NO TIENE PSICOMOTRICIDAD, TIENE PSICOMORTICIDAD!
¡BUENÍSIMA, TÍA!
¡QUÉ VA! LA HE EMPUJADO YO SIN QUERER... JE, JE.
ESTO... LO SIENTO MUCHO, LAURA.
¿QUÉ DICE EL GAFAS? MENUDO PARGUELA, CHAVAL.
¿QUIERES LA MITAD DE MI BOCADILLO?
YO CREO QUE CON ESO TIENES HASTA EL DESAYUNO DE MAÑANA, LAURA.
¿EN SERIO? MUCHAS GRACIAS.

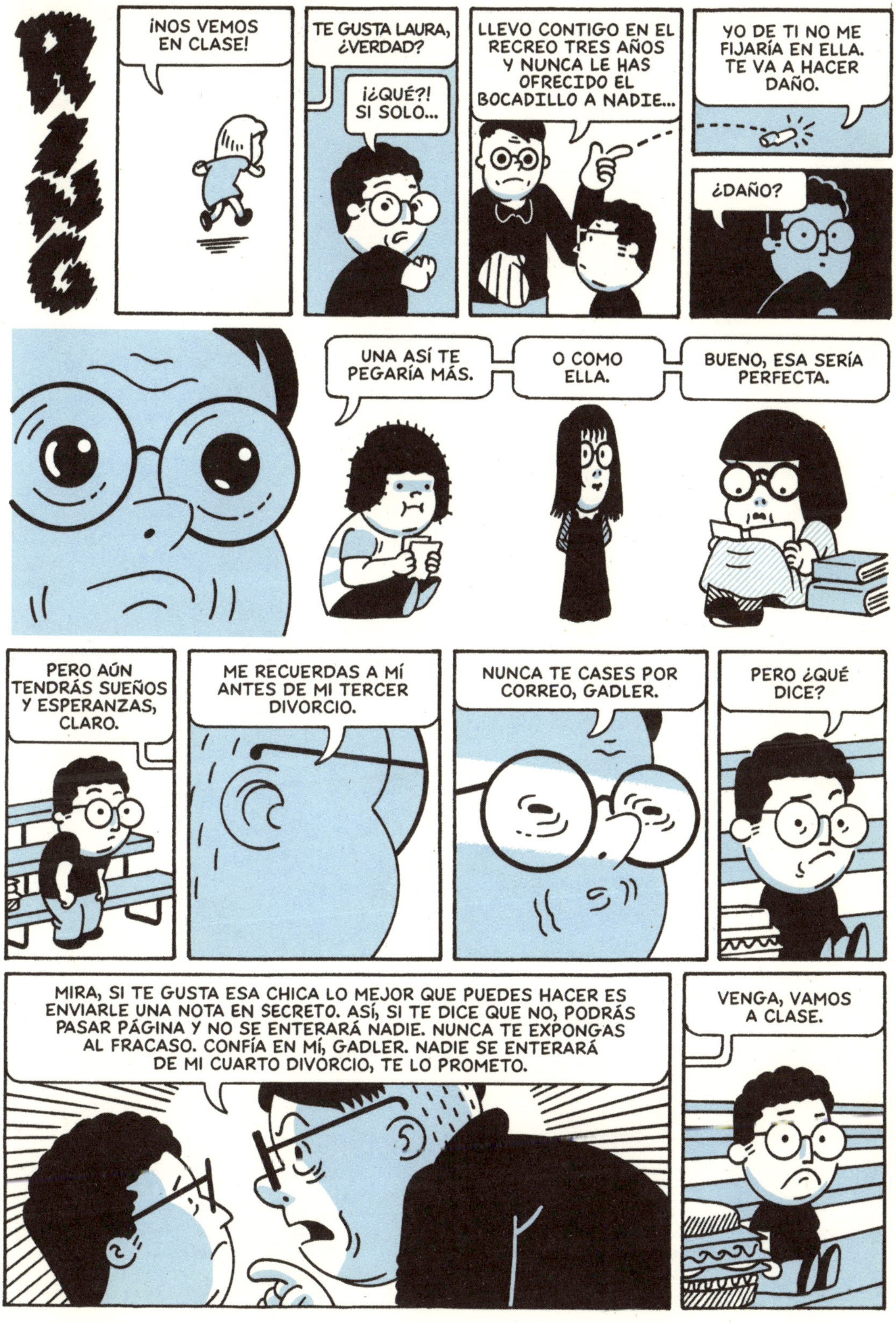
RING
¡NOS VEMOS EN CLASE!
TE GUSTA LAURA, ¿VERDAD?
¡¿QUÉ?! SI SOLO...
LLEVO CONTIGO EN EL RECREO TRES AÑOS Y NUNCA LE HAS OFRECIDO EL BOCADILLO A NADIE...
YO DE TI NO ME FIJARÍA EN ELLA. TE VA A HACER DAÑO.
¿DAÑO?
UNA ASÍ TE PEGARÍA MÁS.
O COMO ELLA.
BUENO, ESA SERÍA PERFECTA.
PERO AÚN TENDRÁS SUEÑOS Y ESPERANZAS, CLARO.
ME RECUERDAS A MÍ ANTES DE MI TERCER DIVORCIO.
NUNCA TE CASES POR CORREO, GADLER.
PERO ¿QUÉ DICE?
MIRA, SI TE GUSTA ESA CHICA LO MEJOR QUE PUEDES HACER ES ENVIARLE UNA NOTA EN SECRETO. ASÍ, SI TE DICE QUE NO, PODRÁS PASAR PÁGINA Y NO SE ENTERARÁ NADIE. NUNCA TE EXPONGAS AL FRACASO. CONFÍA EN MÍ, GADLER. NADIE SE ENTERARÁ DE MI CUARTO DIVORCIO, TE LO PROMETO.
VENGA, VAMOS A CLASE.

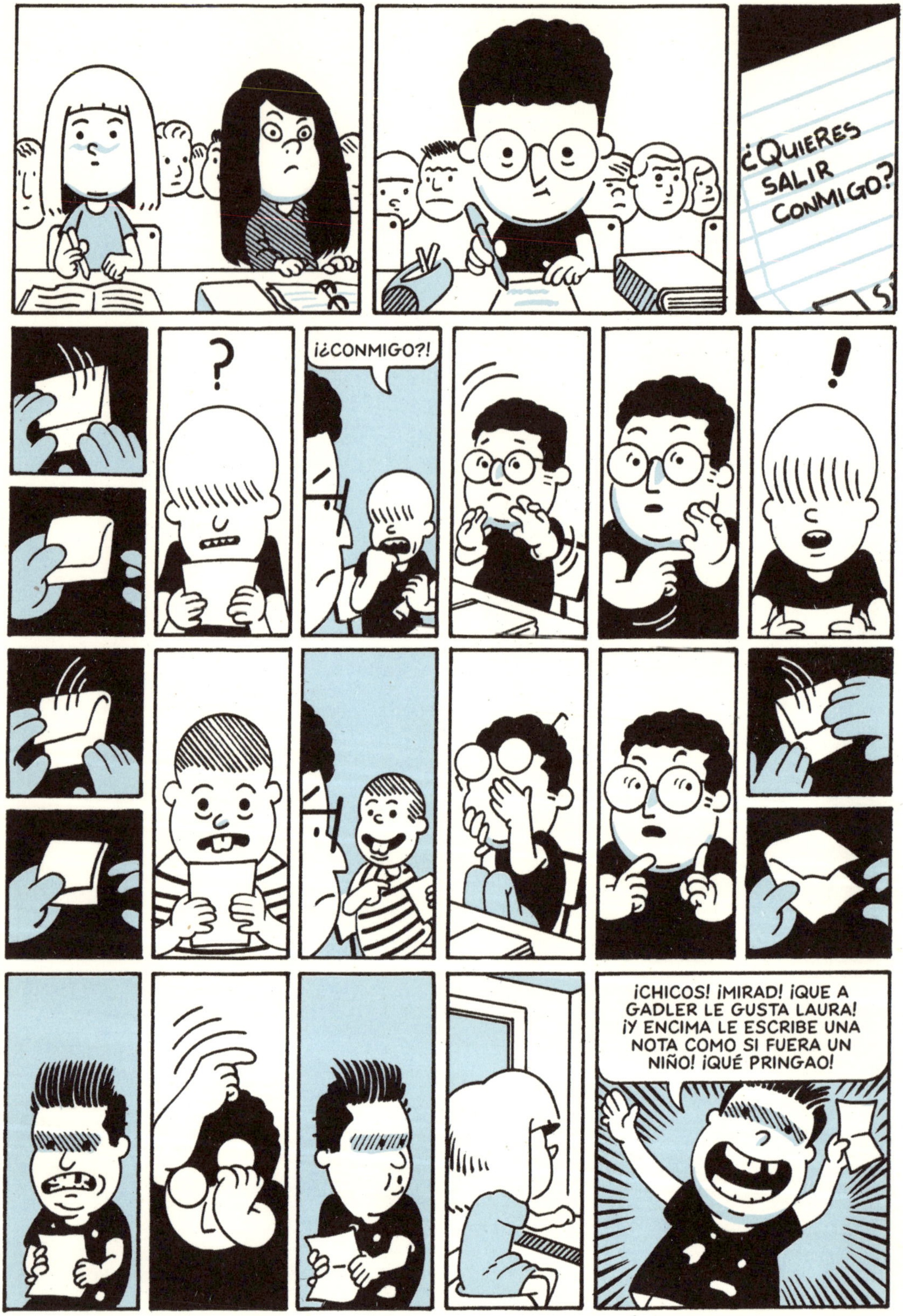
¿QUIERES SALIR CONMIGO?
SÍ
?
¡¿CONMIGO?!
!
¡CHICOS! ¡MIRAD! ¡QUE A GADLER LE GUSTA LAURA! ¡Y ENCIMA LE ESCRIBE UNA NOTA COMO SI FUERA UN NIÑO! ¡QUÉ PRINGAO!

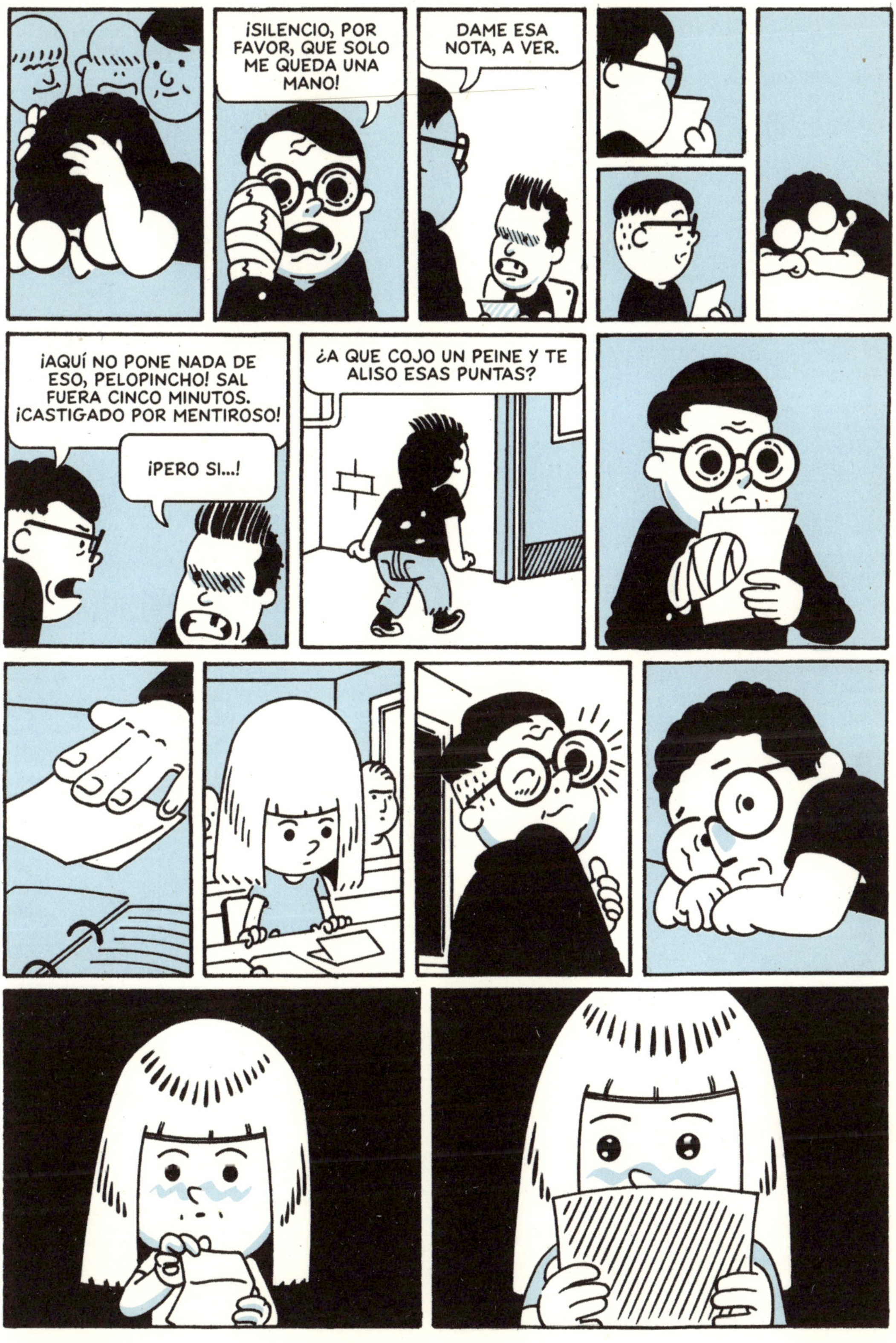
¡SILENCIO, POR FAVOR, QUE SOLO ME QUEDA UNA MANO!
DAME ESA NOTA, A VER.
¡AQUÍ NO PONE NADA DE ESO, PELOPINCHO! SAL FUERA CINCO MINUTOS. ¡CASTIGADO POR MENTIROSO!
¡PERO SI...!
¿A QUE COJO UN PEINE Y TE ALISO ESAS PUNTAS?

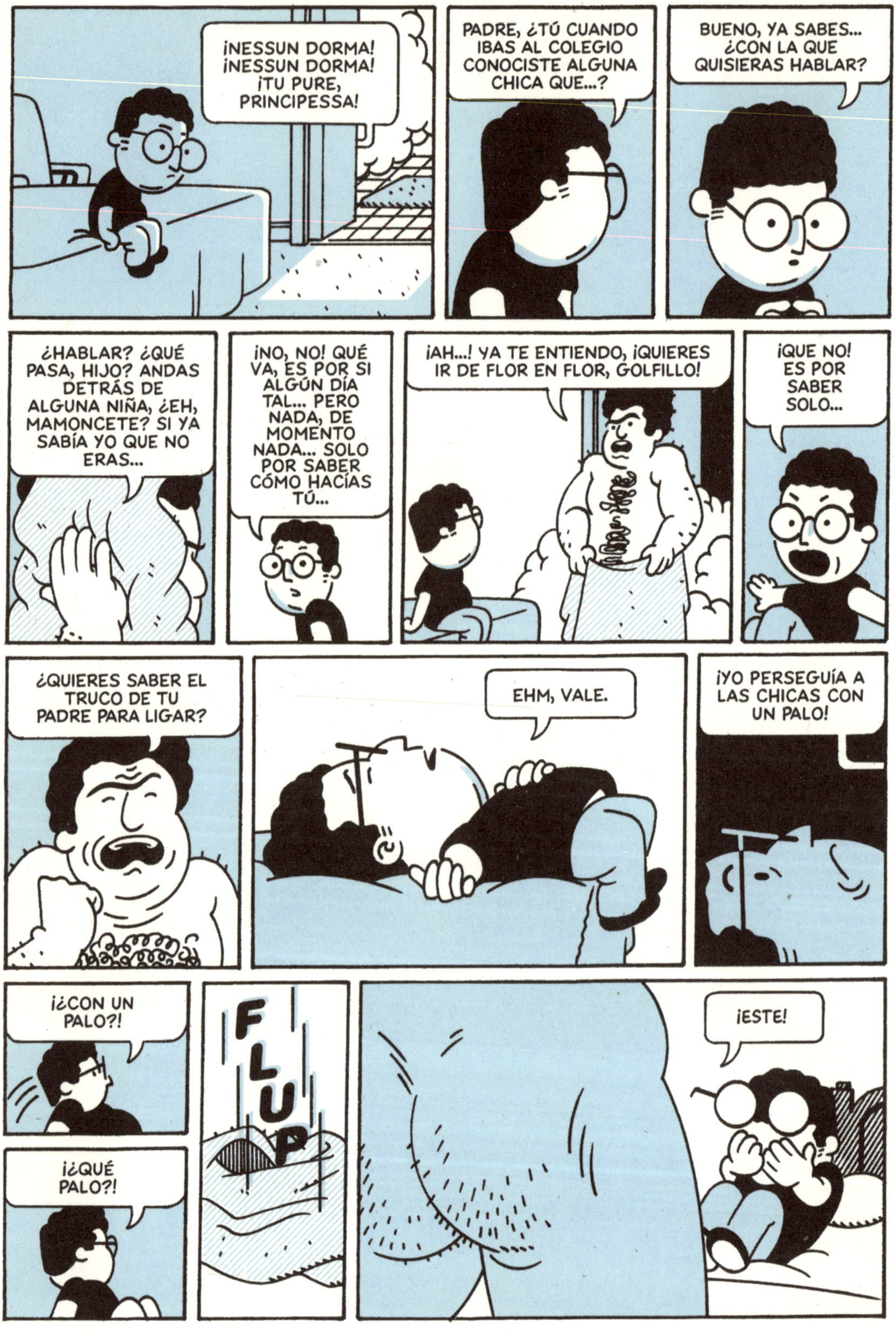
¡NESSUN DORMA! ¡NESSUN DORMA! ¡TU PURE, PRINCIPESSA!
PADRE, ¿TÚ CUANDO IBAS AL COLEGIO CONOCISTE ALGUNA CHICA QUE...?
BUENO, YA SABES... ¿CON LA QUE QUISIERAS HABLAR?
¿HABLAR? ¿QUÉ PASA, HIJO? ANDAS DETRÁS DE ALGUNA NIÑA, ¿EH, MAMONCETE? SI YA SABÍA YO QUE NO ERAS...
¡NO, NO! QUÉ VA, ES POR SI ALGÚN DÍA TAL... PERO NADA, DE MOMENTO NADA... SOLO POR SABER CÓMO HACÍAS TÚ...
¡AH...! YA TE ENTIENDO, ¡QUIERES IR DE FLOR EN FLOR, GOLFILLO!
¡QUE NO! ES POR SABER SOLO...
¿QUIERES SABER EL TRUCO DE TU PADRE PARA LIGAR?
EHM, VALE.
¡YO PERSEGUÍA A LAS CHICAS CON UN PALO!
¡¿CON UN PALO?!
¡¿QUÉ PALO?!
FLUP
¡ESTE!

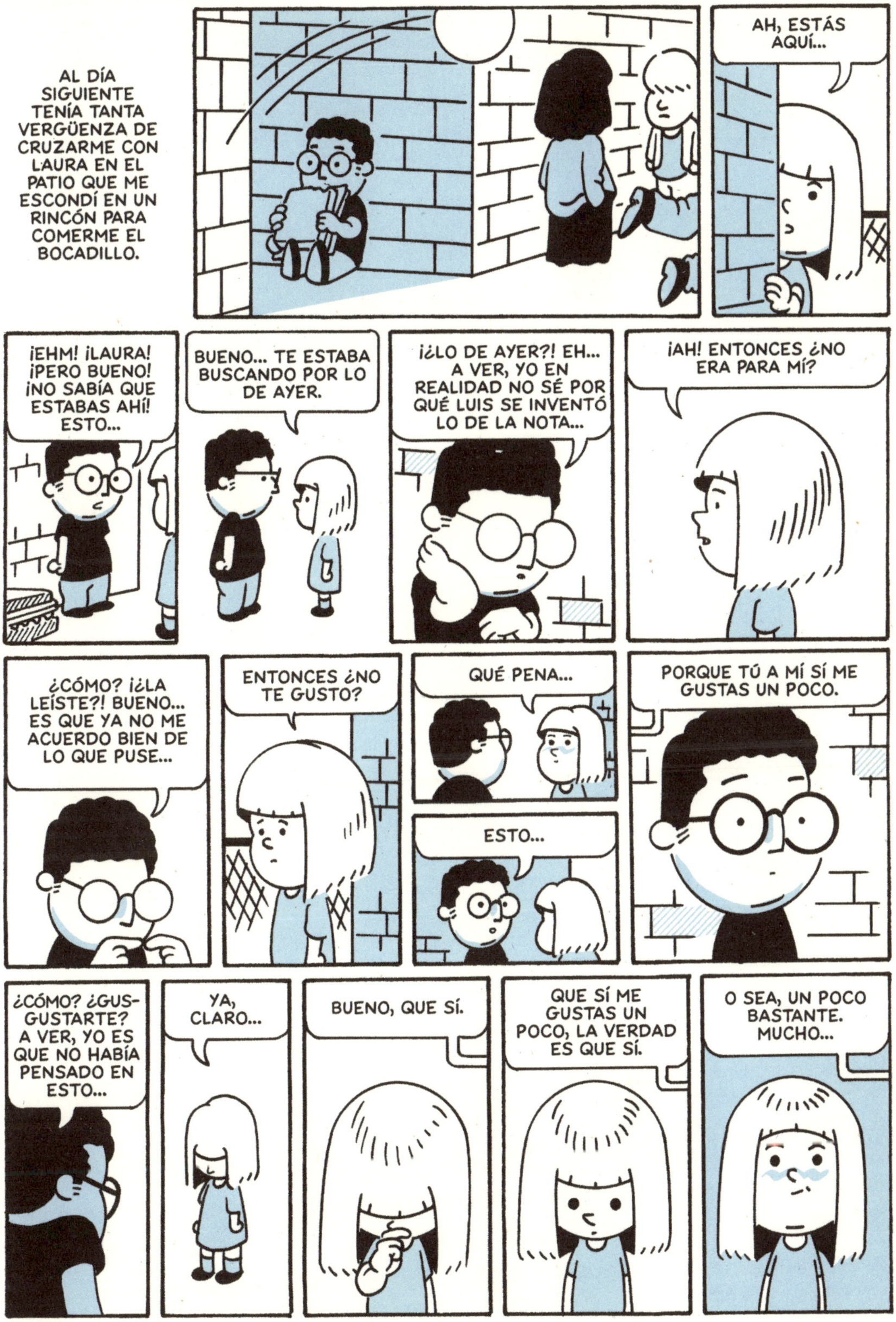
AL DÍA SIGUIENTE TENÍA TANTA VERGÜENZA DE CRUZARME CON LAURA EN EL PATIO QUE ME ESCONDÍ EN UN RINCÓN PARA COMERME EL BOCADILLO.
AH, ESTÁS AQUÍ...
¡EHM! ¡LAURA! ¡PERO BUENO! ¡NO SABÍA QUE ESTABAS AHÍ! ESTO...
BUENO... TE ESTABA BUSCANDO POR LO DE AYER.
¡¿LO DE AYER?! EH... A VER, YO EN REALIDAD NO SÉ POR QUÉ LUIS SE INVENTÓ LO DE LA NOTA...
¡AH! ENTONCES ¿NO ERA PARA MÍ?
¿CÓMO? ¡¿LA LEÍSTE?! BUENO... ES QUE YA NO ME ACUERDO BIEN DE LO QUE PUSE...
ENTONCES ¿NO TE GUSTO?
QUÉ PENA...
ESTO...
PORQUE TÚ A MÍ SÍ ME GUSTAS UN POCO.
¿CÓMO? ¿GUS-GUSTARTE? A VER, YO ES QUE NO HABÍA PENSADO EN ESTO...
YA, CLARO...
BUENO, QUE SÍ.
QUE SÍ ME GUSTAS UN POCO, LA VERDAD ES QUE SÍ.
O SEA, UN POCO BASTANTE. MUCHO...

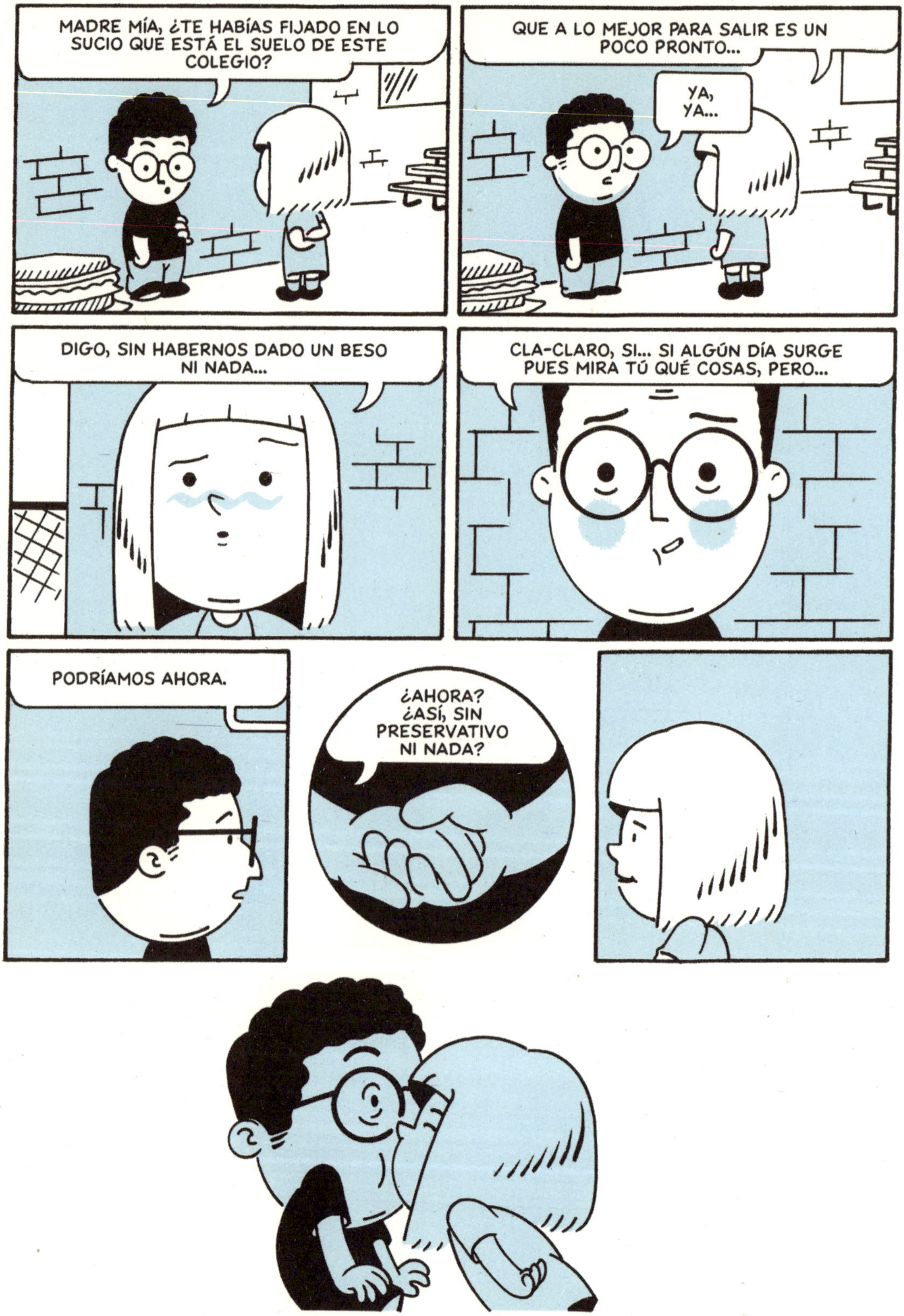
MADRE MÍA, ¿TE HABÍAS FIJADO EN LO SUCIO QUE ESTÁ EL SUELO DE ESTE COLEGIO?
QUE A LO MEJOR PARA SALIR ES UN POCO PRONTO...
YA, YA...
DIGO, SIN HABERNOS DADO UN BESO NI NADA...
CLA-CLARO, SI... SI ALGÚN DÍA SURGE PUES MIRA TÚ QUÉ COSAS, PERO...
PODRÍAMOS AHORA.
¿AHORA? ¿ASÍ, SIN PRESERVATIVO NI NADA?

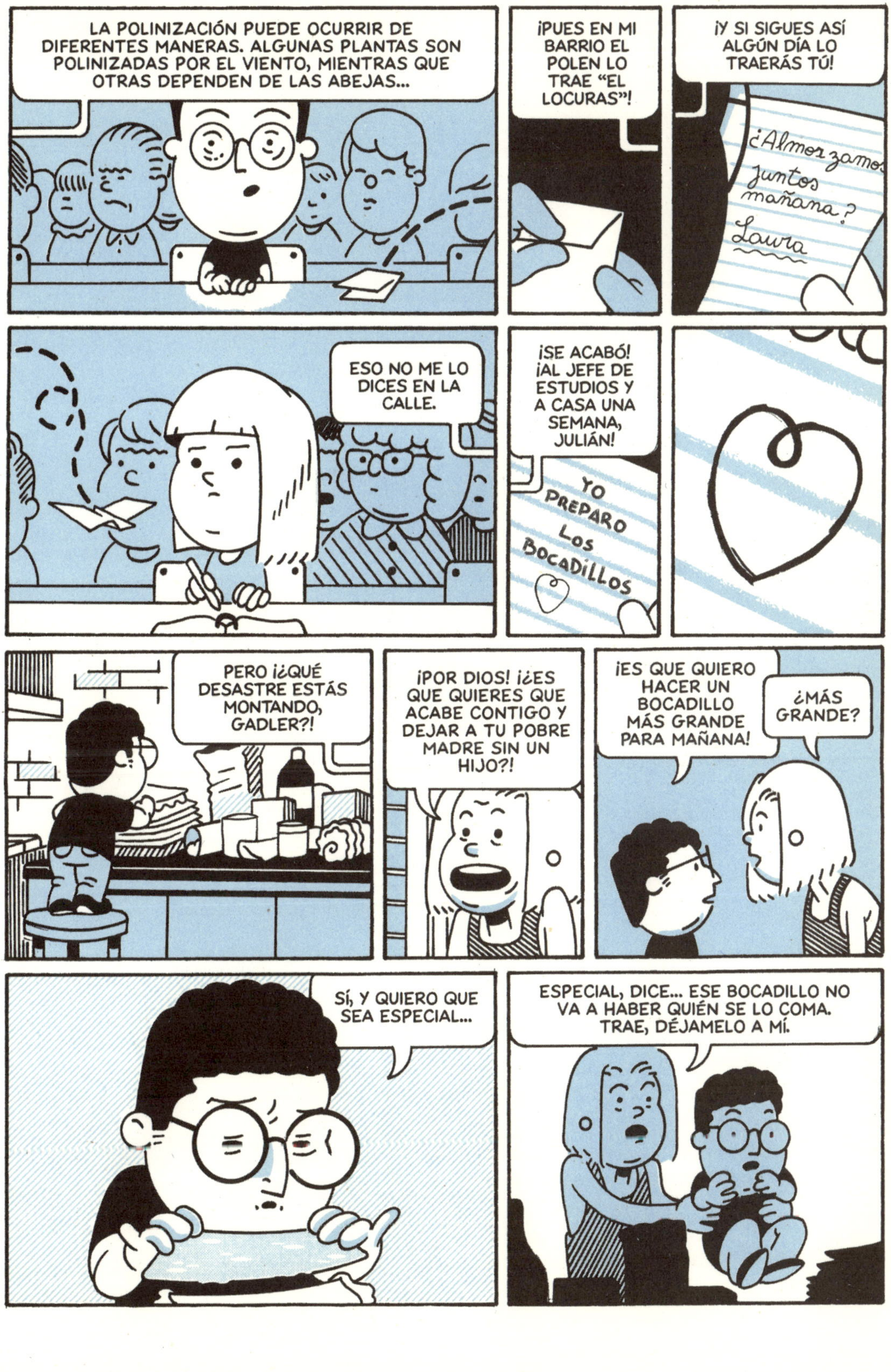

LA POLINIZACIÓN PUEDE OCURRIR DE DIFERENTES MANERAS. ALGUNAS PLANTAS SON POLINIZADAS POR EL VIENTO, MIENTRAS QUE OTRAS DEPENDEN DE LAS ABEJAS...
¡PUES EN MI BARRIO EL POLEN LO TRAE "EL LOCURAS"!
¡Y SI SIGUES ASÍ ALGÚN DÍA LO TRAERÁS TÚ!
¿Almorzamos juntos mañana?
Laura
ESO NO ME LO DICES EN LA CALLE.
¡SE ACABÓ! ¡AL JEFE DE ESTUDIOS Y A CASA UNA SEMANA, JULIÁN!
YO PREPARO LOS BOCADILLOS
PERO ¡¿QUÉ DESASTRE ESTÁS MONTANDO, GADLER?!
¡POR DIOS! ¡¿ES QUE QUIERES QUE ACABE CONTIGO Y DEJAR A TU POBRE MADRE SIN UN HIJO?!
¡ES QUE QUIERO HACER UN BOCADILLO MÁS GRANDE PARA MAÑANA!
¿MÁS GRANDE?
SÍ, Y QUIERO QUE SEA ESPECIAL...
ESPECIAL, DICE... ESE BOCADILLO NO VA A HABER QUIÉN SE LO COMA. TRAE, DÉJAMELO A MÍ.

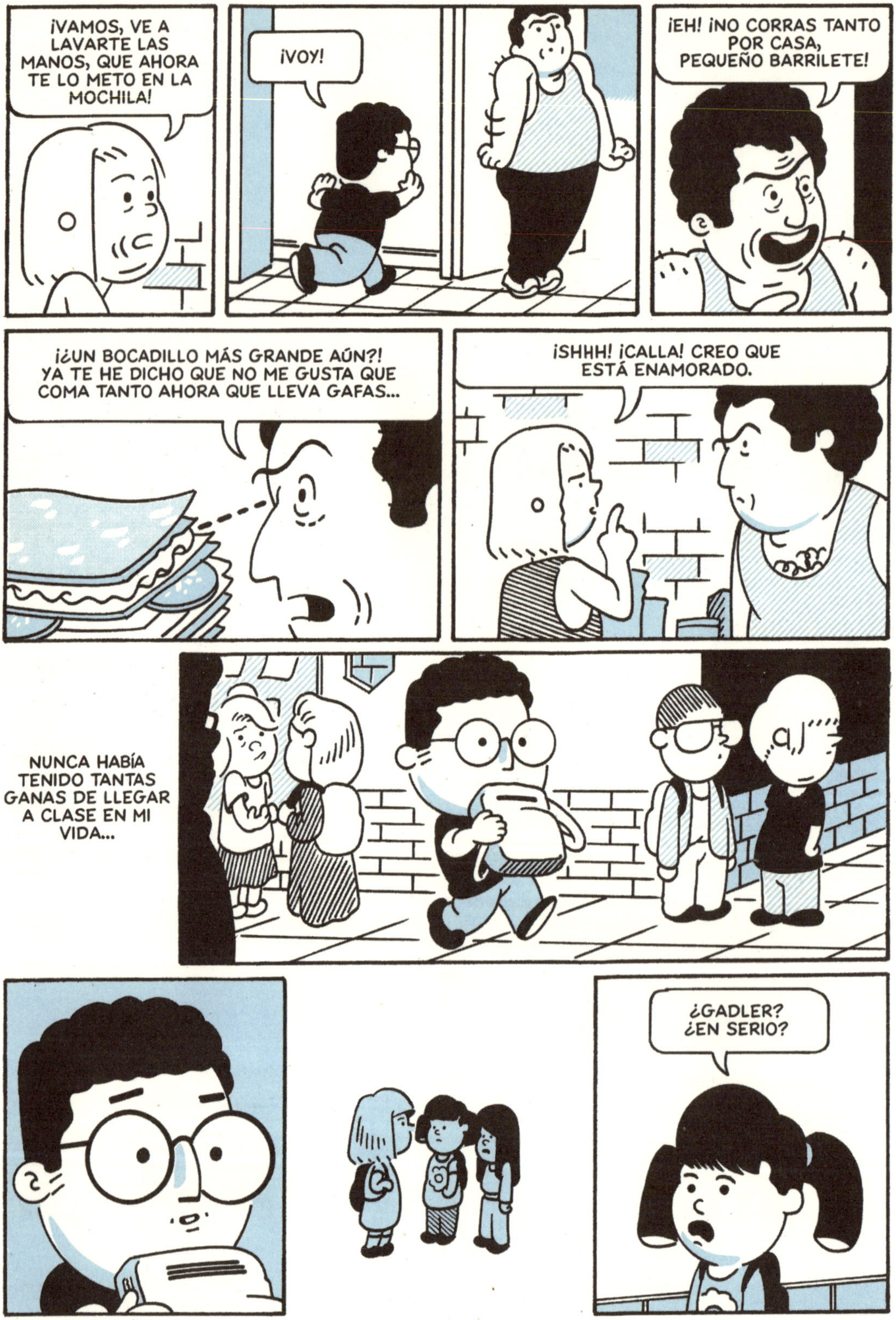
¡VAMOS, VE A LAVARTE LAS MANOS, QUE AHORA TE LO METO EN LA MOCHILA!
¡VOY!
¡EH! ¡NO CORRAS TANTO POR CASA, PEQUEÑO BARRILETE!
¡¿UN BOCADILLO MÁS GRANDE AÚN?! YA TE HE DICHO QUE NO ME GUSTA QUE COMA TANTO AHORA QUE LLEVA GAFAS...
¡SHHH! ¡CALLA! CREO QUE ESTÁ ENAMORADO.
NUNCA HABÍA TENIDO TANTAS GANAS DE LLEGAR A CLASE EN MI VIDA...
¿GADLER? ¿EN SERIO?

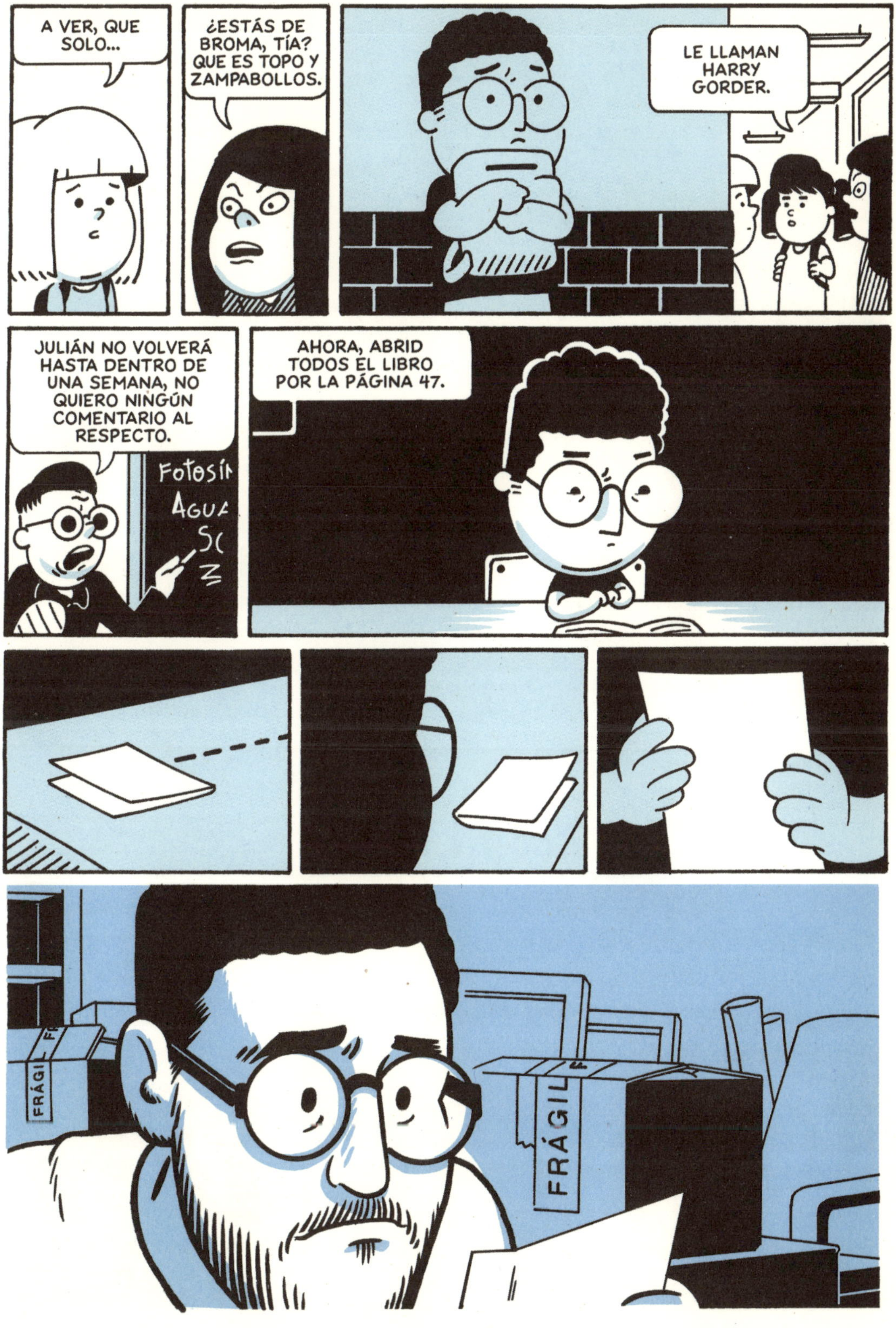
A VER, QUE SOLO...
¿ESTÁS DE BROMA, TÍA? QUE ES TOPO Y ZAMPABOLLOS.
LE LLAMAN HARRY GORDER.
JULIÁN NO VOLVERÁ HASTA DENTRO DE UNA SEMANA, NO QUIERO NINGÚN COMENTARIO AL RESPECTO.
Fotosín
Agua
AHORA, ABRID TODOS EL LIBRO POR LA PÁGINA 47.
FRÁGIL
FRÁGIL

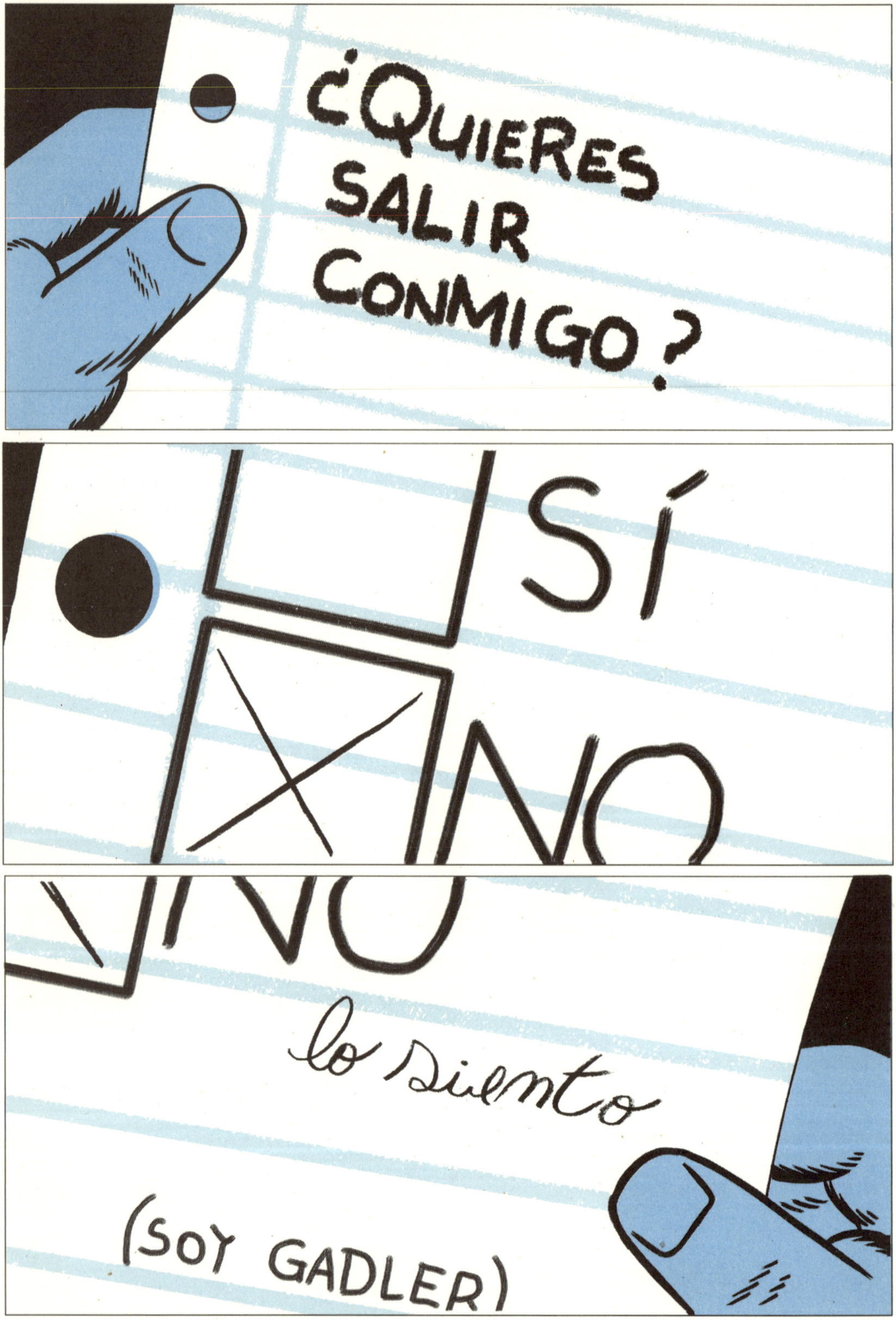

¿QUIERES SALIR CONMIGO?
SÍ
NO
NO
lo siento
(SOY GADLER)

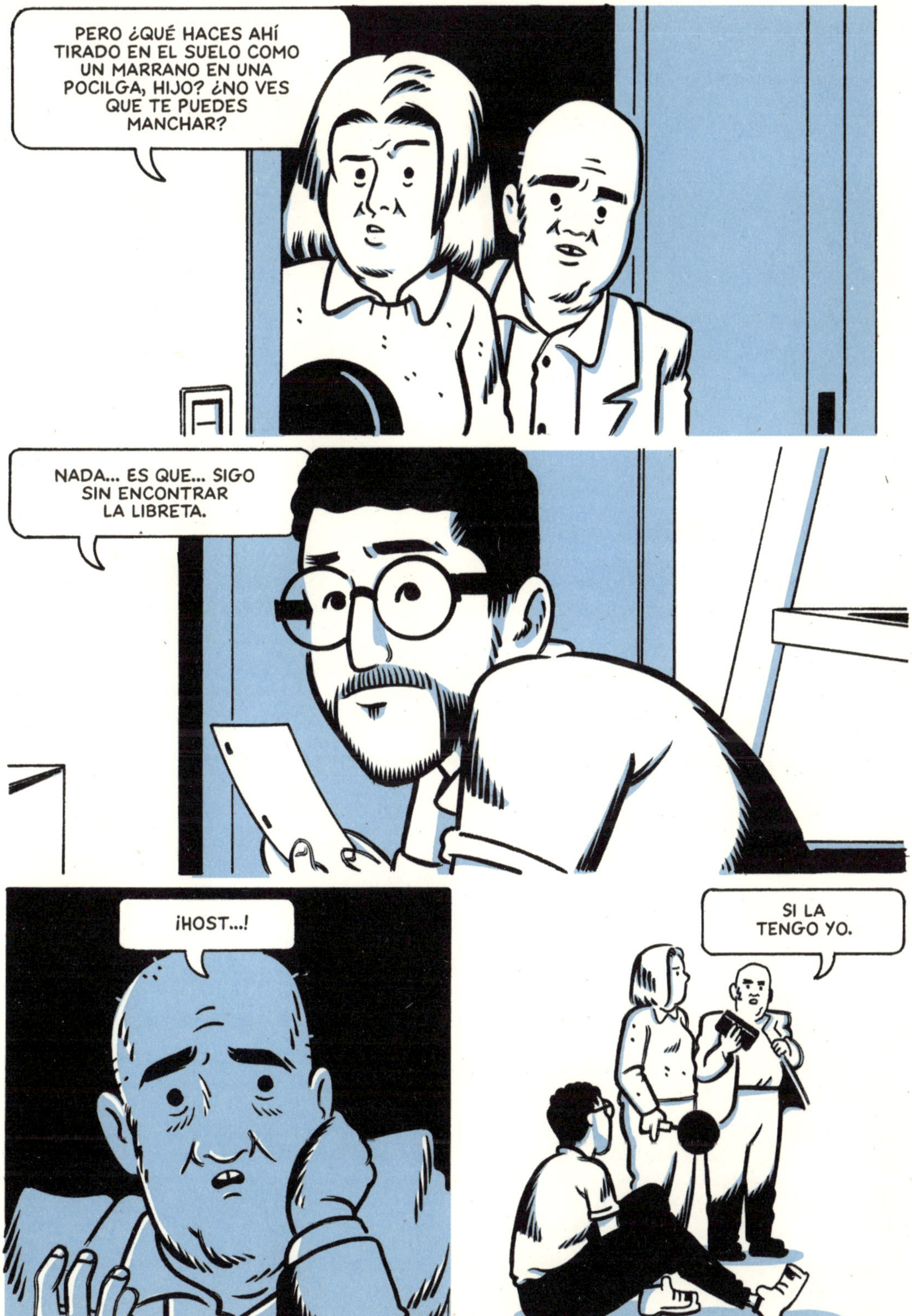
PERO ¿QUÉ HACES AHÍ TIRADO EN EL SUELO COMO UN MARRANO EN UNA POCILGA, HIJO? ¿NO VES QUE TE PUEDES MANCHAR?
NADA... ES QUE... SIGO SIN ENCONTRAR LA LIBRETA.
¡HOST...!
SI LA TENGO YO.

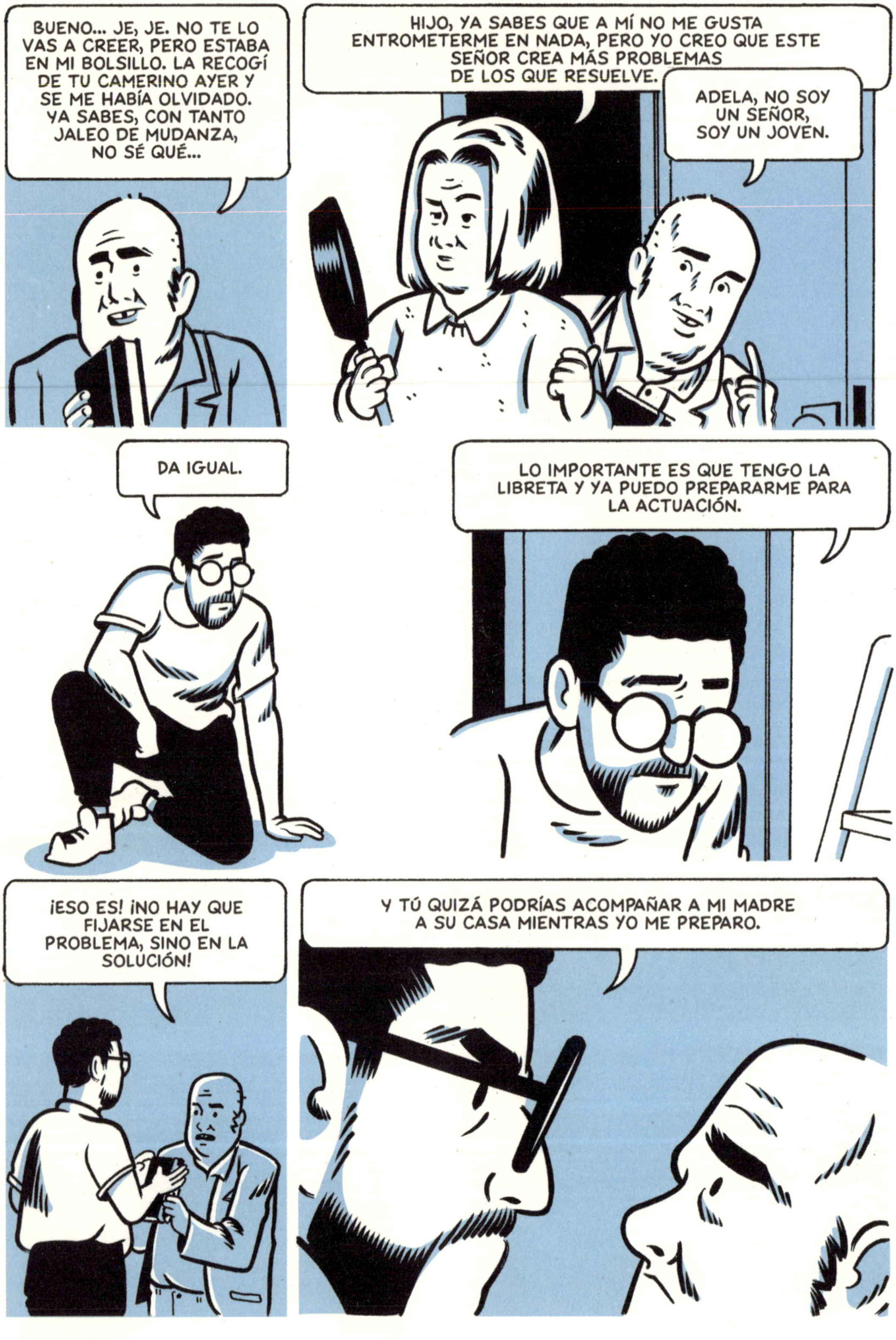
BUENO... JE, JE. NO TE LO VAS A CREER, PERO ESTABA EN MI BOLSILLO. LA RECOGÍ DE TU CAMERINO AYER Y SE ME HABÍA OLVIDADO. YA SABES, CON TANTO JALEO DE MUDANZA, NO SÉ QUÉ...
HIJO, YA SABES QUE A MÍ NO ME GUSTA ENTROMETERME EN NADA, PERO YO CREO QUE ESTE SEÑOR CREA MÁS PROBLEMAS DE LOS QUE RESUELVE.
ADELA, NO SOY UN SEÑOR, SOY UN JOVEN.
DA IGUAL.
LO IMPORTANTE ES QUE TENGO LA LIBRETA Y YA PUEDO PREPARARME PARA LA ACTUACIÓN.
¡ESO ES! ¡NO HAY QUE FIJARSE EN EL PROBLEMA, SINO EN LA SOLUCIÓN!
Y TÚ QUIZÁ PODRÍAS ACOMPAÑAR A MI MADRE A SU CASA MIENTRAS YO ME PREPARO.

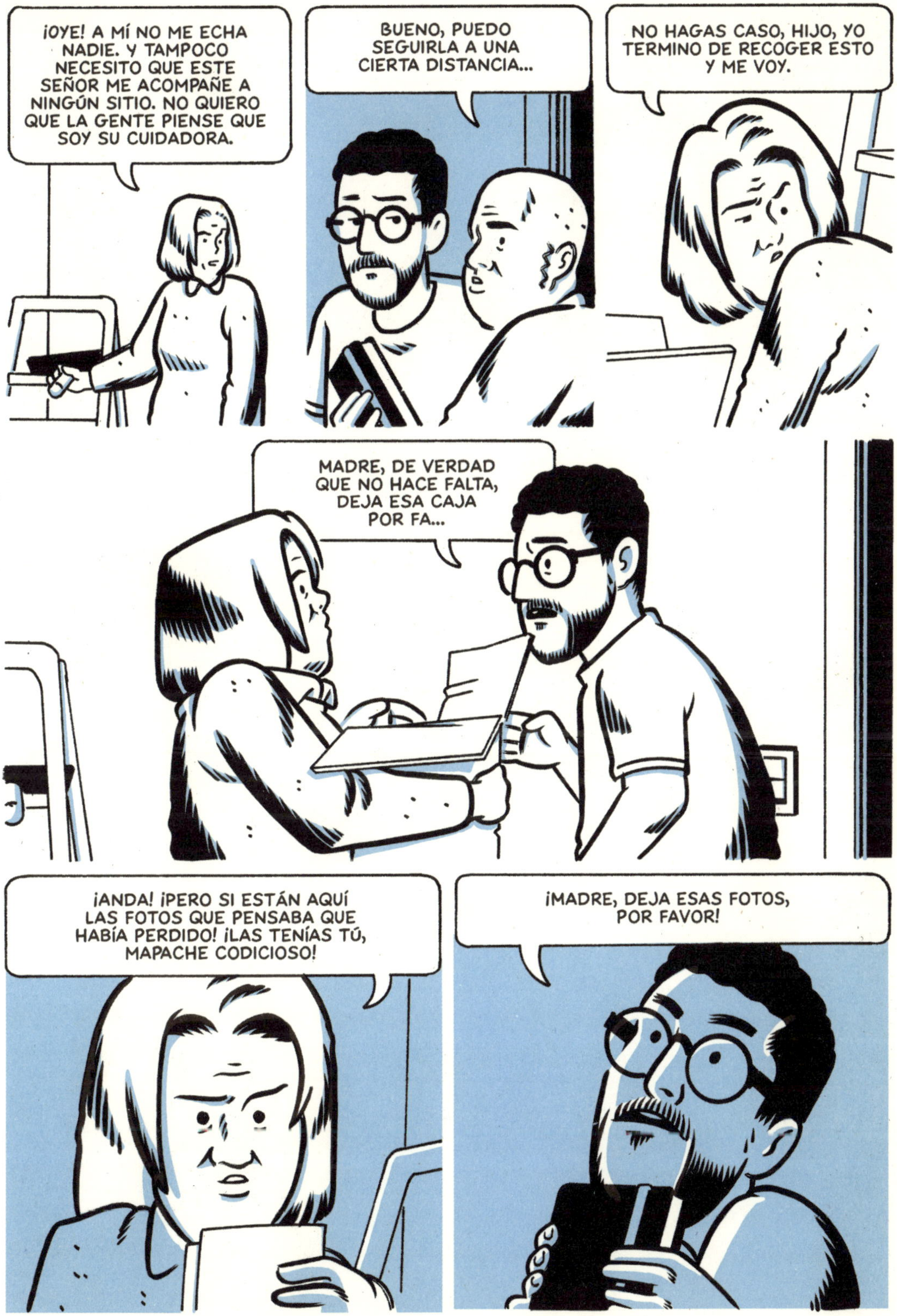
¡OYE! A MÍ NO ME ECHA NADIE. Y TAMPOCO NECESITO QUE ESTE SEÑOR ME ACOMPAÑE A NINGÚN SITIO. NO QUIERO QUE LA GENTE PIENSE QUE SOY SU CUIDADORA.
BUENO, PUEDO SEGUIRLA A UNA CIERTA DISTANCIA...
NO HAGAS CASO, HIJO, YO TERMINO DE RECOGER ESTO Y ME VOY.
MADRE, DE VERDAD QUE NO HACE FALTA, DEJA ESA CAJA POR FA...
¡ANDA! ¡PERO SI ESTÁN AQUÍ LAS FOTOS QUE PENSABA QUE HABÍA PERDIDO! ¡LAS TENÍAS TÚ, MAPACHE CODICIOSO!
¡MADRE, DEJA ESAS FOTOS, POR FAVOR!

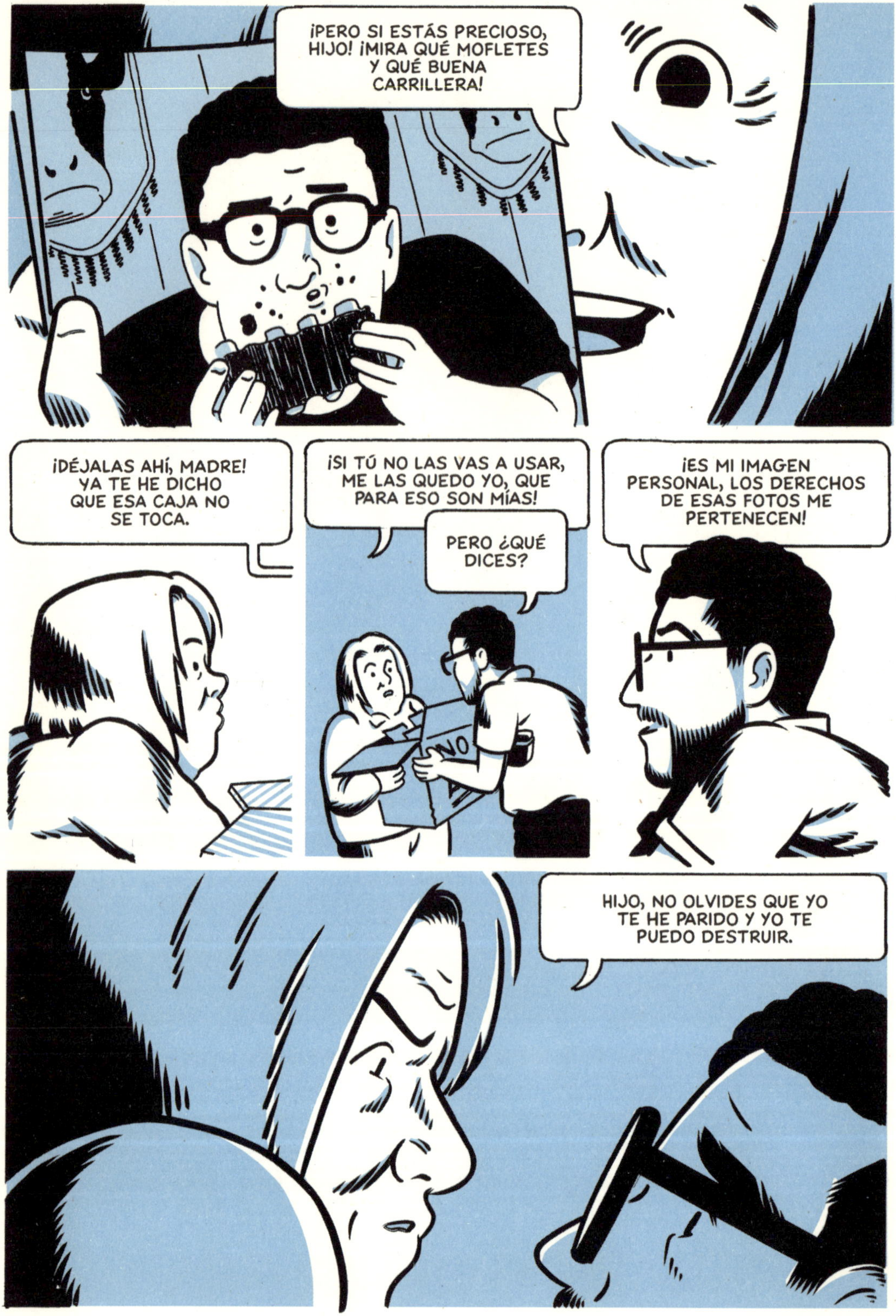
¡PERO SI ESTÁS PRECIOSO, HIJO! ¡MIRA QUÉ MOFLETES Y QUÉ BUENA CARRILLERA!
¡DÉJALAS AHÍ, MADRE! YA TE HE DICHO QUE ESA CAJA NO SE TOCA.
¡SI TÚ NO LAS VAS A USAR, ME LAS QUEDO YO, QUE PARA ESO SON MÍAS!
PERO ¿QUÉ DICES?
NO
¡ES MI IMAGEN PERSONAL, LOS DERECHOS DE ESAS FOTOS ME PERTENECEN!
HIJO, NO OLVIDES QUE YO TE HE PARIDO Y YO TE PUEDO DESTRUIR.

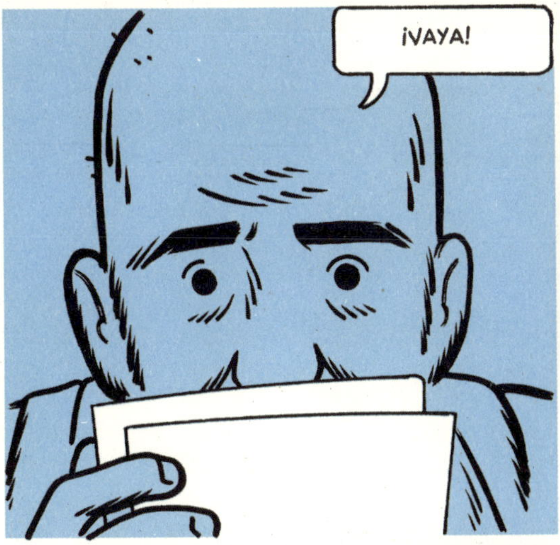
¡VAYA!

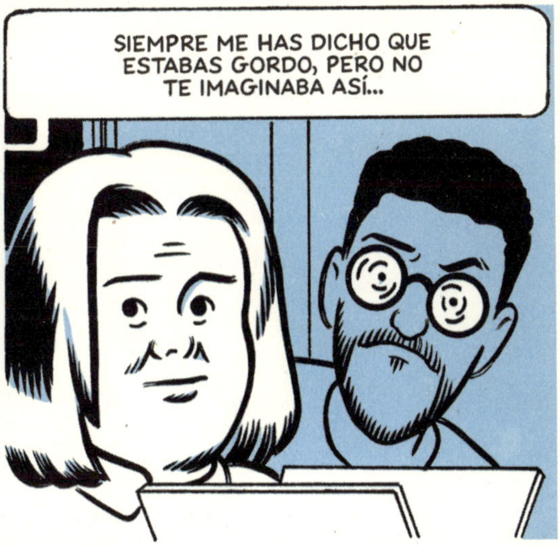
SIEMPRE ME HAS DICHO QUE ESTABAS GORDO, PERO NO TE IMAGINABA ASÍ...

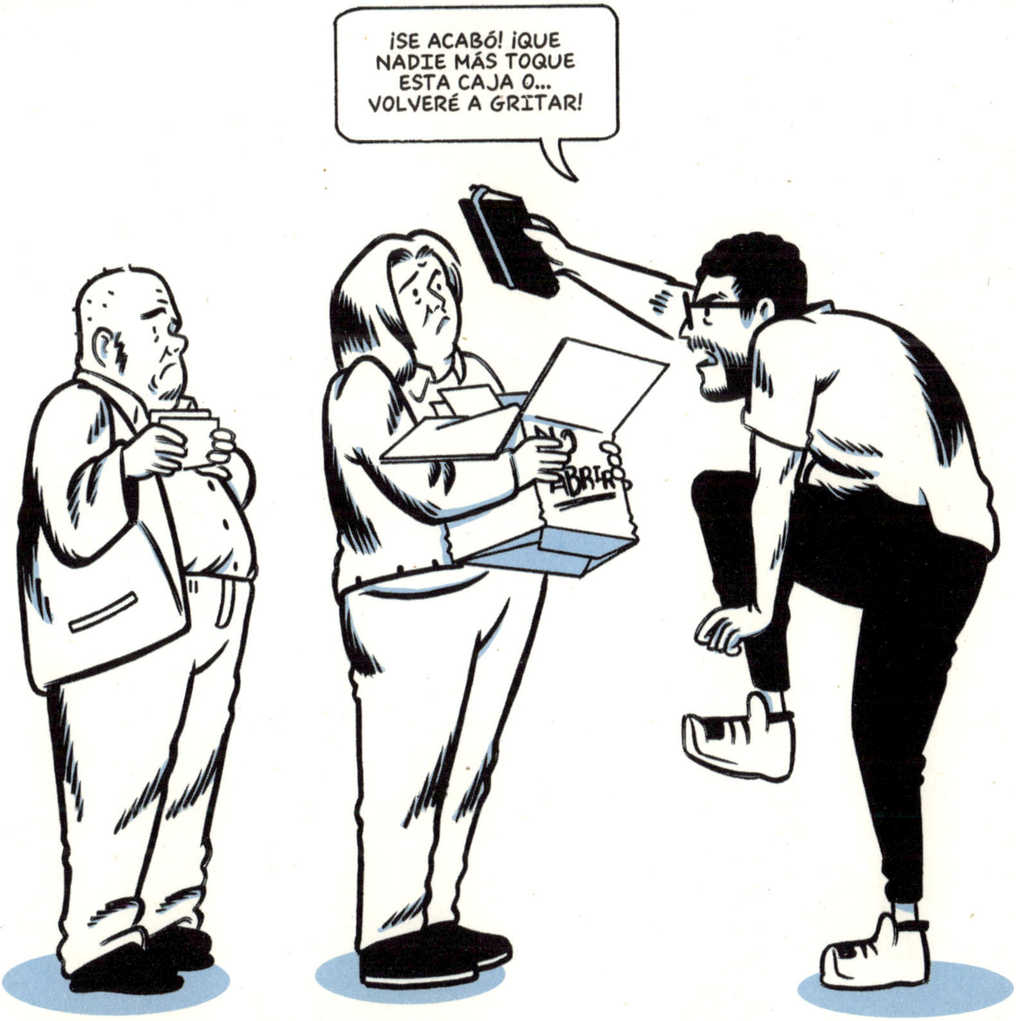
¡SE ACABÓ! ¡QUE NADIE MÁS TOQUE ESTA CAJA O... VOLVERÉ A GRITAR!
NO ABRIR

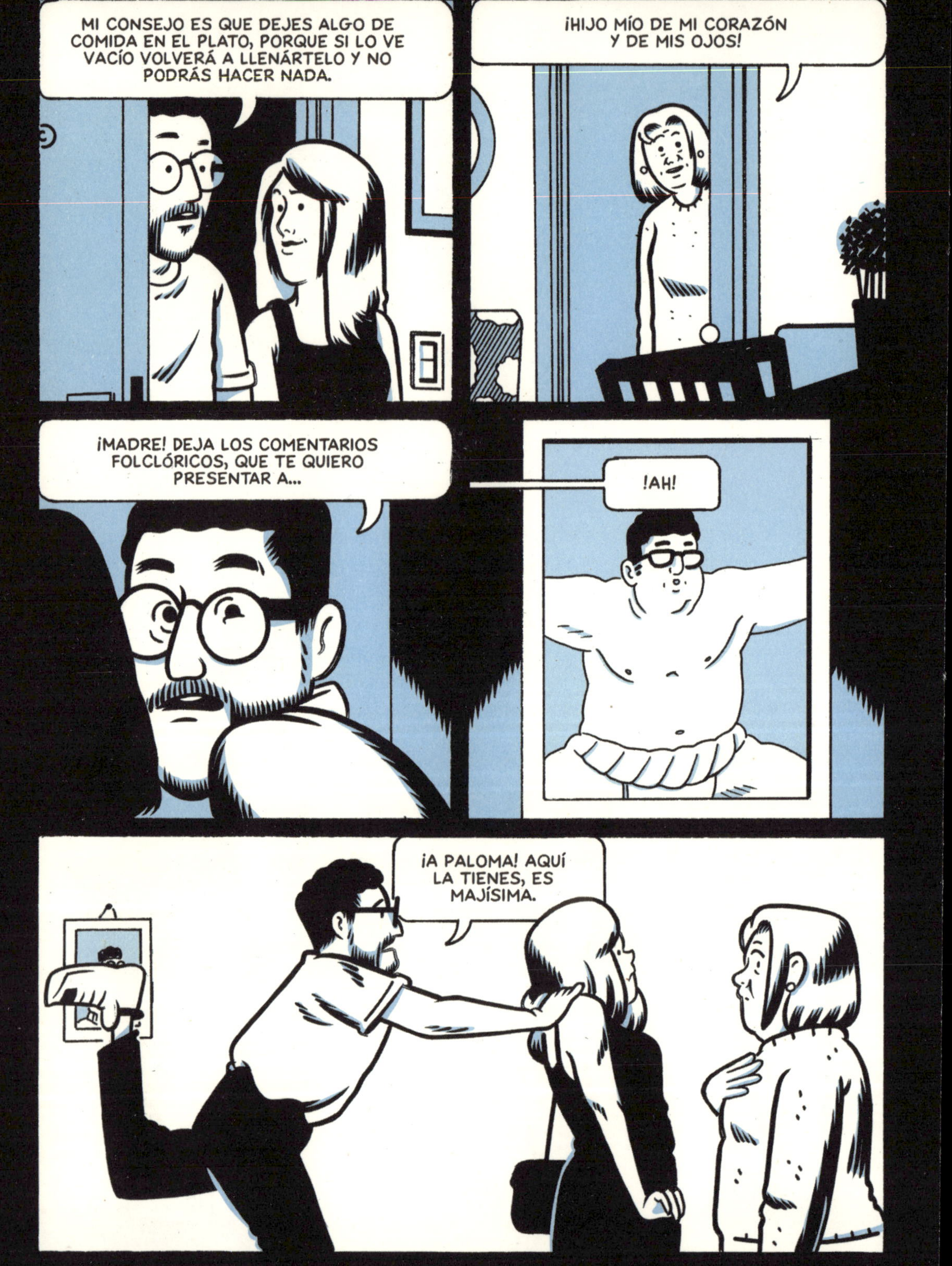
MI CONSEJO ES QUE DEJES ALGO DE COMIDA EN EL PLATO, PORQUE SI LO VE VACÍO VOLVERÁ A LLENÁRTELO Y NO PODRÁS HACER NADA.
¡HIJO MÍO DE MI CORAZÓN Y DE MIS OJOS!
¡MADRE! DEJA LOS COMENTARIOS FOLCLÓRICOS, QUE TE QUIERO PRESENTAR A...
!AH!
¡A PALOMA! AQUÍ LA TIENES, ES MAJÍSIMA.

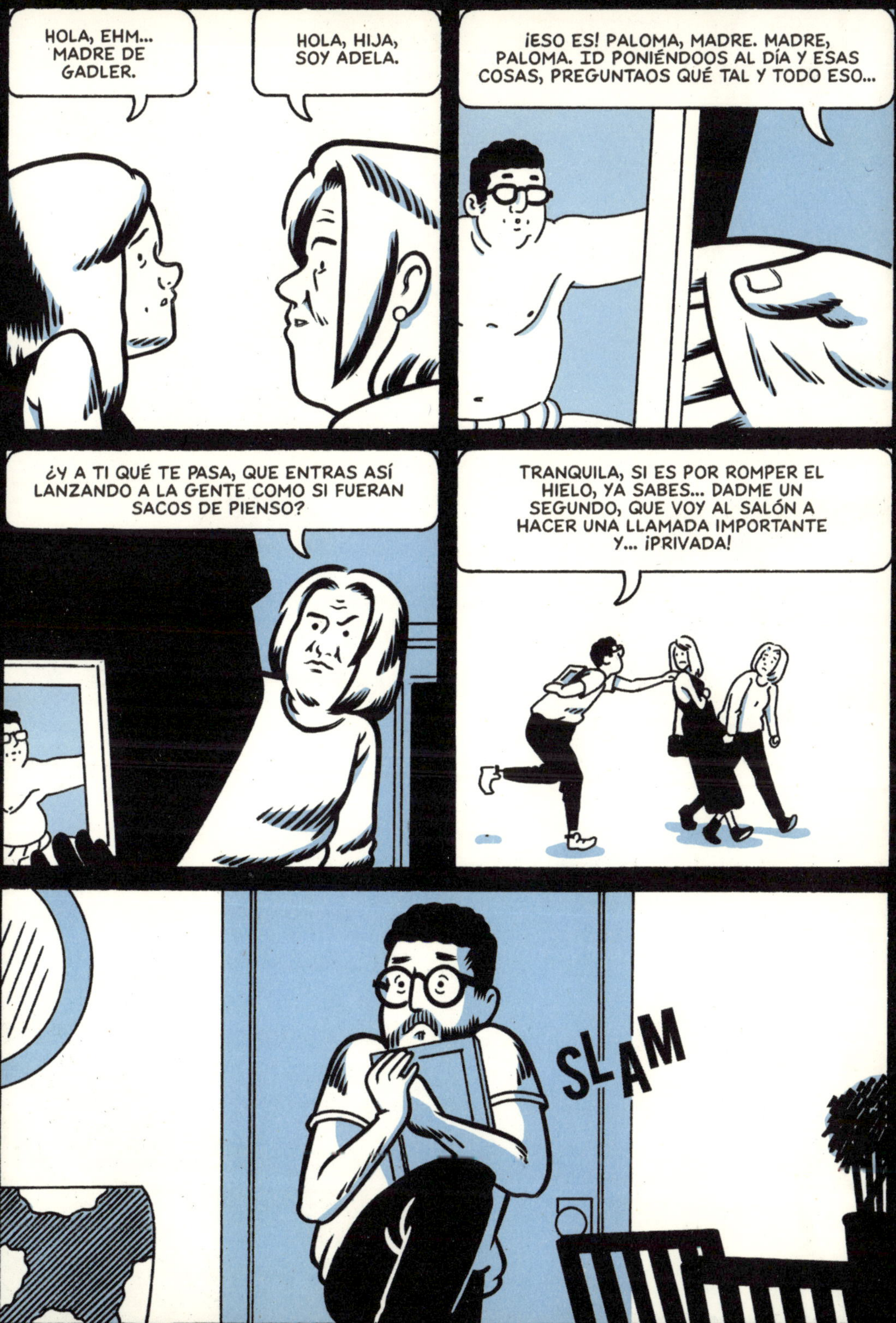
HOLA, EHM... MADRE DE GADLER.
HOLA, HIJA, SOY ADELA.
¡ESO ES! PALOMA, MADRE. MADRE, PALOMA. ID PONIÉNDOOS AL DÍA Y ESAS COSAS, PREGUNTAOS QUÉ TAL Y TODO ESO...
¿Y A TI QUÉ TE PASA, QUE ENTRAS ASÍ LANZANDO A LA GENTE COMO SI FUERAN SACOS DE PIENSO?
TRANQUILA, SI ES POR ROMPER EL HIELO, YA SABES... DADME UN SEGUNDO, QUE VOY AL SALÓN A HACER UNA LLAMADA IMPORTANTE Y... ¡PRIVADA!
SLAM

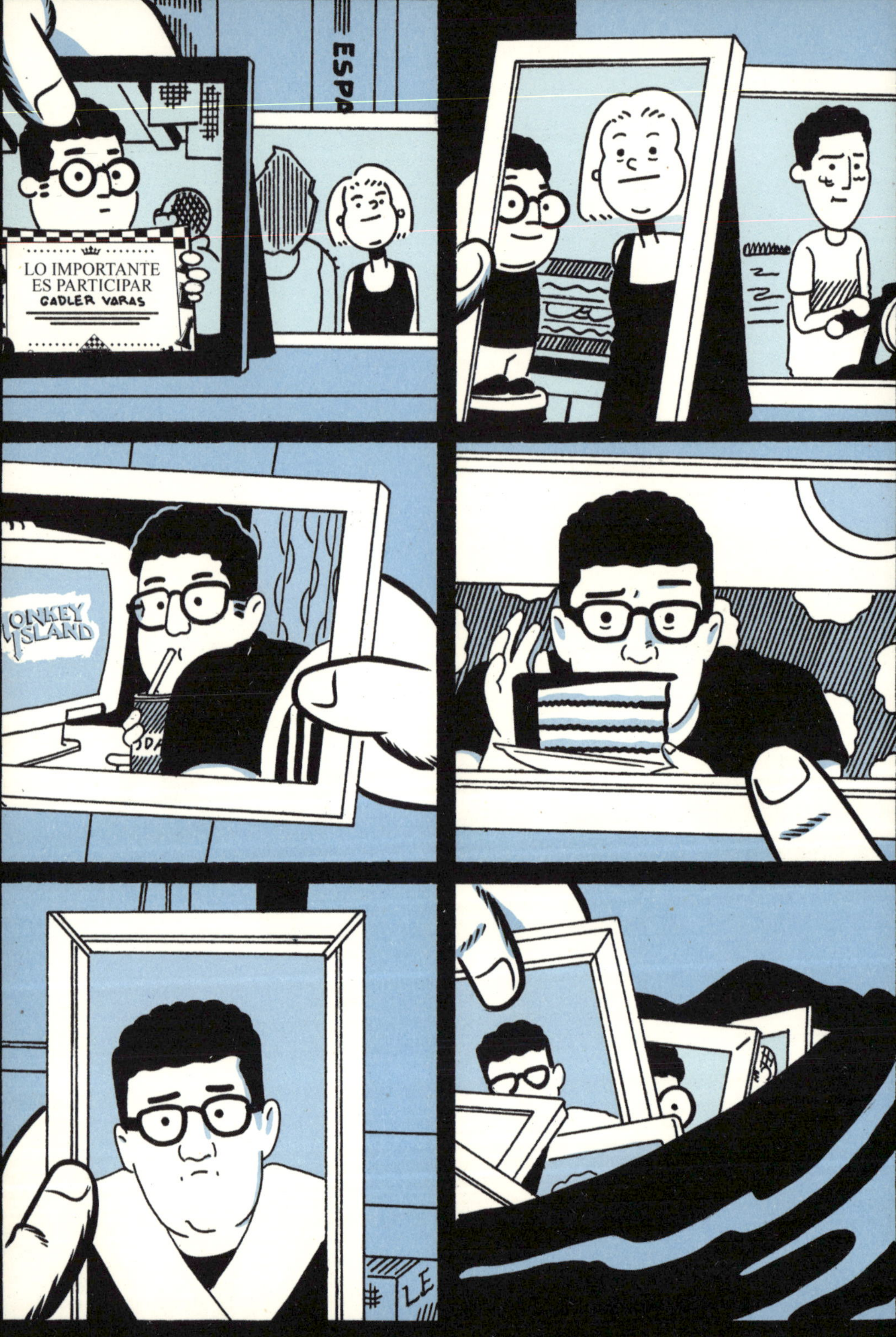
ESPA
LO IMPORTANTE
ES PARTICIPAR
CADLER VARAS
MONKEY
ISLAND

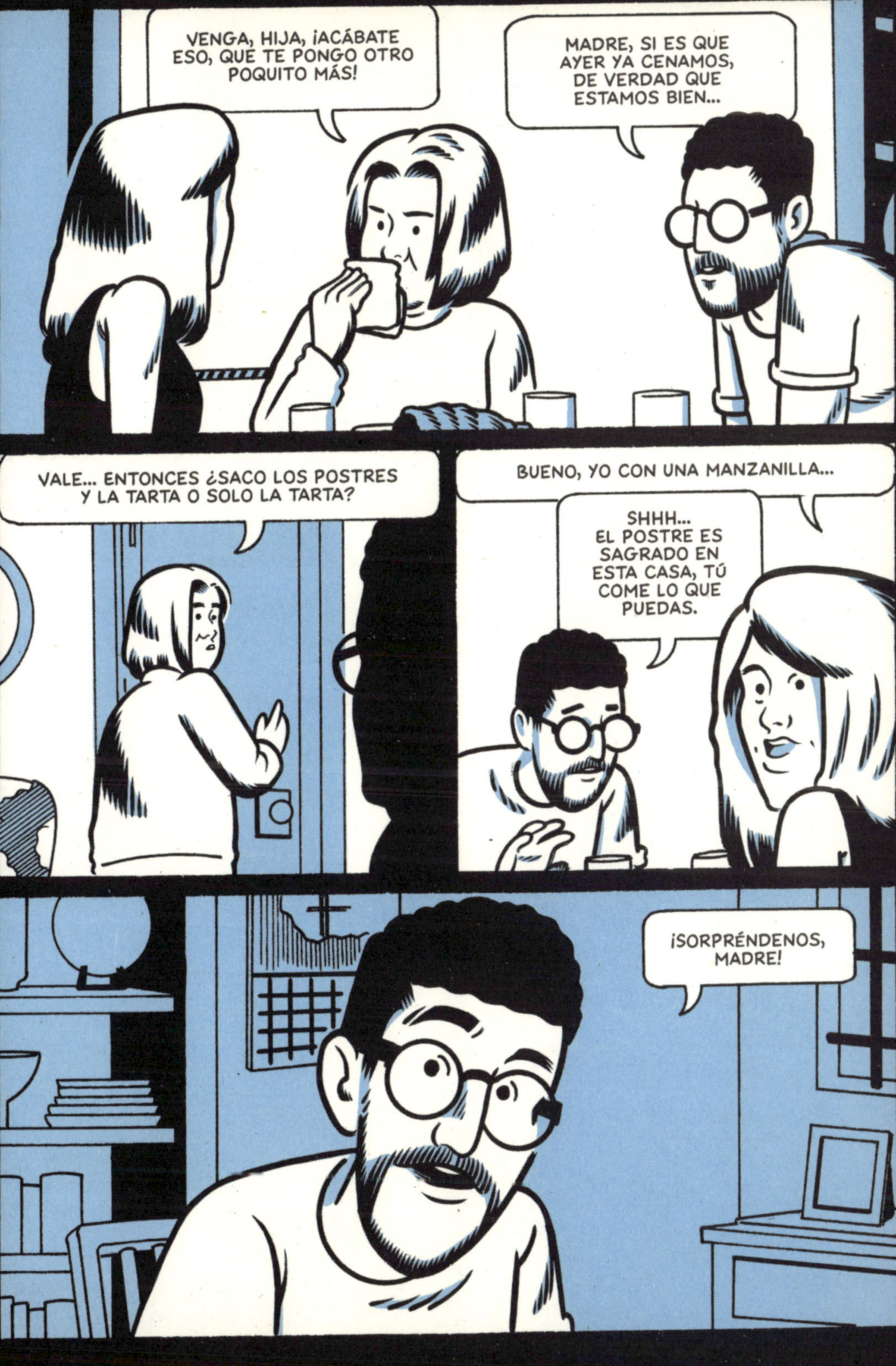
VENGA, HIJA, ¡ACÁBATE ESO, QUE TE PONGO OTRO POQUITO MÁS!
MADRE, SI ES QUE AYER YA CENAMOS, DE VERDAD QUE ESTAMOS BIEN...
VALE... ENTONCES ¿SACO LOS POSTRES Y LA TARTA O SOLO LA TARTA?
BUENO, YO CON UNA MANZANILLA...
SHHH... EL POSTRE ES SAGRADO EN ESTA CASA, TÚ COME LO QUE PUEDAS.
¡SORPRÉNDENOS, MADRE!

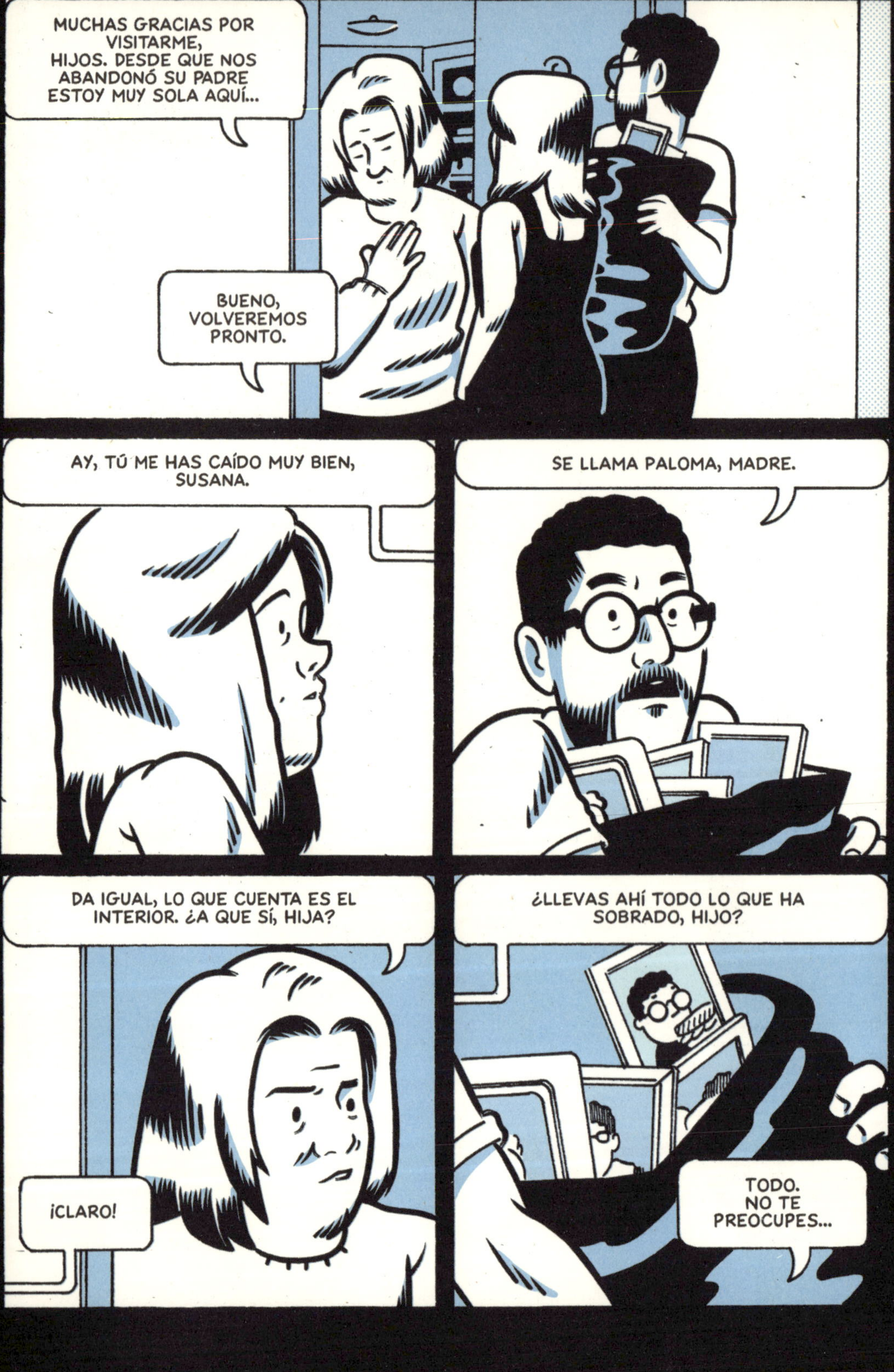
MUCHAS GRACIAS POR VISITARME, HIJOS. DESDE QUE NOS ABANDONÓ SU PADRE ESTOY MUY SOLA AQUÍ...
BUENO, VOLVEREMOS PRONTO.
AY, TÚ ME HAS CAÍDO MUY BIEN, SUSANA.
SE LLAMA PALOMA, MADRE.
DA IGUAL, LO QUE CUENTA ES EL INTERIOR. ¿A QUE SÍ, HIJA?
¡CLARO!
¿LLEVAS AHÍ TODO LO QUE HA SOBRADO, HIJO?
TODO. NO TE PREOCUPES...

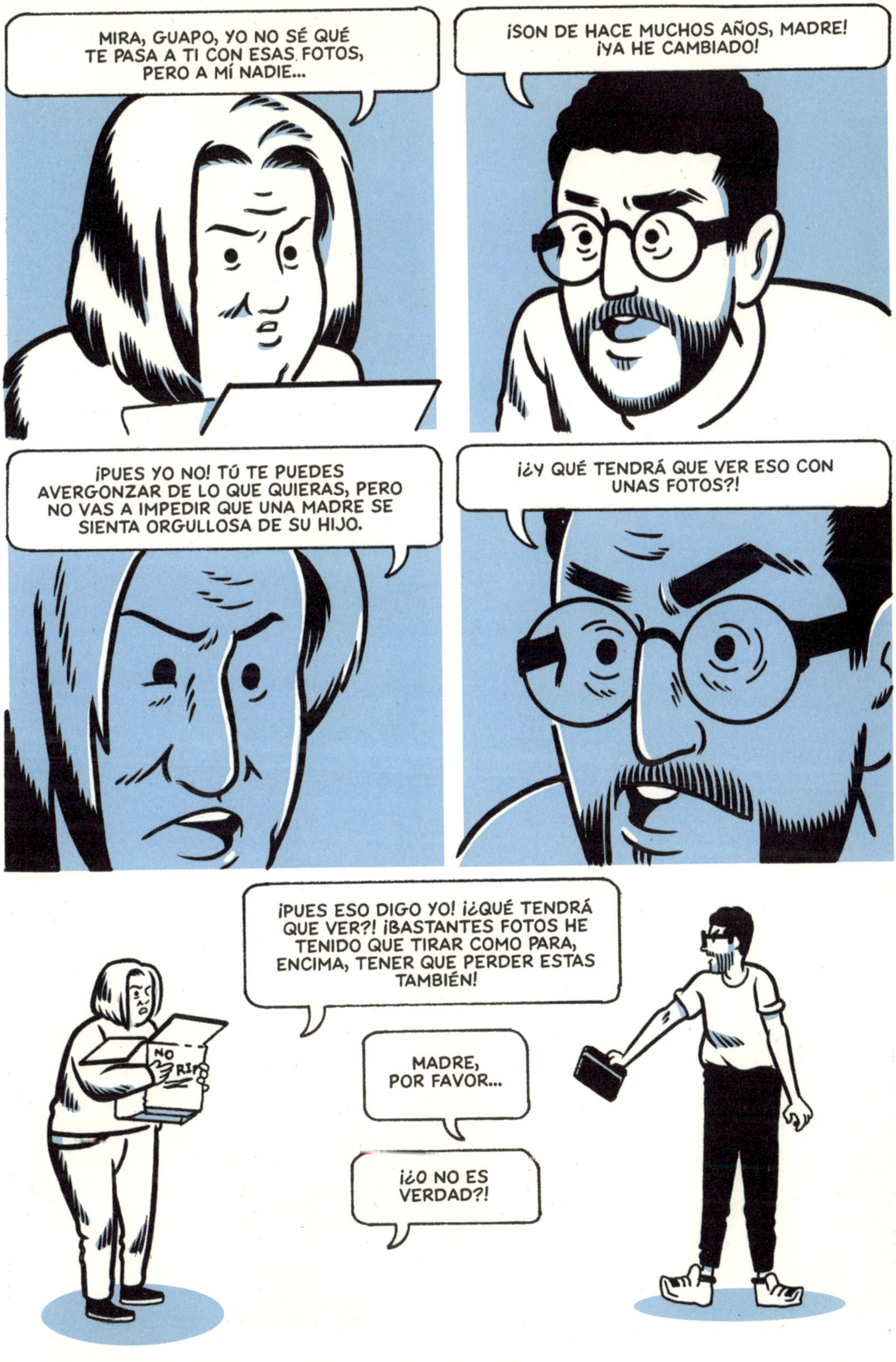
MIRA, GUAPO, YO NO SÉ QUÉ TE PASA A TI CON ESAS FOTOS, PERO A MÍ NADIE...
¡SON DE HACE MUCHOS AÑOS, MADRE! ¡YA HE CAMBIADO!
¡PUES YO NO! TÚ TE PUEDES AVERGONZAR DE LO QUE QUIERAS, PERO NO VAS A IMPEDIR QUE UNA MADRE SE SIENTA ORGULLOSA DE SU HIJO.
¡¿Y QUÉ TENDRÁ QUE VER ESO CON UNAS FOTOS?!
¡PUES ESO DIGO YO! ¡¿QUÉ TENDRÁ QUE VER?! ¡BASTANTES FOTOS HE TENIDO QUE TIRAR COMO PARA, ENCIMA, TENER QUE PERDER ESTAS TAMBIÉN!
MADRE, POR FAVOR...
¡¿O NO ES VERDAD?!

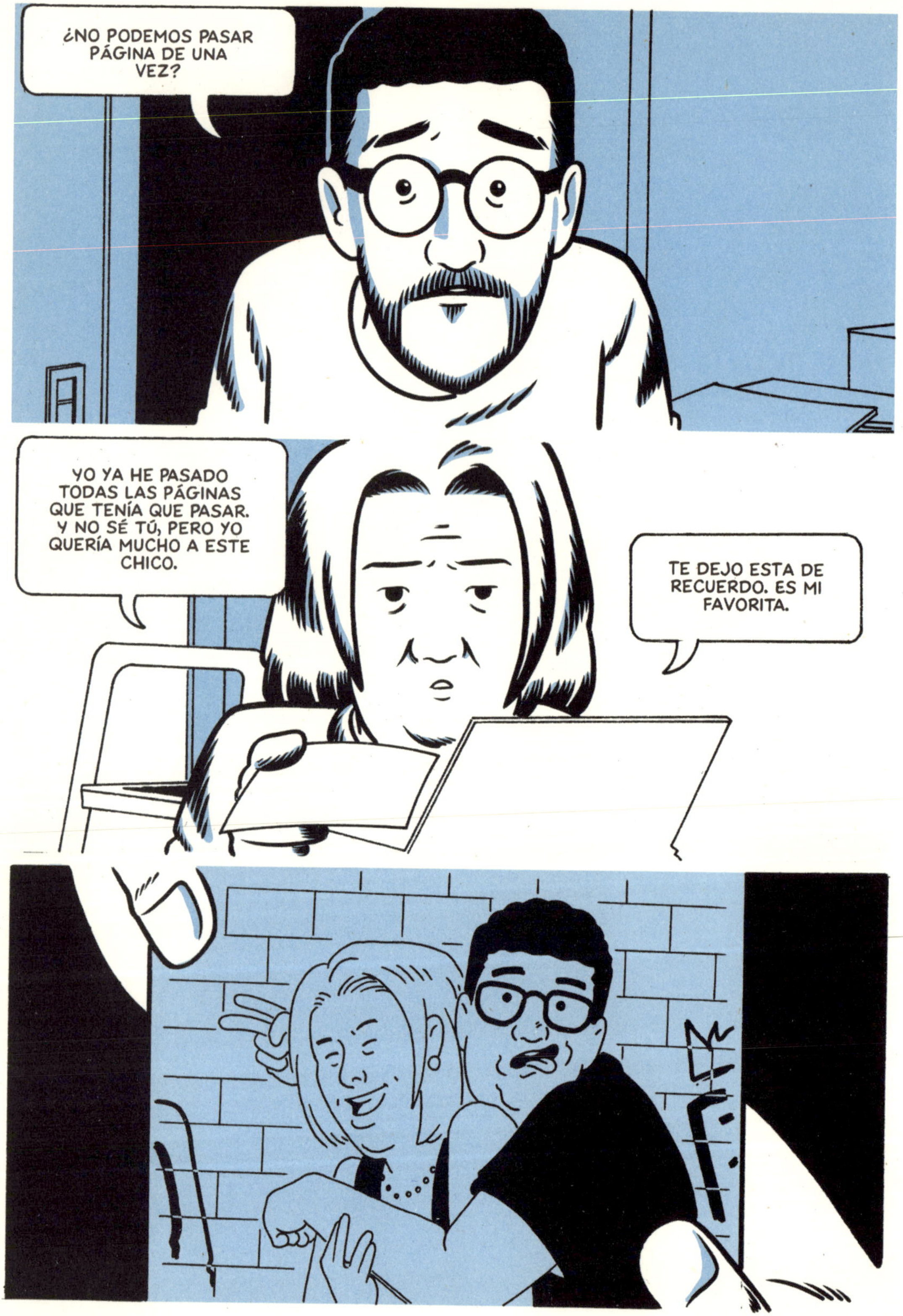
¿NO PODEMOS PASAR PÁGINA DE UNA VEZ?
YO YA HE PASADO TODAS LAS PÁGINAS QUE TENÍA QUE PASAR. Y NO SÉ TÚ, PERO YO QUERÍA MUCHO A ESTE CHICO.
TE DEJO ESTA DE RECUERDO. ES MI FAVORITA.

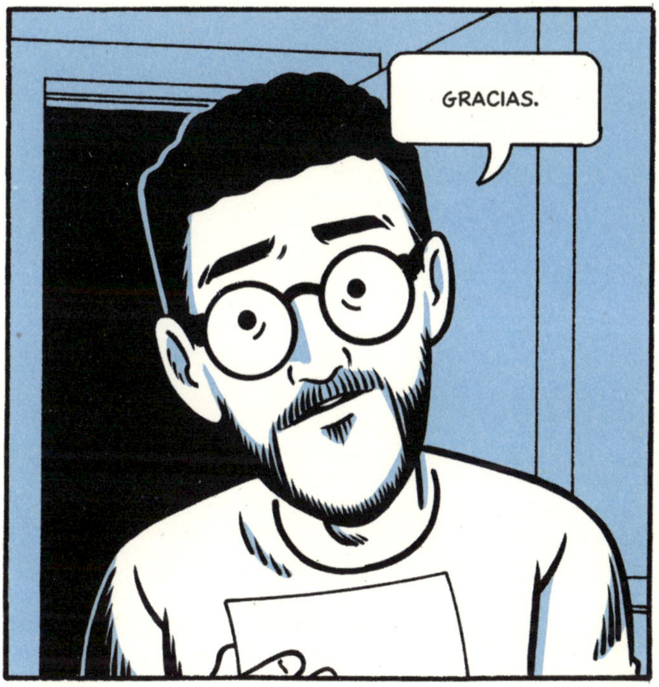
GRACIAS.

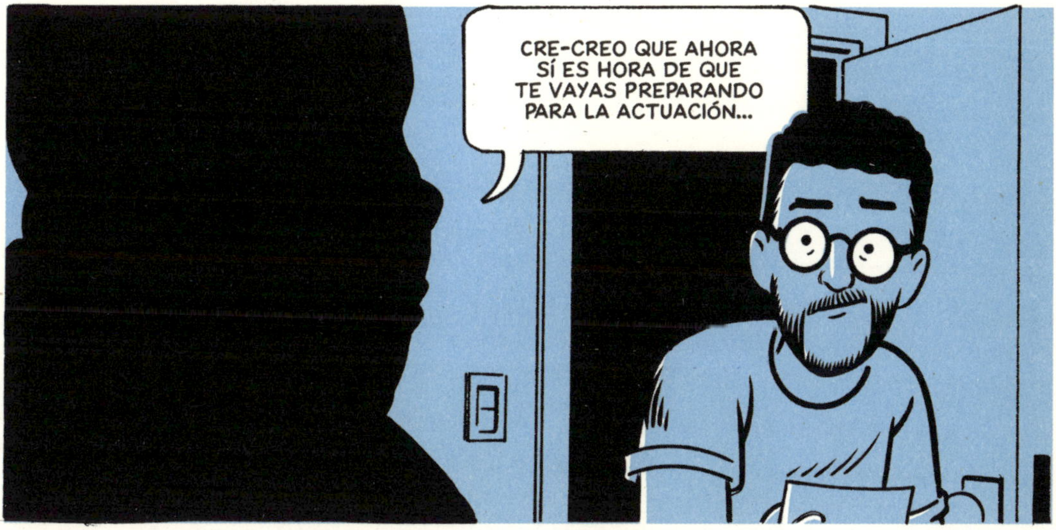
CRE-CREO QUE AHORA SÍ ES HORA DE QUE TE VAYAS PREPARANDO PARA LA ACTUACIÓN...

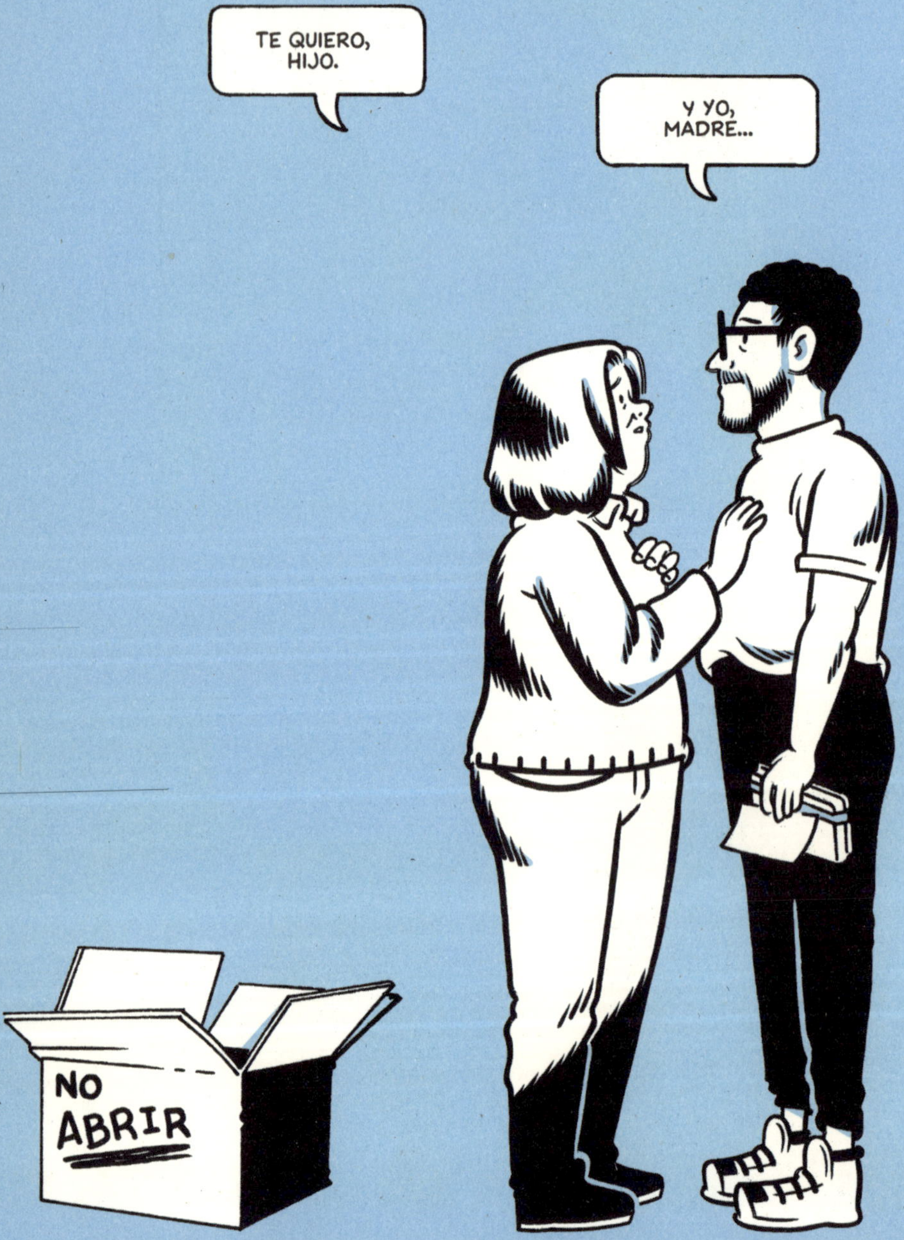
TE QUIERO, HIJO.
Y YO, MADRE...
NO ABRIR

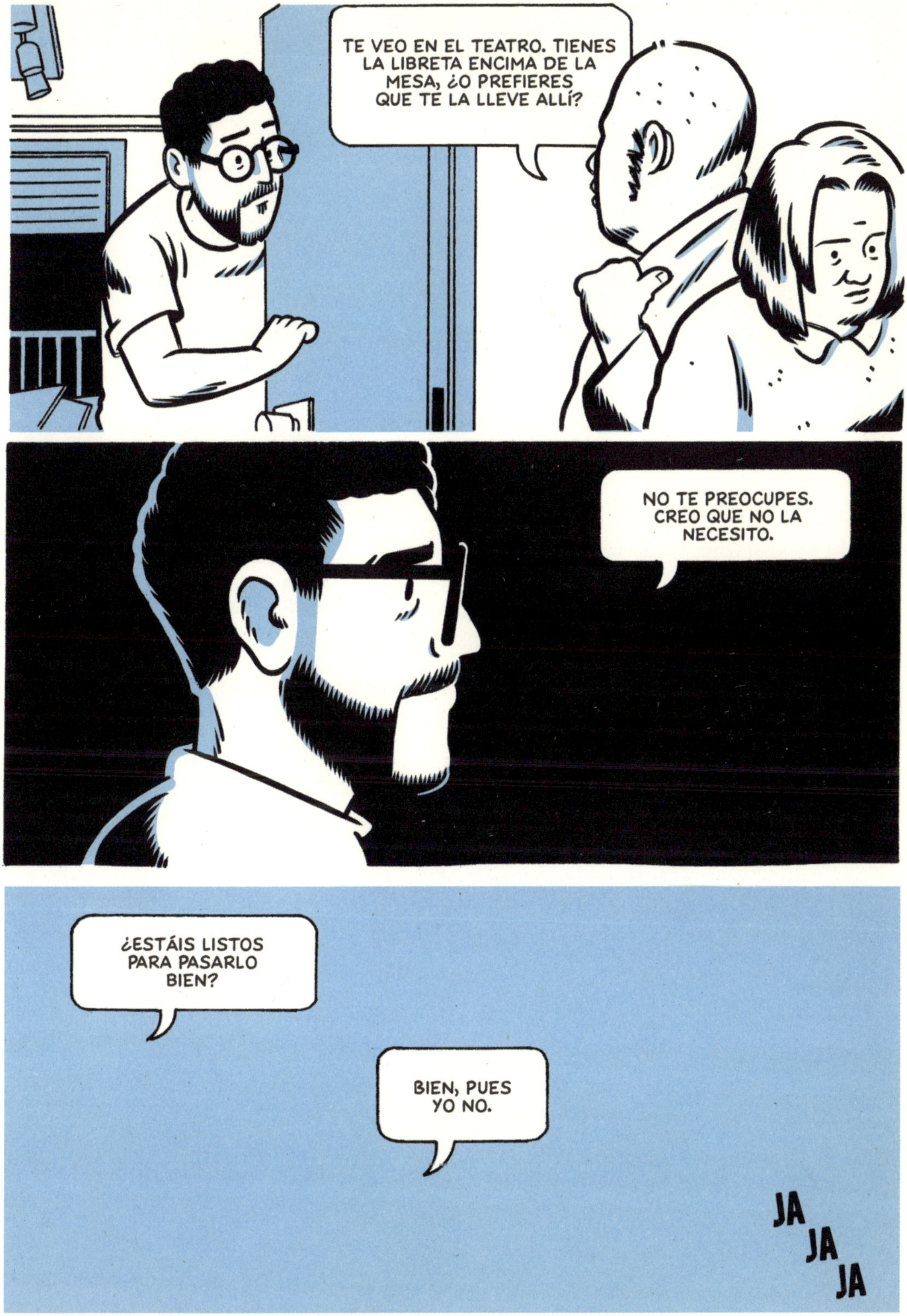
TE VEO EN EL TEATRO. TIENES LA LIBRETA ENCIMA DE LA MESA, ¿O PREFIERES QUE TE LA LLEVE ALLÍ?
NO TE PREOCUPES. CREO QUE NO LA NECESITO.
¿ESTÁIS LISTOS PARA PASARLO BIEN?
BIEN, PUES YO NO.
JA JA JA

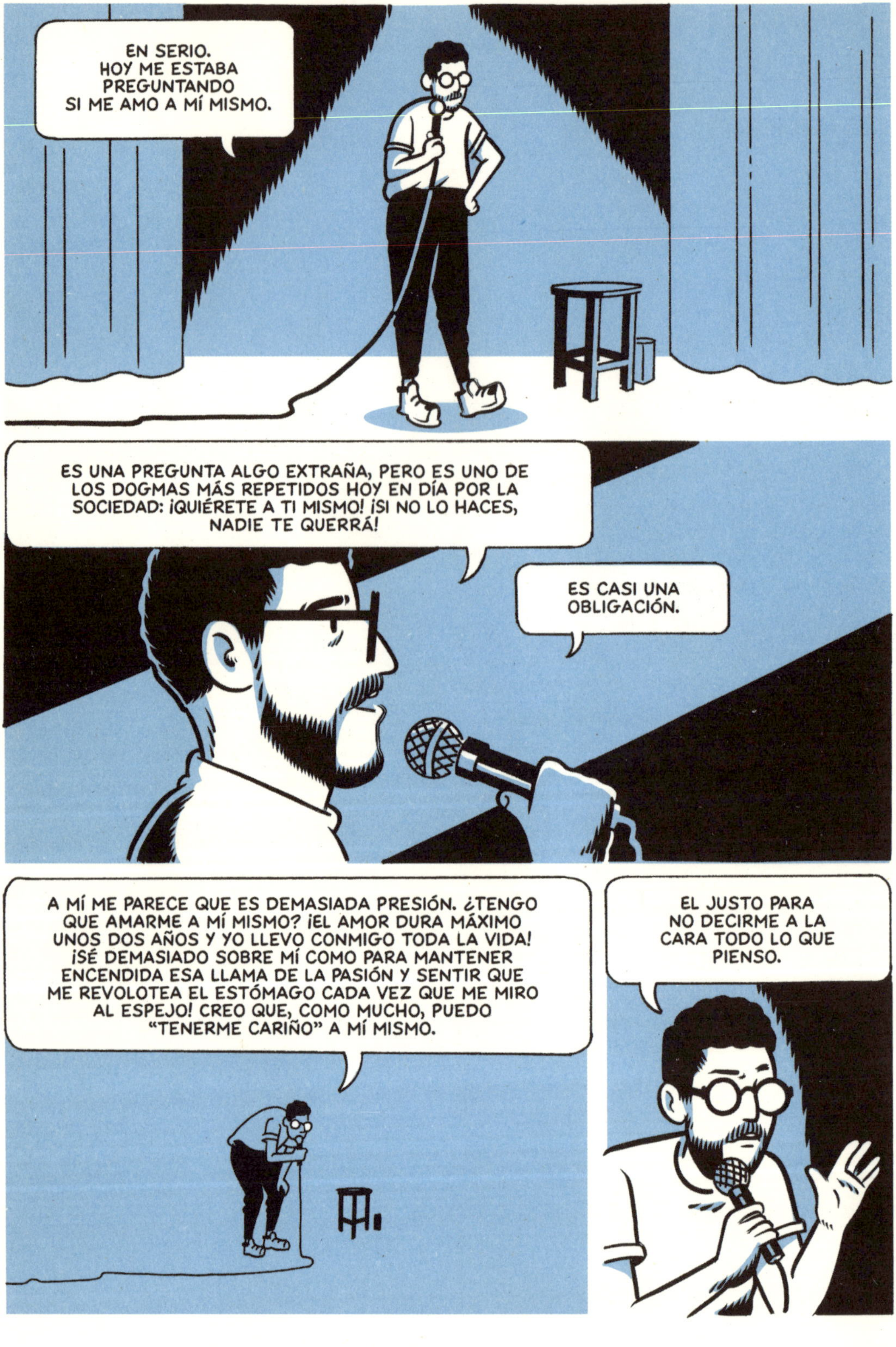
EN SERIO. HOY ME ESTABA PREGUNTANDO SI ME AMO A MÍ MISMO.
ES UNA PREGUNTA ALGO EXTRAÑA, PERO ES UNO DE LOS DOGMAS MÁS REPETIDOS HOY EN DÍA POR LA SOCIEDAD: ¡QUIÉRETE A TI MISMO! ¡SI NO LO HACES, NADIE TE QUERRÁ!
ES CASI UNA OBLIGACIÓN.
A MÍ ME PARECE QUE ES DEMASIADA PRESIÓN. ¿TENGO QUE AMARME A MÍ MISMO? ¡EL AMOR DURA MÁXIMO UNOS DOS AÑOS Y YO LLEVO CONMIGO TODA LA VIDA! ¡SÉ DEMASIADO SOBRE MÍ COMO PARA MANTENER ENCENDIDA ESA LLAMA DE LA PASIÓN Y SENTIR QUE ME REVOLOTEA EL ESTÓMAGO CADA VEZ QUE ME MIRO AL ESPEJO! CREO QUE, COMO MUCHO, PUEDO "TENERME CARIÑO" A MÍ MISMO.
EL JUSTO PARA NO DECIRME A LA CARA TODO LO QUE PIENSO.

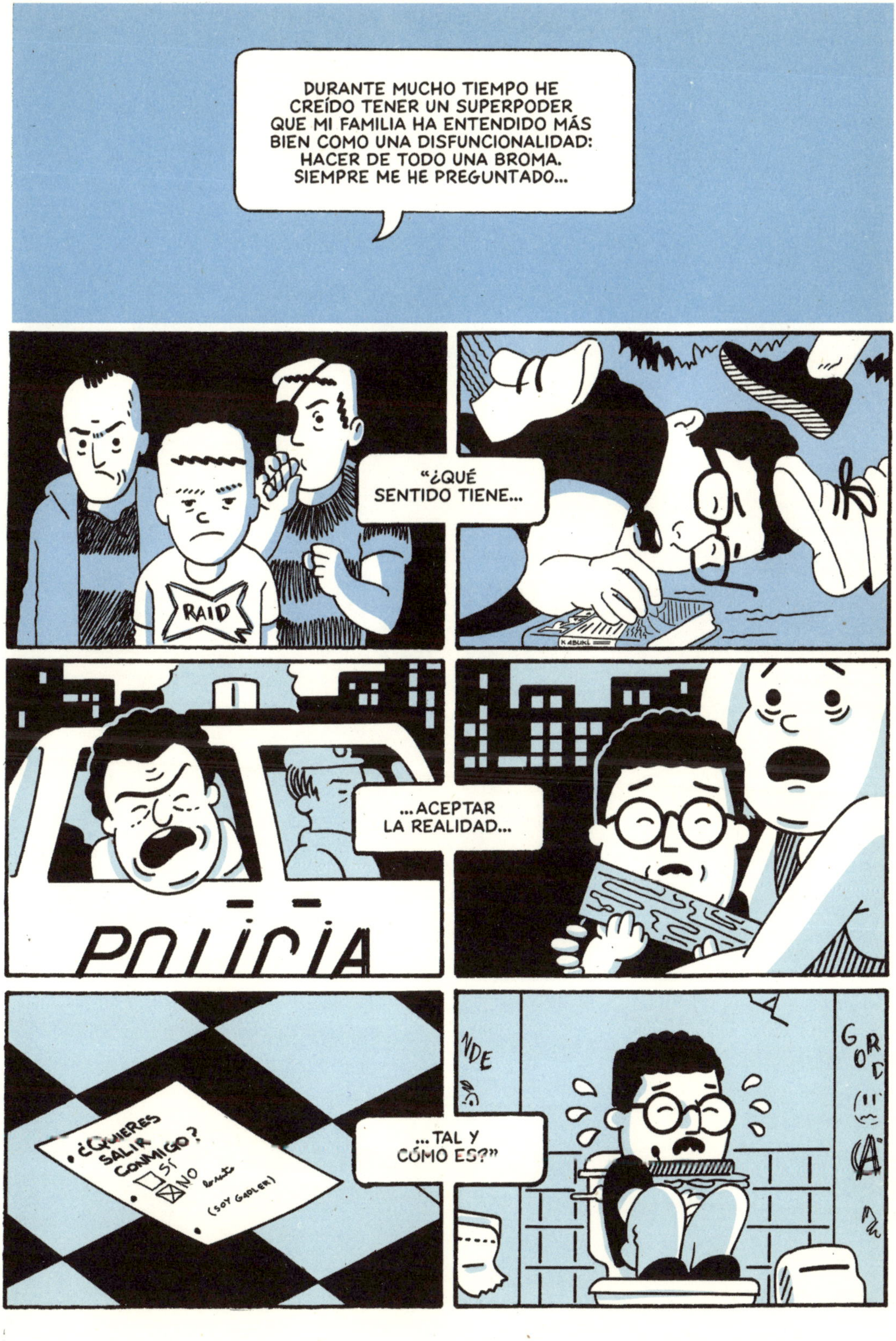
DURANTE MUCHO TIEMPO HE CREÍDO TENER UN SUPERPODER QUE MI FAMILIA HA ENTENDIDO MÁS BIEN COMO UNA DISFUNCIONALIDAD: HACER DE TODO UNA BROMA. SIEMPRE ME HE PREGUNTADO...
RAID
"¿QUÉ SENTIDO TIENE...
KABUKI
POLICIA
...ACEPTAR LA REALIDAD...
¿QUIERES SALIR CONMIGO?
SÍ
NO
(SOY GADLER)
...TAL Y CÓMO ES?"
NDE

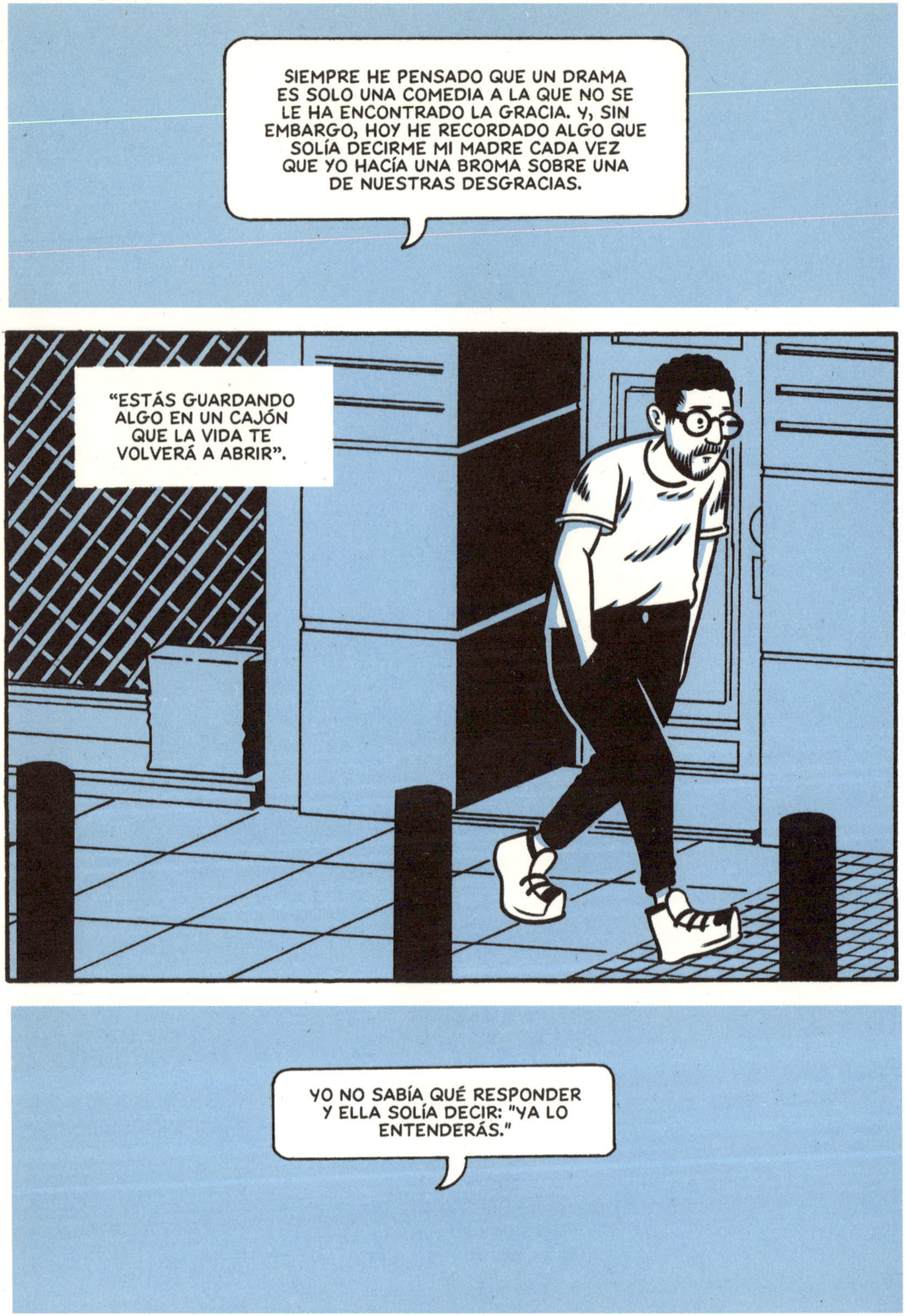
SIEMPRE HE PENSADO QUE UN DRAMA ES SOLO UNA COMEDIA A LA QUE NO SE LE HA ENCONTRADO LA GRACIA. Y, SIN EMBARGO, HOY HE RECORDADO ALGO QUE SOLÍA DECIRME MI MADRE CADA VEZ QUE YO HACÍA UNA BROMA SOBRE UNA DE NUESTRAS DESGRACIAS.
“ESTÁS GUARDANDO ALGO EN UN CAJÓN QUE LA VIDA TE VOLVERÁ A ABRIR”.
YO NO SABÍA QUÉ RESPONDER Y ELLA SOLÍA DECIR: "YA LO ENTENDERÁS."

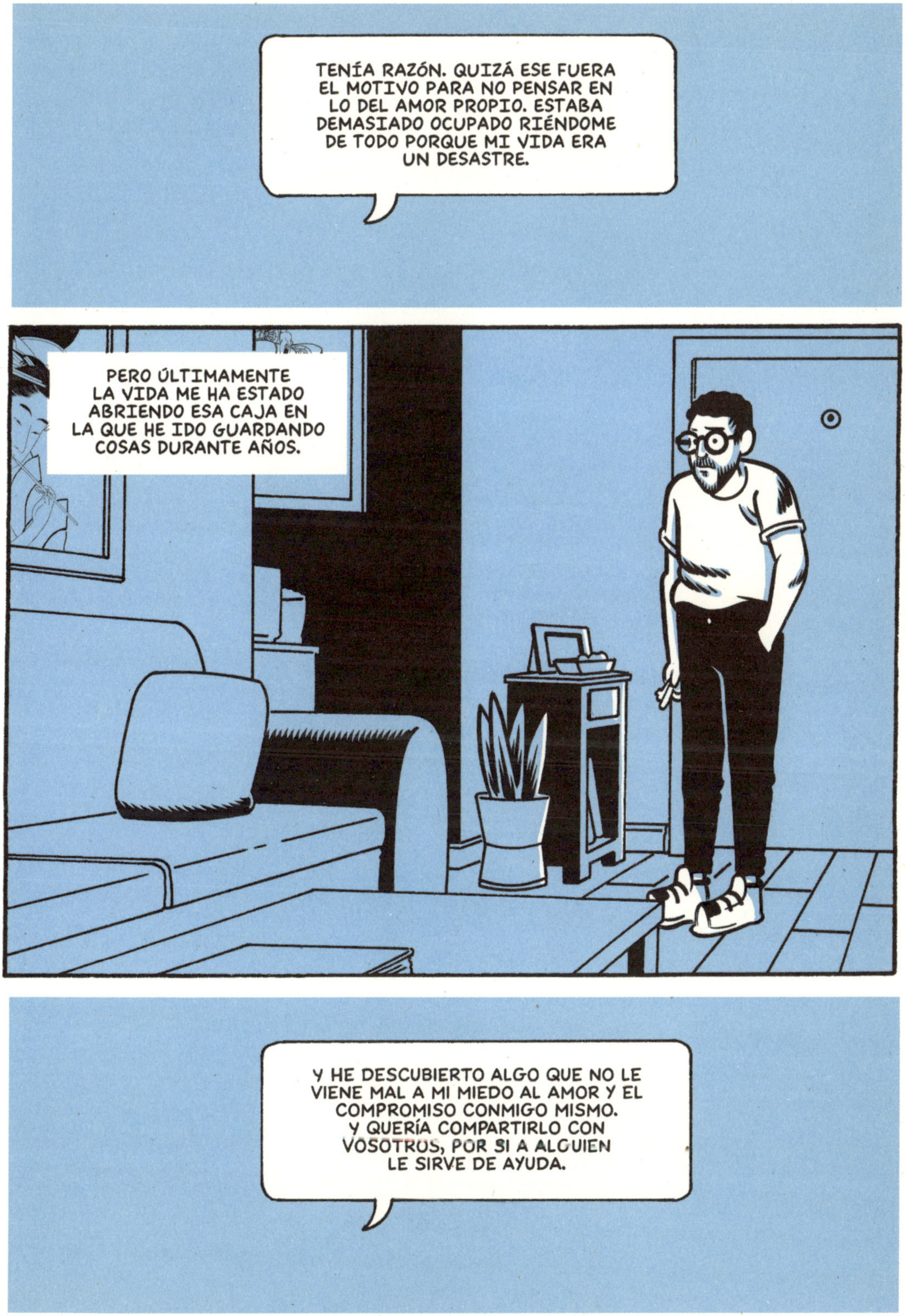
TENÍA RAZÓN. QUIZÁ ESE FUERA EL MOTIVO PARA NO PENSAR EN LO DEL AMOR PROPIO. ESTABA DEMASIADO OCUPADO RIÉNDOME DE TODO PORQUE MI VIDA ERA UN DESASTRE.
PERO ÚLTIMAMENTE LA VIDA ME HA ESTADO ABRIENDO ESA CAJA EN LA QUE HE IDO GUARDANDO COSAS DURANTE AÑOS.
Y HE DESCUBIERTO ALGO QUE NO LE VIENE MAL A MI MIEDO AL AMOR Y EL COMPROMISO CONMIGO MISMO. Y QUERÍA COMPARTIRLO CON VOSOTROS, POR SI A ALGUIEN LE SIRVE DE AYUDA.

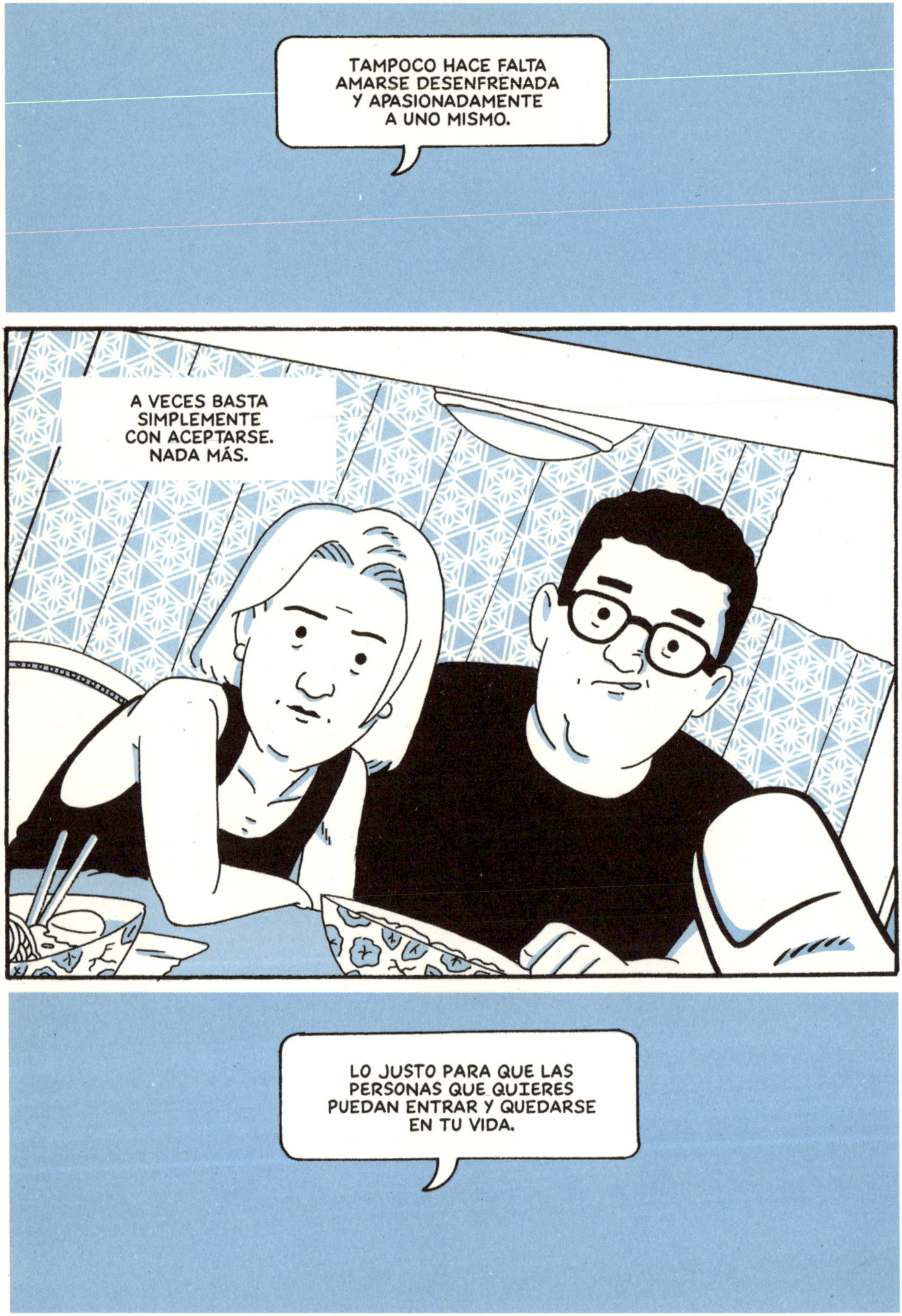
TAMPOCO HACE FALTA AMARSE DESENFRENADA Y APASIONADAMENTE A UNO MISMO.
A VECES BASTA SIMPLEMENTE CON ACEPTARSE. NADA MÁS.
LO JUSTO PARA QUE LAS PERSONAS QUE QUIERES PUEDAN ENTRAR Y QUEDARSE EN TU VIDA.

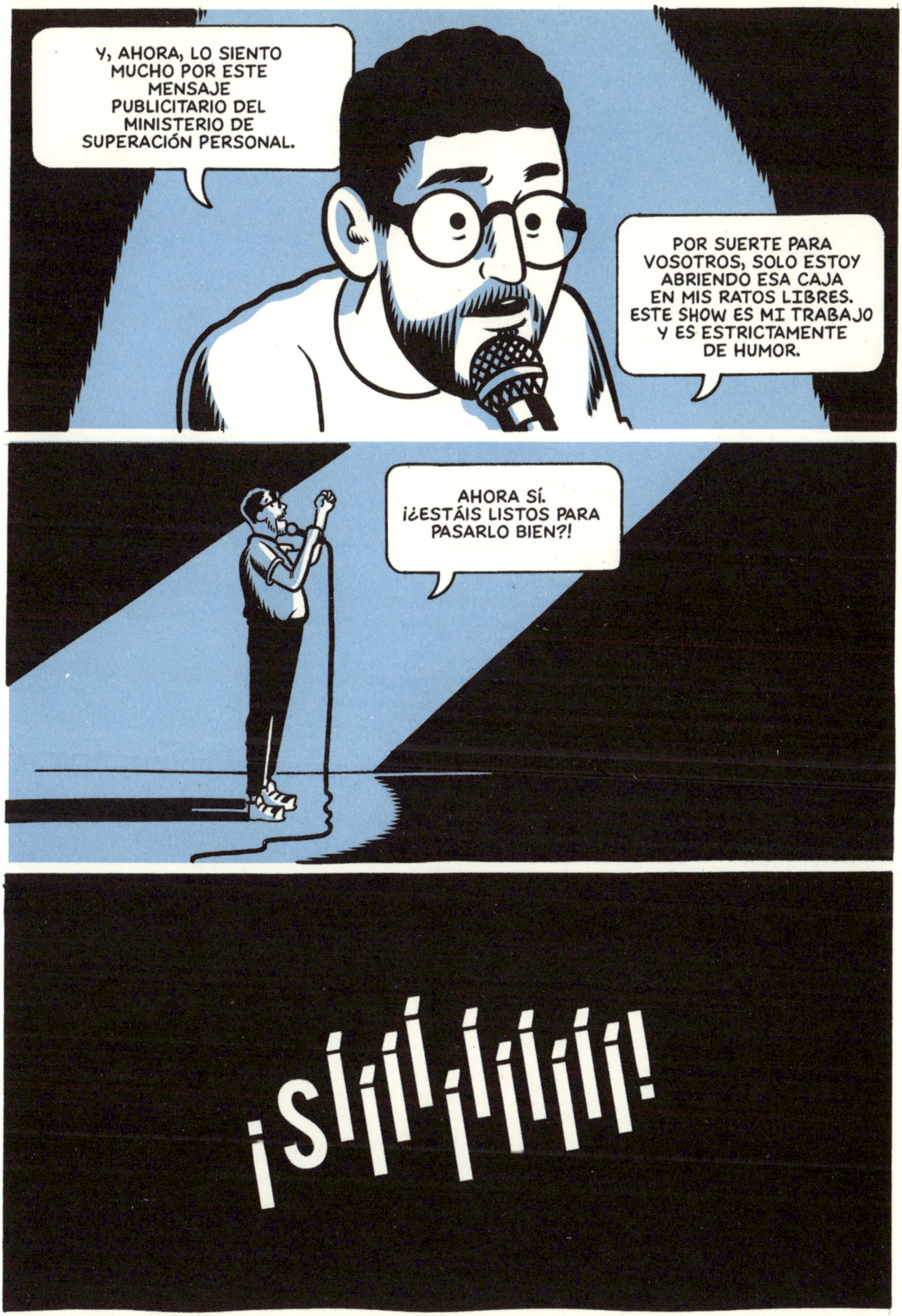
Y, AHORA, LO SIENTO MUCHO POR ESTE MENSAJE PUBLICITARIO DEL MINISTERIO DE SUPERACIÓN PERSONAL.
POR SUERTE PARA VOSOTROS, SOLO ESTOY ABRIENDO ESA CAJA EN MIS RATOS LIBRES. ESTE SHOW ES MI TRABAJO Y ES ESTRICTAMENTE DE HUMOR.
AHORA SÍ. ¡¿ESTÁIS LISTOS PARA PASARLO BIEN?!
¡SÍÍÍÍÍÍÍÍÍÍ!

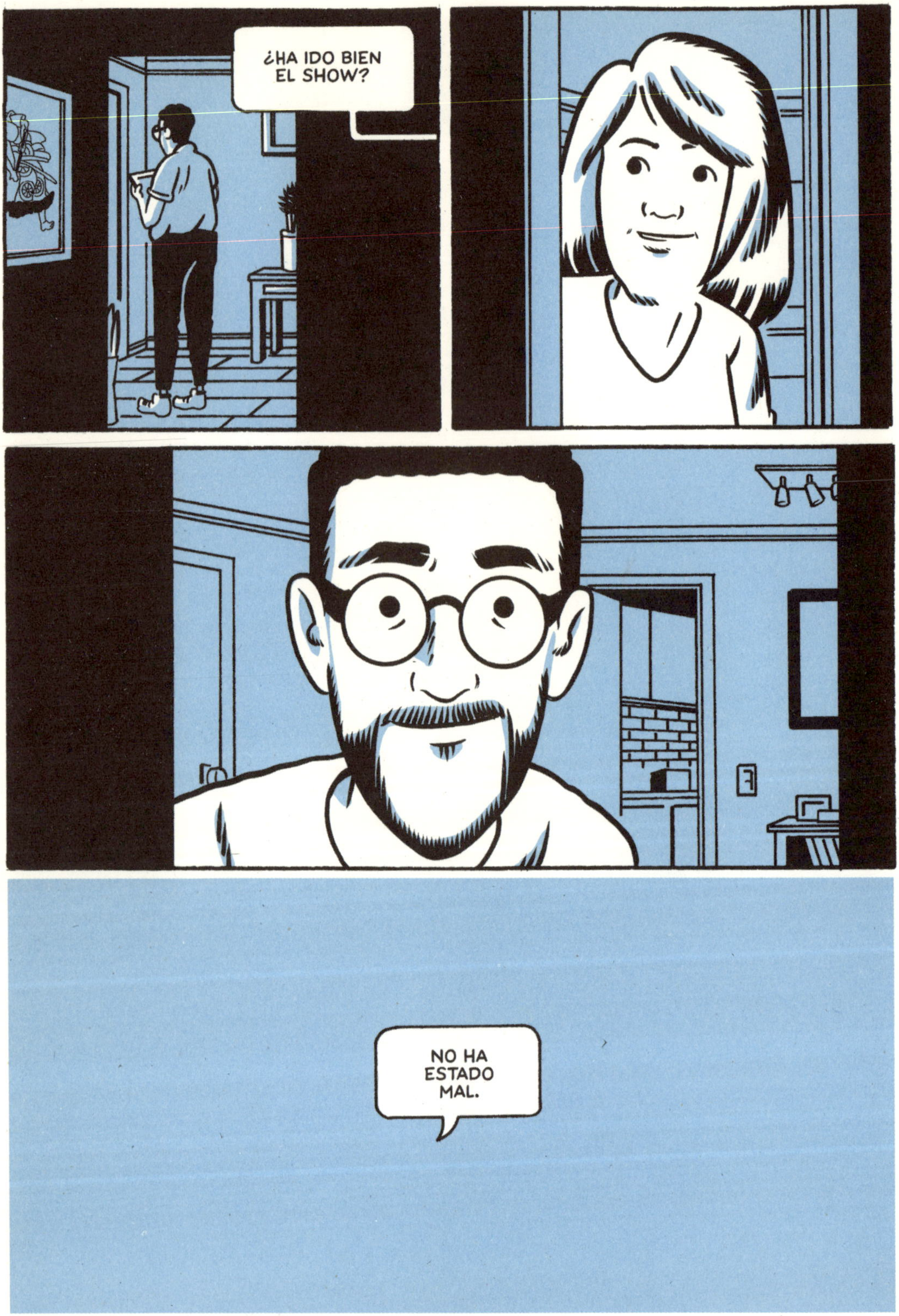
¿HA IDO BIEN EL SHOW?
NO HA ESTADO MAL.

ESTE LIBRO TERMINÓ DE IMPRIMIRSE
EN OCTUBRE DE 2023.